C O N T E N T S

GALLERY

STORY

사토
Satou
칭호 ✣ 신을 죽인 자, 진정한 용사, 그 외 다수
연령 ✣ 15세(29세)
신장 ✣ 160cm
성격 ✣ 냉정침착하고 신중함
좋아하는 것 ✣ 이세계 관광
거북한 것 ✣ 가창(심각한 음치), 주문 영창(못한다)
아무것도 안 했는데. 굳이 따지자면 휴식이 필요하다는 거?

이세계 관광을 즐기는 서른 줄 프로그래머

서른 줄이라고 자칭하는 청년. 본명은 스즈키 이치로. 게임 개발 하청 회사에서 일하던 프로그래머였지만, 데스마치를 치르던 중 잠깐 잠들었는데 그대로 이세계에서 눈을 뜨고 말았다. 이름을 자주 사토로 착각 당하기 때문에 테스트 캐릭터의 이름을「사토」로 지었는데, 이세계에서 그것이 그대로 그의 이름이 되었다.

이세계에 온 직후, 어떤 일 때문에 세계 최강 레벨의 힘과 막대한 재물을 손에 넣게 되었다. 다만 영웅이 되려는 욕망이 없어서 그 힘을 함부로 휘두르지 않고「여행하는 행상인 사토」를 자칭하며 이세계 관광을 만끽하고 있다.

남들 일에는 깊게 관여하지 않는 한편, 한 번 제 식구라고 판단한 상대는 과보호라고 할 정도로 무른 면을 보이는 등 소시민 감각을 가졌다. 좋게든 나쁘게든 자신의 역량을 파악한 현실적인 판단을 한다.

펜드래건 명예사작으로서의 활약

어느 귀족령에서 일어난 사건을 해결했을 때「펜드래건」이란 성을 얻었다. 명예사작의 지위는 세습되지 않고 당대에 한정되지만, 새로운 마법의 개발이나 귀족들마저 사로잡는 요리 실력 등, 무력과 재력 없이도 세상에 커다란 영향을 끼치는 존재가 되어가고 있다. 남들 앞에서는 보유한 신검이나 성검을 휘두르지 않고, 드워프의 명장과 함께 벼린 미스릴제 장검「요정검 토라자유야」를 즐겨 쓴다.

또 하나의 얼굴, 용사 나나시

사토가 어쩔 수 없이 세계최강 레벨의 힘을 휘둘러야 할 때에 변장한 모습. ─그것이『용사 나나시』이다. 상급 마족은 물론이고 마왕들마저 상대가 안 될 정도의 전투력을 가졌을 뿐 아니라, 모든 맵 탐사 등 사토의 고유 어빌리티를 이용해야만 얻을 수 있는 정보를 권력자에게 알릴 때도 이 모습을 자주 사용한다.

사토

신검
성검
마법총
무기 — 사토

"난쿠루나이사~?"
타마
Tama
칭호 ✣ 사토의 노예
연령 ✣ 10세
신장 ✣ 120cm 정도
성격 ✣ 마이페이스에 느긋함
좋아하는 것 ✣ 고기! 특히 햄버그 선생님. 달콤한 것도
거북한 것 ✣ 배고픈 것
타마
Pochi
칭호 ✣ 사토의 노예
연령 ✣ 10세
신장 ✣ 120cm 정도
성격 ✣ 천진난만
좋아하는 것 ✣ 고기! 특히 햄버그 선생님. 달콤한 것도
거북한 것 ✣ 무서운 사람
"고기는 최강인 거예요!"

마이페이스에 느긋한, 고양이 귀 종족의 소녀

고양이 귀 종족의 소녀. 연령은 10세. 느긋한 성격이며, 말꼬리를 늘리거나 생략하는 독특한 말투가 특징. 세류 시의 미궁 사건에서 포치, 리자와 함께 사토의 노예가 된다. 포치하고는 대단히 사이가 좋고, 일상이든 전투에서든 함께 행동하는 일이 많다. 아리사가 가르쳐준 일본의 말을 적극적으로 사용하기도 한다. 이름은 포치와 마찬가지로 사토가 지어줬다. 사토는 미궁을 나올 때까지 임시로 부르고자 지어준 이름인데, 본인들이 마음에 들었던 모양이라 그대로 채용하게 된 경위가 있다.

또한 그림의 재능이 있음을 알게 되어, 노점의 간판을 그리는 등 활약하는 장면이 늘어났다. 그림의 완성도는 사토가 보기에도 「음식의 그림이라고 생각하기 힘들 정도로 약동감이 있어 먹고 싶은 충동을 부추기는 신기한 매력이 있다」라고 할 정도.

전투에서는 포치와 콤비로 전위를 맡으며, 포치보다도 스피드를 중시하는 경향이 있다.

천진난만, 활기차고 긍정적인 강아지 귀 종족의 소녀

강아지 귀 종족의 소녀. 연령은 타마와 같은 10세. 호기심이 왕성하며, 조금 덤벙이. 타마와 함께 파티의 마스코트 같은 위치에 있다. 말꼬리에 「인거예요」라고 붙이는 게 특징. 본래는 노예로서 「개」라고 불렸는데, 사토가 포치라고 이름을 지어줬다.

세류 시의 미궁사건 때 사토와 행동을 함께하게 되고 그 다음에 정식으로 그의 노예가 된다. 노예긴 하지만, 사토는 동료가 된 노예들을 해방할 셈이었기 때문에 실제로는 노예라기보다 피보호자 같은 입장이다.

파티에서는 전위를 담당하며, 타마와 콤비를 짠 기동전이 특기. 타마보다는 위력을 중시하는 경향이 있다.

천재적인 제6감

평소의 타마는 느긋하지만, 감각과 직감이 대단히 날카롭다. 타마보다 훨씬 레벨이 높고 은밀성이 뛰어난, 그림자 마법을 사용하는 마술사 젠의 접근을 사토보다 빨리 감지하거나, 바다의 여행에서는 선상에 있으면서 해저에서 다가오는 적을 눈치챌 정도. 사토의 「모든 맵 탐사」나 레이더하고는 또 다른 형태로 파티의 눈과 귀가 되는 존재이다.

고기가 너무 좋아, 한창 자랄 때

포치 일행은 과거에 범죄자 길드의 노예였다. 세류 시의 미궁사건에서 사토가 준 말린 고기에 감동한 것만 봐도 식생활이 비참했던 것을 알 수 있다.

사토를 따르게 된 다음부터는 움직이지 못할 때까지 먹는 일도 종종 있다. 특히 고기와 달콤한 걸 좋아하는지, 파티 안에서 만든 요리뿐 아니라 여행지에서 갖가지 음식을 먹는 모습을 보여준다.

그리고 고기를 좋아하는 건 포치뿐이 아니라 타마와 리자도 마찬가지. 사토가 분사 늑대(로킷 울프)의 스테이크를 시험했을 때는 접시에 남은 육즙을 먹지 못한 것에마저 절망의 한탄을 흘렸을 정도다.

타마
단검 - 타마

포치

리자
Liza
칭호 ✢ 사토의 노예
연령 ✢ 18세
신장 ✢ 163cm
성격 ✢ 성실하고 상냥함
좋아하는 것 ✢ 고기! 특히 새고기나 씹는 맛이 있는 고기
거북한 것 ✢ 배고픈 것
"이건 제 반신과도 같은 소중한 창입니다. 한시라도 손에서 놓을 수 없어요."
Characters

성실하며 서바이벌리티가 넘치는 수인 팀의 언니

주황 비늘 종족의 18세 소녀. 목이나 손에 주황색 비늘, 그리고 꼬리가 있는 것이 종족적인 특징이다. 연장자라는 점 때문인지 포치나 타마의 보호자 같은 존재이며, 성실하고 우직한 성격. 기사 같은 용감함과 모성을 아울러 가졌으며, 그러면서도 한 걸음 물러난 위치에서 주인과 동료를 내세우는 타입.

거두어준 사토를 「주인님」이라 부르며 강한 신뢰를 품고 있다. 그녀의 충성도는 아마도 파티에서 제일. 다만 아리사나 미아 같은 호의가 아니라 어디까지나 「신뢰」에 따른 것이다.

레벨도 사토를 빼면 멤버들 중에서 가장 높고, 전투에서 전위를 맡는 것 말고도 사냥한 먹잇감의 피를 빼거나 해체를 하는 것도 담당한다. 요리도 할 수 있지만, 사토의 요리 솜씨가 올라감에 따라 먹는 때가 많아졌다. 특히 고기라면 가리질 않는다.

리자의 애창, 사토의 수제 『마창 도우마』

사토가 처음으로 만든, 세류 시의 미궁에서 마주친 곱등이 마물 소재를 이용한 창. 리자는 이 창에 대해 「저의 반신과도 같은 소중한 창」이라는 말까지 하면서, 귀중한 마법약을 적신 천으로 감싸 정비를 하는 등 대단히 강한 애착을 품고 있다.

사토의 기능이 향상되거나 새로운 소재가 손에 들어올 때마다 다른 멤버의 장비는 새롭게 만드는 일이 많지만, 리자의 이 마창은 버전업을 통한 강화를 하고 있다.

창도 그것에 응답한 것처럼, 리자는 역전의 전사들조차 쓸 수 있는 자가 적은 「마인(魔刃)」 스킬을 익히게 됐다.

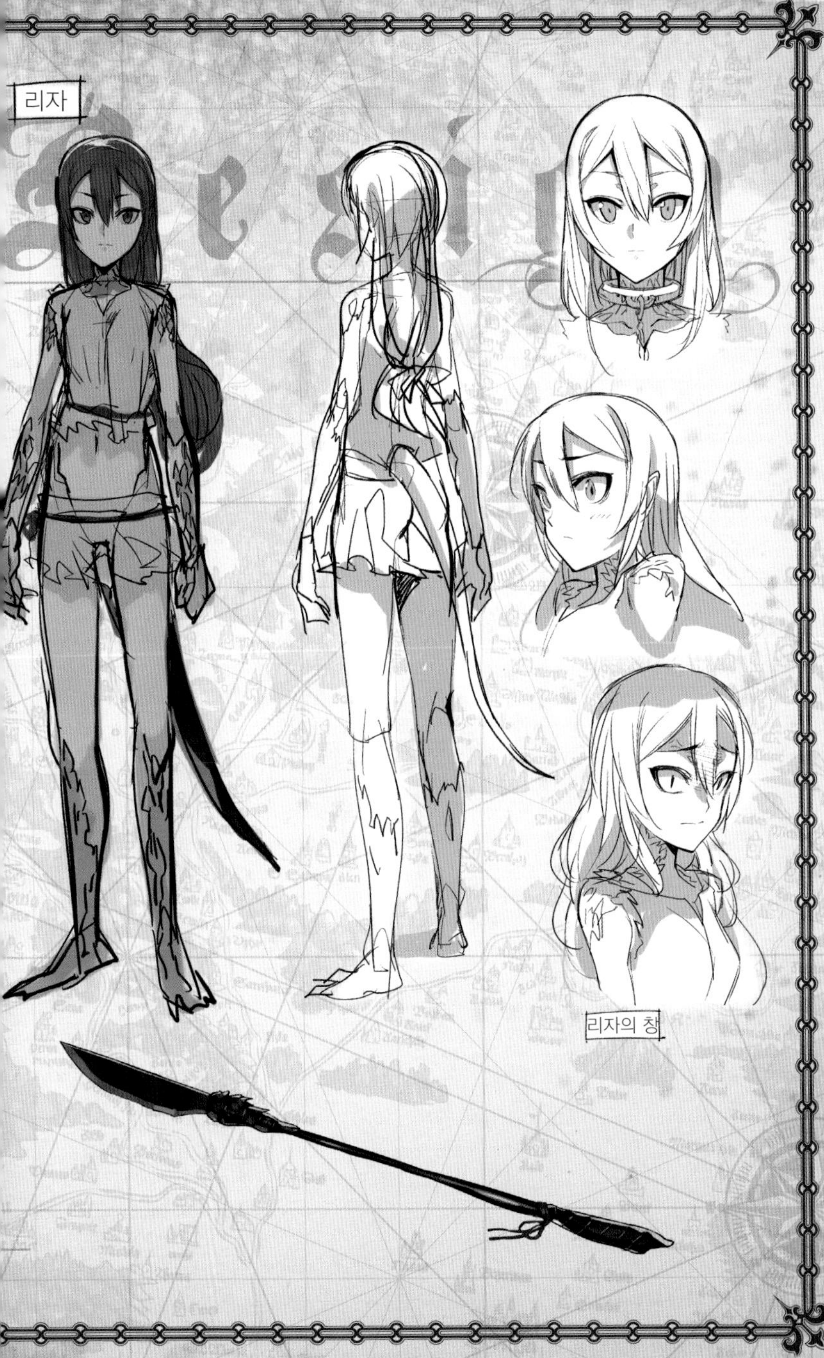
리자
리자의 창

아리사
Arisa
"그러니까 말했잖아.
처음에 만났을 때 첫눈에 반했어!"
칭호 ✢ 망국의 옛 왕녀
연령 ✢ 11세
신장 ✢ 140cm 정도
성격 ✢ 똑 부러지고 남을 잘 보살핀다
좋아하는 것 ✢ 주인님, 루루, 동료들
거북한 것 ✢ 거미

어떤 때라도 포기하지 않는 쇼타콘 전생자

「망국의 마녀」, 「미치광이 왕녀」 등의 호칭을 가진, 지금은 사라진 쿠보크 왕국의 왕녀. 육체 연령은 11세지만 사토와 마찬가지로 일본에서 온 전생자이며, 본명은 타치바나 아리사. 언동은 사토가 「옛날 냄새가 난다」고 평가하고 있어서, 전생에서는 성인이었던 것을 알 수 있다.

언제나 긍정적이며 포기를 모르고, 파티에서는 사토와 다른 의미로 정신적 지주. 머리 회전도 빠르고 유연한 발상을 할 수 있는 상식인이지만, 중증의 쇼타콘이라는 결점(?)이 있다. 특히 사토의 용모는 한가운데 스트라이크라서, 그가 거둔 다음부터는 온갖 수를 써서 대시를 한다. 이 세계에서는 꺼림직하게 여기는 보라색 머리칼을 가졌기 때문에, 남들 앞에 나설 때는 금발의 가발을 착용하는 일이 많다.

노예가 되기 전까지의 아리사

왕녀로 전생한 아리사는 전생의 지식으로 농지개혁을 행하고, 어느 정도 성공을 이루었다. 그러나 적대 세력의 방해로 문제가 다발하고 쿠데타가 발발. 임금님과 왕태자는 처형당하고, 다른 왕족은 감옥에 수감됐다. 이후 그들은 「죽은 미궁」을 부활시키는 산 제물이 되어, 최종적으로 노예가 된 아리사와 루루만 남기고 쿠보크 왕국은 멸망했다. 아리사의 불명예스런 칭호는 그때 얻은 것이다.

전생자로서 가진 힘

전생자인 아리사는 두 가지 특수능력을 가졌다. 능력과 레벨 차이를 무시하고서 최소한 10퍼센트의 확률로 공격을 관통시키는 「불요불굴」, 모든 마력과 스태미나를 소비해서 일격의 효과를 몇 배로 끌어올리는 「전력전개」가 그것이다. 이 능력을 감추기 위해 「기능 은폐」, 「능력 감정」 같은, 자신의 능력을 감추면서 상대의 능력을 꿰뚫어보는 스킬도 아울러 익히고 있다.

루루
Lulu

칭호	박복한 초절미소녀
연령	14세
신장	150cm
성격	내성적이지만 심지가 강하다
좋아하는 것	아리사, 주인님, 요리
거북한 것	자신의 추한 얼굴

일본이었다면 세계 무대를 노릴 수 있었을 박복한 미소녀

아리사의 배다른 언니이며, 14세. 어머니는 아리사의 유모였던 인물. 쿠보크 왕국에서 쿠데타가 일어난 다음 아리사와 함께 노예가 되었고, 세류 시의 미궁사건 다음에 사토 일행의 일원이 된다.

사토가 「경성급」이라 할 정도의 초절미소녀. 다만 그것은 일본인의 미적 감각에 따른 것이고, 이 세계에서는 추한 용모로 보이는 탓에 그녀 자신의 콤플렉스가 되었다. 당초에는 내성적이며 비굴한 언동이 많았지만, 사토와 여행을 하며 서서히 밝고 심지가 강한 본래의 성격을 되찾았다. 상상력이 풍부하며, 사토의 요리를 먹고 신혼생활을 상상하는 등 사랑 자체를 사랑하는 나이에 걸맞은 소녀다운 면도 엿볼 수 있다.

파티에서는 마부를 담당하며, 여행지에서 요리를 배워 사토를 따라잡고자 노력을 거듭하고 있다. 전투에서는 마법총을 주축으로 후위를 담당한다.

사토의 후계자?

사토 일행에 참가한 직후에 루루는 전투 스킬이 없는 것도 아우러져 그다지 활약할 기회가 없었다. 그러나 자신의 용모를 인정해준 사토에게 포용력을 느끼고, 자신의 보금자리를 발견한 다음부터는 스스로 여러 일에 나서게 되었다.

여행을 하면서 조리 스킬을 얻었고, 사토에게는 미치지 못해도 파티의 위장을 지탱하는 존재가 된다. 사토가 처음에 사용했던 마법총을 물려받은 다음에는 거너 스나이퍼의 재능을 개화해가는 등, 파티에서 사토가 담당하고 있던 분야를 차례차례 흡수하고 있다.

아리사

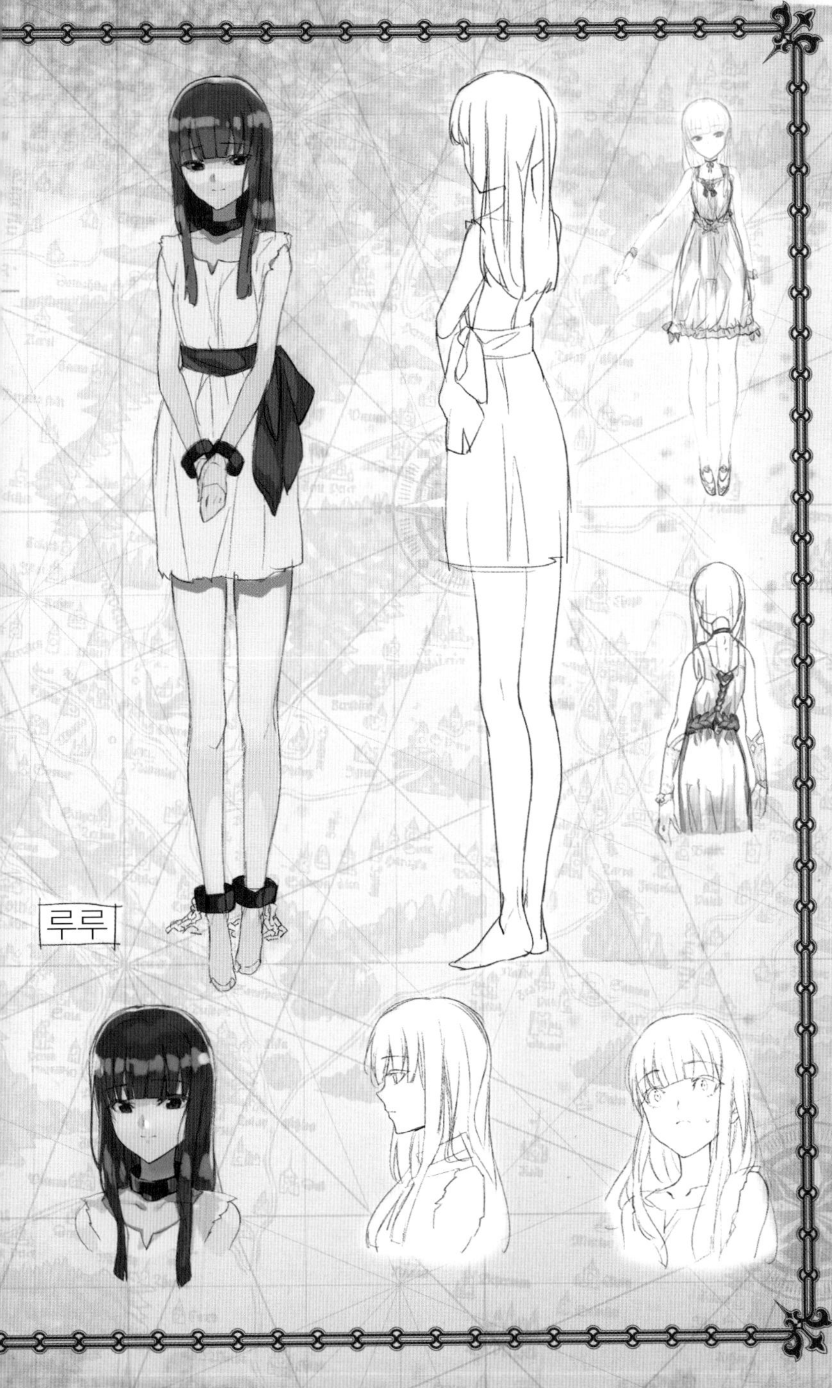
루루

"우응, 길티."

미아
Mia

칭호	나이 어린 엘프
연령	130세
신장	110cm
성격	과묵하고 한결 같음
좋아하는 것	사토, 부모님, 아제, 음악
거북한 것	파렴치

사토에게 마음을 주는 무구한 엘프

엘프 소녀. 본명은 미사날리아 보르에난. 용모 연령은 12세 정도지만, 실제 연령은 130세. 그렇지만 엘프의 수명은 천 년 이상이기 때문에 아직 어린 아이이며, 고향인 보르에난 숲에서 최연소.

토라자유야의 요람의 열쇠로서 마술사 젠에게 납치됐다가, 최종적으로 사토가 구해내어 함께 여행을 하게 된다. 그런 경위도 있어서인지 사토에게 강한 호의를 품고 있으며, 그에게 호의를 가지고 접근하는 여성에게 엄격한 눈길을 보낸다.

기본적으로 과묵하고 입을 열어도 단어로만 의사를 전하는 경우가 많지만, 흥분했을 때는 대단히 말이 많아진다.

파티에서는 물 마법을 사용하는 후위로 활동하며, 공격뿐 아니라 원거리 지원이나 회복도 담당하는 우수한 마법사.

자칭 사토의 약혼자

미아는 종족의 차이를 신경 쓰지 않고, 아리사와 나란히 사토 LOVE 팀으로서 적극적인 대시를 하며 걸핏하면 자신을 약혼자라고 칭한다.

용모는 어리지만 그녀의 호의는 진짜이며, 발단은 토라자유야의 요람에서 사토가 미아를 구해냈을 때 시작된 것으로 보인다. 이때 미아가 했던 행동의 진실은 사토 일행이 미아를 보르에난 숲에 마중했을 때 밝혀지게 된다.

수수께끼가 많은 고귀한 종족 엘프

미아는 엘프라고 불리는 종족이다. 엘프는 여덟 씨족으로 갈라져 각각 다른 숲에 있는 세계수 곁에서 하이 엘프를 모시며 살고 있다. 마법에 뛰어나며 수명이 긴 한 편, 삶에 대한 집착이 다른 종족보다 약한 것이 특징. 미아는 아직 130세지만, 장로쯤 되면 1만 살을 넘는 자도 있다.

나나
Nana
칭호 일곱 번째 호문클루스
연령 0세
신장 162cm
성격 솔직하며 순진무구
좋아하는 것 마스터, 유생체
거북한 것 없음
"마스터, 앞으로 잘 부탁드립니다라고 선언합니다."

어제의 적은 오늘의 벗
무표정한 호문클루스

사토가 토라자유아의 요람에서 만난 호문클루스 소녀. 같은 모습의 자매가 7명 있으며, 「나나」란 이름의 유래는 그녀가 「No. 7」이었기 때문이다. 과거에는 시련을 명목으로 자매들 모두가 사토와 적대하고 있었지만, 최종적으로 나나가 사토의 동행자가 되어 그를 「마스터」라 부르게 되었다.

용모 연령은 17세 정도지만, 제조된 지 얼마 안 되었기 때문에 실제 연령은 0세. 자매들 가운데서도 언어기능이 아직 미발달된 개체이며 「이라고, ㅇㅇ합니다」 같은 특징적인 어조로 말한다.

또한, 어린 아이를 「유생체」라고 부르며 적극적으로 보살피려고 하거나 예뻐하는 일도 있다.

「이술」이라는 종족 고유 능력을 가졌다. 신체강화나 마법의 화살, 방패를 만들어내는 등 전투에서는 범용성이 높다. 파티에서는 전위를 맡으며, 이술을 구사하여 방어벽 역할을 하는 일이 많다.

파티 제일의 나이스 바디

파티에 여성들밖에 없지만, 로리콘이 아니기 때문에 동료에게 전혀 손을 대지 않는 사토. 그런 그의 이성을 때때로 뒤흔드는 것이 D컵을 넘는 나나의 거유다. 나나는 기본적인 지식이나 이해력을 가지긴 했지만 남녀의 관계에 대해서는 둔하고, 자각이 없는 상태로 사토에게 아웃인 요구를 하는 일이 있어서 거유를 좋아하는 사토는 종종 그 매력이 굴복하고 만다.

물론 언제 어디서나 철벽의 가드를 자랑하는 아리사와 미아가 사토의 소행을 미연에 방지하고 있다.

미아
잘 때

제나
Zena
칭호 ✣ 세류 백작령 영지군 마법병
연령 ✣ 17세
신장 ✣ 156cm
성격 ✣ 성실함
좋아하는 것 ✣ 바람 마법, 가족, 사토 씨, 릴리오 일행
거북한 것 ✣ 부정, 불의, 부당한 행동
“에헤헤, 어쩐지 공주님 같아요.”

사토를 연모하는 정의감이 넘치는 한결 같은 소녀

사토가 이세계에서 맨 처음 만난 소녀. 17세. 세류 백작령 영지군의 마법병이며, 바람의 마법이 특기다.

청초하고 얌전한 미인이지만, 다소 완고하고 질투심이 강한 일면도 가졌다. 병사이면서도 태도에 기품이 있는 것은 그녀가 마리엔텔 사작 가문의 딸, 다시 말해서 귀족이기 때문이다. 자신이 정략결혼의 도구가 되는 결심이 서지 않아, 군 소속이 되어 그 미래를 뒤로 미루고 있다.

와이번과의 전투에서 위기에 빠진 것을 사토가 구해주자, 그에게 첫사랑을 하여 그녀 나름대로 적극적인 대시를 한다. 사토의 사소한 선물에 감격하거나 그를 좇아서 미궁도시까지 갈 약속을 하는 등 순수하게 호의를 보내지만, 가족을 소중하게 생각하는 탓에 곧장 움직이지 못하는 자신에게 안타까움을 느끼는 모양이다.

세류 백작령 영지군의 마법병

세류 시는 영지군이 마물의 토벌이나 치안 유지를 담당한다. 마법병 중에서 공격에 참가하는 건 불 속성이나 벼락 마법이 특기인 자들이고, 다른 마법을 사용하는 자들의 기본적인 임무는 방어 마법이나 회복 마법을 사용한 부대의 지원과 방어를 담당하는 일이 많다.

급료는 기사 정도는 아니지만 일반병사보다는 높고, 식사도 사관과 같은 것이 나오는 등 희귀한 스킬에 걸맞은 대우를 받고 있다. 또한 유한한 마력(MP)을 사용해서 마법을 행사한다는 병과의 특성상, 반수 이상은 전력으로 마법을 쓸 수 있도록 대기하는 일이 많은 것도 특징이다.

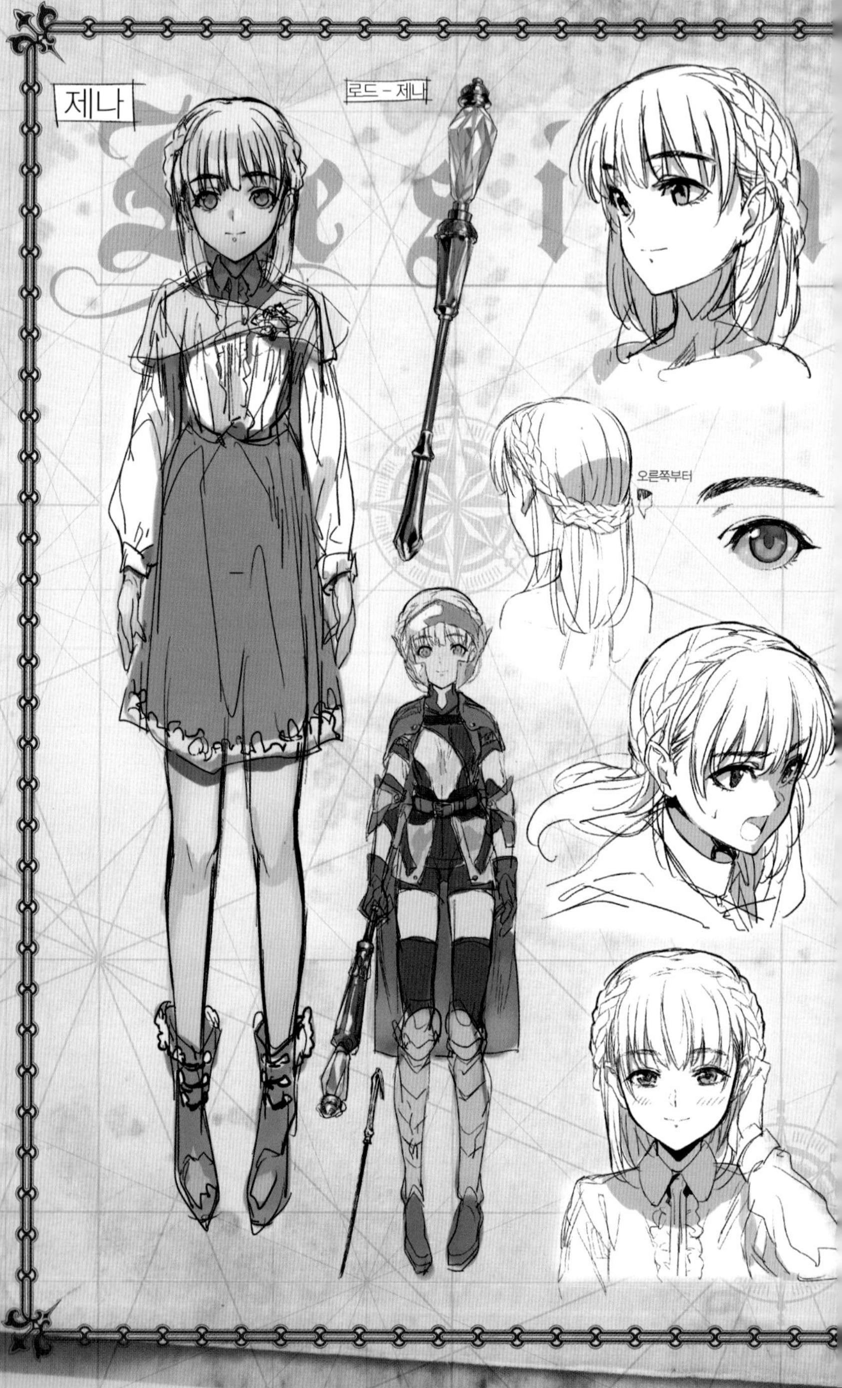

제나
로드 - 제나
오른쪽부터

Guest Illustration Gallery

Illustrated by 아야 메구무

Guest Illustration Gallery
Illustrated by 우사츠카 에이지

Guest Illustration Gallery
Illustrated by 키류 츠카사

Guest Illustration Gallery

Illustrated by 토베 스나호

숏 스토리 모음
아이나나 히로
Illustration ◆ shri

새로운 조리기구

"사토입니다. 제나 씨와 데이트를 하던 중이었는데, 깨닫고 보니 폭동에 휘말려 들어서 마족이 만든 미궁에 있었습니다. 제법 파란만장한 상황이지만, 보호한 아인 소녀들을 무사히 햇살 아래로 데리고 가줄 셈입니다."

"지네~?"

고양이 귀 고양이 꼬리의 어린 소녀 타마가 아래를 내려다보더니, 느긋한 어조로 말하며 고개를 갸웃거렸다.

고개를 갸웃거리는 움직임에 맞춰 타마의 짧은 하얀 머리칼이 흔들렸다.

"지네는 막 물고 쓴맛 나서 싫은 거예요."

강아지 귀 강아지 꼬리의 포치가 귀를 축 늘어뜨리며 투정을 했다. 어깨 길이의 밤색 머리칼을 좌우로 흔들며 거북한 표정으로 혀를 내밀었다.

—애당초 먹어본 적 있는 거니? 배탈 안 났어?

"문을 지키고 있는 걸까요?"

"아아, 그런 모양이야."

가장 마지막으로 주황 비늘 종족의 리자가 내게 말을 걸었다.

위아래가 따로 노는 조잡한 의복 사이로, 운동선수처럼 탄탄한 몸과 주황색 비늘로 뒤덮인 도마뱀 같은 꼬리가 흘깃 보인다.

이 세 명의 수인 아이들은 미궁탈출의 동료들이다.

처음 미궁에 휘말려 들었을 때는 그저 떨고만 있던 아이들이지만, 지난번 휴식 때는 내 도움 없이 거대 개구리 퇴치를 할 수 있을 정도로 급성장을 보였다.

그리고, 우리들의 현재위치 말인데—.

개구리 방에서 몇 개의 작은 방을 빠져 나오자 눈앞에 높이 6미터, 반경 20미터쯤 되는 기이한 원통형 광장이 있었다.

지금 있는 통로는 광장의 벽 중간쯤 되는 높이에 이어져 있고, 원통의 벽 안쪽이 움푹 패인 것처럼 경사로가 있어서 광장 아래로 이어지고 있었다.

그리고 광장 안쪽, 광택이 있는 어두운 색 문 앞에 거대한 지네가 버티고 있었다.

보통 지네와 달리 머리에 호미를 반대 방향으로 세운 것 같은 뿔 3개가 돋아 있었다.

"주인님, 우회하실 건가요?"

"아니, 돌파하자. 위험하니까 너희들은 여기서 대기해."

지네의 레벨이 27이나 되는 데다가 「독」이나 「사출」 같은 종족 고유 능력을 가지고 있으니 이 아이들이 싸우는 건 무리였다.

덤으로 「내화」 능력도 있으니, 기껏 만든 화염병으로 태워 죽일 수도 없었다.

"……아, 알겠습니다. 무운을—."

리자가 분한 기색으로 고개를 끄덕이고는 기도하며 보내주었다.

걱정해주는 건 기쁘지만 거창하네.

나는 마법총을 한 손에 들고 경사로를 내려갔다.

중간쯤 나아가자 나를 발견한 지네가 불쑥 고개를 쳐들었다.

들켰으면 어쩔 수 없지. 나는 경사로에서 바닥으로 훌쩍 뛰어내려 지네의 돌격을 회피했다.

"주인님!"

걱정하는 리자 일행에게 괜찮다며 손을 흔들어주고, 무방비하게 아래턱을 드러낸 지네에게 마법총 일격을 때려 박았다.

얼굴의 절반이 날아갔지만 아직 팔팔했다.

샤아! 뱀처럼 위협하는 소리를 낸 지네가 무기질적인 눈으로 나를 노려보았다.

뚝뚝 떨어지는 녹색 피를 피하려고 백스텝—.

"뒤에~?"

"위험한 거예요!"

바람을 가르는 소리와 함께 지네의 꼬리가 날아왔다.

음침하게 빛나는 가시에 틀림없이 중독효과가 있을 거야.

회피한 순간에 꼬리에서 가시가 사출됐지만, 공중에서 몸을 비틀며 마법총으로 쏴서 격추시켰다.

"에이!"

"이 녀석, 인 거예요!"

타마와 포치가 나를 지원하려고 지네의 머리에 돌을 던지는 게 보였다.

"명중~?"

"해냈다! 인 거예요."

둘이 던진 돌이 지네의 분쇄된 머리에 명중했다.

아무래도 감각을 잃은 부분을 공격하니 아팠는지, 지네의 주의가 두 사람에게 돌아갔다.

"왓! 이쪽으로 오는 거예요."

"도망쳐~."

"둘 다 어서 통로 안쪽으로 가세요."

보이지는 않지만 아인 소녀들의 초조한 목소리가 들렸다.

나는 손을 뻗어서 간신히 지네의 마디 틈에 손가락을 거는데 성공했다.

쭈욱 지네를 당겼다.

힘을 너무 주었는지 마디의 껍질이 벗겨져 버렸지만, 아인 소녀들에게 돌격하는 걸 막는 것에는 성공했다.

아인 소녀들 옆에 놔둔 짐에 뿔이 박혀 있었지만, 짐이야 얼마든지 대신할 게 있다.

땅에 발을 디디는 것과 거의 동시에, 위에서 떨어진 지네의 머리를 걷어차 부숴서 토벌을 완료했다.

◆

"주인님, 등을 닦아드리겠습니다."

"그래. 고마워. 덤으로 등에 상처가 없는지도 봐줄래?"

지네의 체액을 흠뻑 뒤집어쓰는 바람에, 대야에 물을 담아 머리칼과 몸을 씻는 중이었다.

리자가 상냥한 손놀림으로 등의 손이 닿지 않는 부분을 젖은 타월로 닦아주었다.

"상처 하나 없습니다. 무척 깨끗한 등입니다."

"매끈매끈~?"

"아가처럼 부들부들한 거에요."

리자를 흉내 내는 건지, 타마랑 포치도 손바닥으로 내 등을 닦아주는 모양이다.

"얘들아, 간지럽다."

작은 손이 간지러워서 몸을 비틀었다.

"간질간질~."

"포치도 안 지는 거예요!"

"하하하, 항복, 항복할게."

시골에서 사촌 여동생들이랑 목욕하던 그리움을 떠올리고는 두 사람에게 웃으며 항복했다.

"타마 이겼어~?"

"포치도 이긴 거예요!"

"두 사람, 계속 방해할 거라면 지네에서 마핵을 회수해 오세요."

기뻐하는 둘을 리자가 타일렀다.

셋은 종족이 모두 다르지만, 똑 부러지는 언니와 천진한 여동생들 같았다.

"지네의 마핵은 어디 있는 거예요?"

"유감이지만, 지네 마물은 만난 적이 없어서 정확히는 모릅니다. 다른 벌레들과 똑같이 머리거나, 머리와 몸통이 이어지는 마디 부근이겠죠. 꼬리나 송곳니에는 독이 있을지도 모르니까 주의하세요."

"네잉네잉~."

"알겠음인 거예요."

타마와 포치가 보물찾기를 하는 것처럼 신이 난 발놀림으로 지네 시체 쪽을 향해 달려갔다.

"주인님, 다 닦았습니다."

"고마워, 덕분에 잘 닦았네."

나는 리자에게 고맙다고 하면서 스토리지에서 몰래 꺼낸 옷을 입었다.

아까 전까지 입고 있던 로브는 적당한 주머니에 집어넣은 다음 스토리지의 오물 폴더로 이동시켰다.

"주인님, 지네의 체액을 씻어내지 않으면 로브의 천이 상해버릴 겁니다."

리자가 살짝 난처한 표정으로 주머니에 손을 뻗었다.

지네의 체액투성이 옷은 그냥 버려도 괜찮다고 생각했지만, 이쪽 세계에서는 천이 귀중품이니까 쓰고 버리는 건 좀 그럴 지도 모르겠군.

나는 생각을 고치고, 주머니 안에서 스토리지의 지저분한 로브를 꺼내 리자에게 건넸다.

그녀는 씻는데 쓴 물로 로브를 가볍게 헹군 다음에, 대야의 물을 새로 담아서 지푸라기 더미 같은 것과 하얀 재 같은 것을 써서 로브를 손빨래하기 시작했다.

그건 그렇고 리자는 아이들을 잘 보살피는데다 바지런하군.

리자를 아내로 맞는 남자는 행복하겠어.

◆

"곤란해~."

"곤란한 거예요."

타마랑 포치가 짐 주머니를 들여다보면서 곤란한 기색이었다.

마핵의 회수를 마친 아인 소녀들이 배가 고프다고 호소하기에 광장 구석에서 식사를 하려고 했는데, 뭔가 뜻밖의 사태가 발생한 모양이다.

불을 준비하고 있던 리자도 고개를 들어 걱정스레 둘을 보았다.

"무슨 일이니?"

"구멍~?"

"프라이팬에 구멍이 뚫린 거예요."

포치가 꺼낸 프라이팬에 기이한 구멍이 뚫려 있었다.

분명히, 지난번 휴식 시간에는 이 프라이팬으로 고기를 구웠었는데.

"범인은 지네~?"

"아까 지네가 망가뜨린 거예요."

아아, 아까 지네의 뿔이 주머니에 박혔을 때 구멍이 뚫린 거구나…….

"망가졌다면 어쩔 수 없습니다. 고기 굽는 건 다음에 하고, 훈제 고기와 치즈로 식사를 하죠."

"네잉."

"네, 인 거예요."

리자의 말에 두 아이가 미묘하게 풀이 죽었다.

지난번 휴식 때 먹은 구운 고기가 어지간히도 맛있었나 보군.

어떻게 해주고 싶어서 광장을 둘러봤는데, 괜찮아 보이는 물건이 보였다.

"리자, 저걸 쓸 수 없을까?"

"—저것 말인가요?"

눈을 동그랗게 뜨고 놀라는 리자에게 웃음을 짓고, 전투 중에 뜯어낸 지네의 껍데기를 주워들었다.

금속처럼 단단하고, 「내화」 능력도 있으니까 불에도 강하겠지.

◆

따닥따닥 타오르는 장작이 터지는 소리가 광장에 울리고, 껍데기 위에서 뜨거워진 지방이 좋은 냄새를 풍겼다.

내가 예상한 것처럼 껍데기는 프라이팬의 대역을 잘해주고 있었다.

"응~ 좋은 냄새~?"

"아아, 다음 고기를 굽는 게 기대되는 거예요!"

"조금만 더 기다리세요."

껍데기로 스테이크를 굽는 리자 옆에서 타마와 포치 두 사람이 황홀하게 눈웃음을 지었다.

타마는 팔을, 포치는 팔과 꼬리를 붕붕 휘두르면서 더 기다릴 수가 없는 기색이다.

"자, 다 구웠습니다. 두 사람 접시를 가져오세요."

"네잉!"

"네! 인 거예요."

리자의 말에 타마와 포치가 접시를 사삭 내밀었다.

그 접시에 김이 피어오르는 두꺼운 스테이크가 짜잔 놓였다.

패밀리 레스토랑의 스테이크 페어에서 메인 상품이 될 법한, 두께 3센티미터 급의 묵직한 사이즈다.

초등학생 나이쯤 되는 여자애인 포치와 타마가 다 먹을 수 있을 것 같지는 않았지만, 이 스테이크가 벌써 3장째라니…….

"식기 전에 드세요."

리자가 재촉하자 커다랗게 입을 벌린 두 사람이 호쾌하게 스테이크를 깨물었다.

포크로 스테이크를 누르고 냠냠, 고기와 싸우고 있었다.

일본이라면 푸드 파이터로 활약할 만큼 대식가들이다.

"주인님, 정말로 스테이크는 더 필요 없으신가요?"

"아아, 처음 먹은 걸로 만족했으니까 셋이서 먹으렴."

자신이 먹을 스테이크를 굽기 시작한 리자가 나에게도 권했지만, 그건 사양했다.

좋은 냄새를 배신하지 않는 맛이었고, 식욕 자체는 있지만 나는 손대는 걸 삼갔다.

왜냐면, 아무리 맛있어도 거대 개구리 고기는— 좀 거북해서.

제나와 사토의 데이트

"사토 씨, 무슨 일이세요?"

수수한 미소녀 제나 씨가 옅은 금색 머리칼을 흔들면서 들여다보았다.

"아무것도 아니에요."

나는 그녀가 맛있는 기색으로 단토란을 먹는 모습에 눈길을 빼앗겼다는 말을 못하고 얼버무린 뒤, 그녀의 손을 잡고 노점 구경을 계속했다.

제나 씨의 즐거운 웃음과 가련한 의상에 노점을 보러 온 사람들이 눈길을 붙잡혀 돌아보았다.

처음 만났을 때 제나 씨는 그녀가 근무하는 영지군 마법병의 가죽 갑옷차림이었지만, 오늘 그녀는 무릎길이 파란 스커트와 하얗고 청초한 셔츠를 입고 있었다.

그녀는 장식품 따위를 싫어하는지 아니면 단순히 흥미가 없는 건지, 펜던트나 반지, 브로치마저도 달지 않았다.

"이 머리 장식은 제나 씨에게 잘 어울릴 것 같아요."

"은 세공이네요. 근사하지만, 영지군의 급료로는 손대기가 어려워요. 그것보다, 이 손수건도 근사하지 않아요?"

제나 씨는 머리장식에 그다지 흥미가 없는지, 내 손을 끌고서 옆에 있는 손수건 파는 노점으로 이동해 버렸다. 나한테 선물로 사달라고 한다는 발상이 없는 모양이다.

제나 씨는 자수가 된 손수건이 아니라 무지의 손수건만 물색

하고 있었다.

"사토 씨, 이 파란 손수건과 노란 손수건 중에서 어느 쪽이 좋다고 생각하세요?"

제나 씨가 손수건 두 개를 들고서 나에게 보였다.

"파란 쪽이 제나 씨에게 어울릴 것 같아요."

"에헤헤, 역시 그런가요?"

제나 씨가 파란 손수건을 한 손에 들고 수줍은 기색으로 웃었다.

참고로 파란 쪽을 고른 이유는 그녀가 손수건을 고를 때 노란색보다 오래 보고 있었기 때문이다.

여성이 둘 중 하나를 선택하라고 할 때는 대개 내심 어느 한 쪽으로 결정한 경우가 많다.

상대에게 골라달라고 한다기보다는 자기 선택을 긍정해달라고 하는 거다. 대학에서 자칭 인기남이었던 선배가 해준 말이다.

내가 대학 시절에 사귀었던 여자 친구에게도 들어맞는 일이 많았는데, 그 심리는 이세계인 시가 왕국의 세류 시에서도 해당되는 모양이다.

"이 하얀 손수건도 살 테니까 동화 2닢으로 깎아주세요."

"그건 안 되지. 동화 8닢으로도 남는 게 없어. 그런 가격으론 못 팔아."

제나 씨가 노점 주인과 가격 교섭을 하고 있었다.

시가 왕국은 현대 일본과 달리 가격 흥정이 기본이라서, 가게 주인이 처음에 말한 가격으로 사면 안 된다. 대개 두세 배의 가격부터 시작하는 게 보통이다.

내가 가진 「시세」 스킬이 가르쳐주는 손수건의 가격은 파란 것이 동화 3닢, 하얀 것이 동화 2닢이다. 자수가 된 손수건은 가격이 두 배로 뛰는 모양이다.

어쩐지 파란 손수건의 일부가 신경 쓰인다. 가만 보니 희미하지만 다른 것보다 염색이 고르지 못했다.

내 「흥정」 스킬이 가르쳐주는 거겠지.

기왕이니 제나 씨를 도와야겠군.

나는 생긋 웃음을 만들면서 마흔쯤 되는 가게 주인에게 말을 걸었다.

기껏 이세계에 와서 열네 살이나 젊어졌잖아. 15세 소년다운 상쾌한 미소를 의식했다.

"누나. 이 부분 염색이 신경 쓰이는데요. 다른 것도 이런가요?"

"응? 염색? 칫, 이런 걸 용케 발견했군. 한 닢 빼줄게. 동화 7닢이야."

"한 닢이 아니라, 거기에 한 닢 더 빼주세요."

내가 만든 틈에 제나 씨가 파고들었다. 주변의 주부들이 「연계가 훌륭하네」라며 감탄했다.

시세까지 조금만 더.

조금 더 손수건을 바라보자, 이번에는 봉제 일부가 신경 쓰였다.

"여기 바느질이 좀 풀려 있는 것 같은데요?"

"조금이잖아? 이 정도는 보통이야."

"어머? 아까 봉제가 단단히 잘 돼서 이 가격에도 손해는 안 본다고 하셨잖아요?"

내 어시스트를 제나 씨가 이어 받았다.

"그, 그런 말을 했던가?"

"네, 하셨어요."

물러나는 가게 주인을 몰아붙이는 수완이 참 훌륭하다.

"알았어, 손수건 두 장에 동화 4닢이야. 정말이지. 잘 어울리는 부부네."

"그, 그건…… 부, 부부라뇨."

제나 씨가 전리품인 손수건을 든 채 새빨개진 볼에 양손을 대고 몸을 꼬았다.

부끄러운 기색이지만 그래도 기쁜지 입가가 풀어져 있었다.

"너무 놀리지 말아주세요. 자요, 대금입니다."

나랑 제나 씨는 연인조차 아니라서 전혀 엉뚱한 얘기지만, 제나 씨가 기쁜 모양이니 굳이 부정하지 않고 손수건 대금을 치렀다.

이 도시에 오기 전에 어쩌다 보니 나라를 통째로 살 수 있는 재보를 얻은 덕분에, 이 정도 지출은 아무렇지도 않다.

"그래, 고마워. 전도다난하겠어."

노점 주인이 나에게 동화를 받으면서 제나 씨에게 미지근한 응원을 보냈다.

제정신을 차린 제나 씨 머리칼에 자수가 된 파란 **리본**을 묶어 주었다. 아까 가격흥정을 하는 도중에 몰래 옆 매대에서 산 물건이었다.

"저, 저기 이건?"

"제가 선물하는 거예요. 제나 씨의 예쁜 머리칼에 잘 어울리네요.”

제나 씨는 새빨개져서 황송한 기색이었지만, 내 칭찬의 말에 배시시 웃었다.

그것은 햇살처럼 근사한 웃음이었다.

이세계에 와서 처음 만난 것이 제나 씨라 다행이란 생각이 들었다.

나를 이 세계로 데리고 온 알 수 없는 누군가에게, 마음속으로 몰래 감사의 마음을 보냈다.

타마가 좋아하는 것

“연고를 바르고 천을 감아둬—.”

주인님이 아닌 인간족 남자애가 명령했다.

참 상냥한 목소리. 주인님처럼 소리 안 질러.

깨~끗한 천으로 상처 난 곳을 닦으라고 했지만, 아까워.

타마의 몸을 닦으면 더러워져.

하지만 명령이니까 안 닦으면 때려.

아픈 거 싫어.

그러니까 구석으로 조금씩 닦았어.

물도 깨~끗해.

비 내린 날에 물통에 받은 물처럼 좋은 냄새.

목이 말라서 마시고 싶지만, 「허가」가 없으면 못 마셔. 왜냐면 타마는 노예니까.

하얀 거 안에 미끌미끌한 걸 상처에 바르라고 리자가 말했어.

“바르면 안 아파?”

“괜찮으니까 바르세요.”

물어봤지만 리자가 화냈어.

리자가 울 것 같은 표정으로 젊은 나리의 역정? 을 사면 여기서 버림받는다고 했어.

리자의 이런 표정 처음.

타마도 여기는 어쩐지 싫은 느낌이 나니까 나가고 싶어.

그래서 미끌미끌한 거를 상처에 발랐어. 아프지만 발랐어.

왜냐면 두고 가는 거 싫어.

몰래 손에 묻은 미끌미끌한 거 핥았는데 쓴맛 났어.

◆

남자애가 좋은 냄새 나는 판을 3개씩 줬어.

좋은 냄새.

가을 냄새?

부자 거리에 심부름 갔을 때 맡은 냄새.

부자 거리에 가면 인간족 애들이 차고 때리지만, 좋은 냄새가 잔뜩 나니까 기뻐.

이 판의 냄새를 맡기만 해도 행복해져.

아아, 배가 꼬르르르 큰일났어.

조금 핥아보고 싶지만, 멋대로 핥으면 혼나.

이건 분명히 먹을 거니까, 몰래 먹으면 못 움직일 때까지 꾸중 들어. 그러니까 타마는 안 먹어.

남자애가 고개를 갸웃거려.

왜 그럴까? 타마도 같이 고개를 갸웃거렸어. 잘 몰라.

"사양 말고 괜찮으니까 먹어라."

—어? 먹어도 돼?

이 좋은 냄새 나는 판을 먹어도 돼? 정말로?

포치를 봤어. 손을 부들부들 떨었어. 눈이 마주쳤어. 포치도 어떻게 할지 모르나봐.

둘이서 리자를 올려다봤어.

리자도 눈이랑 입이 동그래져서 놀랬어. 리자한테 먹어도 돼? 라고 눈으로 물어봤더니 된다고 고개를 끄덕였어.

—먹어도 되는구나!

판을 한 입 깨물었어.

이거 뭐야? 뭐야 이거? 뭐야아? 잘 모르겠어! 그치만, 굉장해!

분명히 포치도 똑같애. 왜냐면 포치의 꼬리가 붕붕 흔들려.

그래, 이거는「달콤해」야! 옛날에 곰 언니가 가르쳐줬어.

입 안의 판이 사르르 무너져서 입 속에서 녹았어.

큰일이야!

입안에서 녹는 거면, 손에서도 녹을지 몰라.

「달콤해」랑「맛있어」가 사라져 버려!

포치랑 같이 와구와구 먹었어.

그리고 금세 다 먹어버렸어. 손에 판 가루가 묻어 있어서 낼름낼름 핥아봤더니 달콤했어.

리자는 아직 조금씩 먹어. 혹시 손에 들고 있으면 안 녹아?

포치가「콰~앙」표정을 지었어. 포치도 같은 생각 했나봐.

"두 사람은 벌써 다 먹었나요? ……어쩔 수가 없네요."

계속 낼름낼름 핥았더니, 리자가 남은 마지막 판을 반으로 쪼개서 포치랑 타마한테 나눠줬어.

"리자, 고마워인 거예요!"

포치가 말하고서 와구와구 먹기 시작했어.

그치만, 리자는 몸도 커다란데 안 먹어도 괜찮아?

"먹어도 돼~?"

"상관없어요. 조금 배가 비어 있어도 움직일 수 있습니다. 포치랑 타마가 못 움직이는 게 더 곤란해요."

리자가 곤란하면 안 돼. 타마도 받은 판을 먹었어.

달콤하고 맛있어. 분명히 이것보다 맛있는 건 이 세상에 없을 거야.

◆

우뉴, 비틀비틀해.

서 있을 수가 없어서 땅바닥에 풀썩 앉았어.

타마는 열심히 했어. 그러니까, 이제 괜찮지?

눈꺼풀, 내려가. 때려도, 차도, 이제 못 움직여.

"잠깐이 아니라 일단 휴식을 취하자."

……새로운 주인님은 상냥해.

깨~끗한 물도 주고, 달콤한 꿀과자도 줬어. 타마가 돌 주웠더니 칭찬해줬고, 위험할 때는 지켜줬어.

타마는— 맞아, 행복해. 전에 표범 언니가 아기 안고 있을 때 말했어.

코앞에 뭔가 있어.

좋은 냄새. 킁킁 냄새 맡았어. 이거 알아. 고기 냄새다!

입에 뭔가 먹은 적 없는 맛이 나. 혹시, 고기?

눈을 뜰 기운도 없지만, 입에 들어온 얇은 거 물었어.

달콤한 꿀과자보다 맛있어. 조금 힘이 났어.

눈을 뜨니까 주인님이 상냥한 표정으로 타마한테 고기 먹여 주고 있었어.

리자랑 포치도 맛있게 먹고 있어.

타마도 자기 손으로 먹었어.

주인님이랑, 리자랑 포치도 웃고 있어. 리자가 저렇게 웃는 거 처음 봐.

고기는 엄청 맛있어. 달콤해 아냐. 하지만 맛있어. 뭐라고 하는지 몰라. 그래도, 맛있어.

씹으면 씹을수록 입안에 맛있어가 퍼졌어. 맛있어서 행복해.

—그래, 이건 행복한 맛이야.

타마는 잔뜩 행복해.

이제부터 리자랑 포치랑 함께 주인님 옆에서 힘낼 거야.

왜냐면 타마는 주인님 거니까.

포치와 목욕

목욕은 따뜻하고 둥실둥실하는 거예요.

"포치, 목욕하다 잠들면 안 된다."

"아, 안 되는 거예요. 가, 간지러운 거예요."

목욕하다가 자면 물에 빠지니까 위험이 위기인 거예요. 주인님이 깨워줬지만 간지러운 건 안 되는 거예요.

숨을 못 쉬는 거예요?

"미안미안. 간지러운 거 싫으니?"

"안 그런 거예요. 그치만, 커다란 소리로 웃거나 떠들면 꾸중을 듣는 거예요."

아픈 건 싫은 거예요.

하지만, 주인님이 그렇게 슬픈 표정을 짓는 건 더 싫은 거예요.

주인님은 웃어주는 게 좋은 거예요.

"그랬구나. 사람들 많은 데서 떠들면 안 되지만, 지금처럼 우리끼리 있을 때는 마음대로 웃어도 돼."

주인님이 말하면서 상냥한 표정으로 웃어줬어.

그러니까 포치도 있는 힘껏 기운 내서 「네잉!」 하고 대답한 거예요!

"주인님~ 타월로 보글보글~?"

"그래. 타마는 이거 좋아하는구나."

"포치도 좋아하는 거예요."

주인님이 「공기」를 담은 타월을 물속에 넣어서 보글보글 거품을 내서 보여주는 거예요.

몇 번을 봐도 신기한 거예요.

눈에 안 보이는 「공기」를 어떻게 타월에 모으는 건지 몇 번 설명을 들어도 잘 모르는 거예요.

분명히, 주인님은 마법사인 거예요.

왜냐면 포치랑 타마랑 리자를 나쁜 사람한테서 구해줬으니까.

그거를 생각하는데, 주인님이 이번에는 손가락 사이로 물을 피잇, 하고 날려 보낸 거예요.

굉장한 거예요! 저건 물 마법인 거예요!

"이렇게~?"

"그래. 한 번에 배우다니 타마는 손재주가 좋구나."

아~! 타마까지 물 마법을 쓴 거예요.

타마만 머리 쓰다듬어주는 건 치사한 거에요. 포치 머리도 더 쓰다듬어 주는 거예요.

그치만 그 전에 포치한테도 물 마법 쓰는 거 가르쳐주는 거예요.

포치는 주인님의 눈을 보면서 부탁한 거예요.

"이제 그만 리자가 몸을 다 씻을 무렵이니까, 백까지 센 다음에 교대하자."

"네잉~."

"네, 네엣, 인 거예요."

아아, 오늘도 이 시련의 때가 와 버린 거예요.

포치는 오늘이야말로 주인님의 칭찬을 받는 거예요.

“하나!”

“둘~?”

“셋.”

포치도 이 정도는 안 틀리는 거예요.

문제는 나중에 39 다음인 거예요.

“39.”

아차차, 인 거예요.

여기까지는 잘 했는데!

“포치?”

괘, 괜찮은 거예요.

그렇게 걱정스런 표정은 필요 없는 거예요.

“힘내~?”

타마가 응원해줘서 고개를 끄덕이고…… 아아, 그랬더니 머리가 비어버린 거예요.

그~게, 그~게.

—생각난 거예요.

“칠십!”

“아깝지만 틀렸어. 40이다.”

콰~앙, 인 거예요.

역시, 39 다음은 어려운 거예요.

어째선지 포치부터 시작하면 「40」이 오는 거예요.

이건 분명히 신들의 저주인 거예요.

하지만, 언젠가 포치는 운명을 이겨내고 주인님한테 칭찬 받는 거예요.

포치는 굳게, 마음속으로 다짐한 거예요.

제나의 생환

"다행이야! 제나, 무사했구나! 어디 안 다쳤어? 괜찮아?"

내가 병사 숙소로 돌아가자 릴리오가 걱정스레 다가와서 몸에 이상이 없는지 여기저기 만져서 확인했다.

조금, 간지러워.

"제나 씨, 무사해서 다행입니다."

"제나, 배 안 고파? 식었지만 단토란 튀긴 거라면 남아 있어."

이오나 씨와 루우도 미궁에서 생환한 나를 걱정해준다.

단토란 튀김은 매력적이지만, 아까 따끈한 스튜를 몇 그릇이나 먹었으니까 참아야지.

"어라? 그 옷은 소년이 사준 거야?"

"네? 이 옷 말인가요?"

릴리오가 내가 입고 있는 파란 드레스를 보고 눈이 동그래졌다.

무리도 아니다. 우리들의 급료로는 몇 년 걸려도 소매 하나도 못 살 테니까.

"이건 오나 님한테 받은 거예요. 옷이 찢어져서 쓸 수 없게 돼버려서……."

그때 일을 떠올리면 지금도 부끄러워서 침대에 파고들어 몸부림치고 싶어진다.

망측한 모습으로 사토 씨한테 안겨버리다니, 상스런 애라고 생각해서 미움 받으면 어쩌지?

……그리고, 역시 봤을 거란 말이지. 작다고 생각하지 않았을까?

어두웠으니까 확실하게 보이지는 않았을 테니 다행일지도 몰라.

자신의 빈약한 가슴을 손으로 만져보니 조금 슬퍼졌다.

"제나, 이제부턴 맡겨둬. 복수는 우리가 확실하게 해줄게!"

릴리오가 날카로운 표정을 짓고 내 어깨에 상냥하게 손을 올리더니 이상한 선언을 했다.

—네?

영문을 몰라서 이오나 씨에게 시선으로 도움을 청했다.

"릴리오 씨, 그럼 안 돼요."

이오나 씨가 내 의도를 파악하고 릴리오의 폭주를 막아—.

"간단히 죽여선 안 돼요. 제나 씨를 더럽힌 죄를 마음 속 깊이 후회할 정도로 고통을 줘야죠!"

—주지 않았어요.

오히려, 이오나 씨가 더 위험하네요.

선반에서 뭔가 뒤적거리며 찾고 있던 루우에게 마지막 희망을 맡기자.

그녀는 어째선지 산악 순찰 때 휴대하는 자일을 손에 쥐고 있었다.

"저기, 루우?"

"응? 그 흑발을 고문할 거라면 묶어놓기 위한 로프가 필요하잖아?"

내 물음에 루우가 당연하단 기색으로 대답했다.

"저기…… 여러분, 뭔가 착각하고 있지 않나요?"

"괜찮아, 제나. 다 아니까 우리들한테 맡겨."

"죄에는 확실한 벌을 내려줄 테니까요."

"실력발휘를 해야겠는데!"

아아, 역시 착각하고 있어.

다들, 저를 걱정해주는 건 기쁘지만 너무 성급한 판단이잖아요.

"아이참! 제 옷이 찢어진 건 미궁의 마물 탓이에요! 사토 씨는 마물에게 잡아먹힐 뻔한 저를 구해준 은인이에요!"

"어? 소년이 욕정에 넘어가서 제나를 쓰러뜨린 거 아냐?"

"쓰러뜨리지 않았어요!"

아이참, 릴리오는 정말! 사토 씨는 신사니까요. 결혼도 안 했는데 그런 일을 할 리가 없잖아요.

이오나 씨가 키득키득 웃는 게 보였다.

—다 알면서 놀린 거네요?

"뭐~야. 그럼 제나는 아직 정결한 몸이네."

"기다려, 루우. 억지로가 아닐 뿐이고 합의를 거친 행위—."

"정결한 몸이에요!"

나는 릴리오를 투닥투닥 때렸다.

아이참, 무슨 말을 하게 만드는 건가요! 릴리오 바보!

—하지만, 걱정해 줘서 고마워요. 다들 정말 좋아해요.

리자의 걱정

"미안하다, 리자. 얼른 아인이 묵을 수 있는 여관을 찾을 테니까 그때까지는 참아줘."

"아뇨, 주인님. 저희들에겐 이것도 과분한 취급입니다."

주인님이 잘못한 것처럼 말씀하시지만, 저희들 노예는 헛간에 그냥 누워서 자는 것이 보통입니다.

잘 대해주는 주인이라면 지푸라기로 엮은 얇은 돗자리를 받는 경우도 있습니다만, 제가 있던 곳에서는 인간족의 노예들에게조차 그런 것을 주지 않았습니다.

하물며, 새로운 지푸라기를 모아 만든 침대 따위 꿈 속의 꿈 같은 일입니다.

그 증거로, 주인님 뒤에서 여관 따님이 「정말 별나~」라고 중얼거리고 있습니다.

"푹신푹신~?"

"아주아주 멋진 거예요! 주인님도 같이 자는 거예요!"

지푸라기 침대에서 천진하게 뛰어 노는 타마와 포치가 주인님을 부릅니다.

저도 그렇지만, 이 둘은 상냥하고 아인에게 편견이 없는 주인님을 아주 좋아하나 봅니다.

"두 사람. 억지를 부리면 안 됩니다."

"네잉~."

"네, 인 거예요."

오늘은 번식용으로 동족 아가씨들을 사셨으니 그녀들과 동침하실 겁니다.

여기서 애들을 보도록 하는 건 가혹한 일입니다.

"다들 잘 자라. 배고프면 가방에 들어 있는 식량을 마음대로 먹어도 돼."

"배려 감사드립니다."

주인님이 손을 흔들며 마구간을 떠났습니다.

곧장 뒤에서 뒤적뒤적 소리가 나기 시작해서 돌아보니, 포치와 타마가 가방에서 말린 고기와 치즈 덩어리를 꺼내는 참이었습니다.

"두 사람, 식량을 가방에 돌려놓으세요."

"왜애~?"

"주인님이 먹어도 된다고 한 거예요?"

아무래도 두 사람은 착각을 하는 모양입니다.

"두 사람 잘 들으세요—."

지푸라기 침대 위에 오도카니 앉은 두 사람에게 주인님이 하신 말씀의 의미를 전달했습니다.

주인님은 용건이 있어서 아침 저녁 식사를 주지 못할 때에 비상식으로 맡기신 것이며, 자유롭게 간식 삼으라고 말씀하신 것이 아닌 겁니다.

애당초, 아까 주인님과 같은 호화로운 식사를 배가 가득 찰 때까지 먹은 참인데 참 곤란한 일입니다.

"그리고……."

아뇨, 이건 아이들에게 말해도 불안해지기만 하겠죠.

미궁에 있을 때 주인님에게 단련을 받아서 그럭저럭 싸울 수 있게 됐습니다만, 근본적으로 주인님은 저희들을 필요로 하지 않았습니다.

미궁에서도 성에서도 저희들을 동족 아이들처럼 보호해주셨지만, 미궁에서 돌아온 지금은 언제 주인님의 마음이 바뀌어 「너희들은 필요 없다」고 하며 노예상에 매각할지 알 수 없습니다.

실제로 여관만 보더라도 저희들은 주인님의 발목을 잡고 있습니다.

그 보라색 머리칼 아가씨처럼 재치를 부려서 주인님의 궁지를 구할 수가 없습니다.

주인님이 다른 종족의 이성에게 성적인 기호를 느끼는 특수한 취향인 분이었다면 이렇게까지 걱정하지 않을 수 있었겠지만…… 아뇨, 이 발상은 주인님께 실례로군요.

"리자~?"

"배 아픈 거에요?"

그렇게 생각하고 있는 것이 얼굴에 드러난 모양입니다.

걱정하는 두 사람이 제 손을 잡고 아래쪽에서 올려다보았습니다.

"아뇨, 아무것도 아닙—."

아무것도 아니라고 말하려다가, 생각을 고쳤습니다.

어쩌면 주인님께 도움이 될 좋은 생각이 뭔가 떠오를지도 모릅니다.

"주인님의 도움이 될 방법이 없을지 생각하고 있었습니다. 두 사람은 뭔가 떠오르는 게 있나요?"

"적이랑 싸워~?"

"포치도 싸우는 거예요."

—거리 한복판에서 싸울 일은 그리 없을 겁니다.

"돌 주워~?"

"해체하는 거예요."

—유감이지만, 그것은 미궁 안에서만 하는 일입니다.

"등 밀어드리는 거예요!"

"타마도~."

—목욕인가요. 그건 참으로 좋은 것이었습니다. 또 하고 싶군요.

"적 찾아~?"

"간식으로 나무 열매 줍는 거예요!"

"타마는 쥐 잡아와~?"

—주인님은 돈이 궁한 기색이 없으셨지만, 저희들이 식량을 직접 조달할 수 있게 되면 부담이 줄지 않을까요?

그다지 좋은 생각이 안 나왔지만, 그러는 동안 두 사람이 꾸벅꾸벅 졸기 시작했습니다.

그때 말이 「푸르르」 콧김 뿜는 소리가 들리자 두 사람이 뛰어 일어났습니다.

"포, 포치는 안 잔 거예요!"

"타마도~ 안 잤어~?"

"오늘은 이만 자도록 하세요."

잠에 취해서 두리번거리는 두 사람의 머리를 쓰다듬어주고 자리에 눕혔습니다.

"리자, 말~?"

타마가 지푸라기 침대에 누우며 그렇게 중얼거렸습니다.

편안한 숨소리를 내는 두 사람의 머리칼을 쓰다듬어주고 저도 누웠습니다.

그렇지만, 어째선지 방금 타마가 중얼거린 말이 신경 쓰여 좀처럼 잠들 수가 없습니다.

대체 뭐가 신경 쓰인 걸까요?

……그날 밤, 꿈을 꾸었습니다.

인간족의 마법사 아가씨께서 구해준 것, 미궁에서 어찌할 줄 모르던 저희들을 구해주신 주인님, 미궁에서 주인님과 함께 마물과 싸운 것, 성에서 꿈만 같은 생활을 한 것, 그리고—.

"—여행입니다!"

벌떡 일어난 저의 시야에 아침 해가 비치는 마구간이 들어왔습니다.

제 목소리에 놀란 포치와 타마가 눈을 비비면서 일어나 기지개를 켰습니다.

"안녕~?"

"안녕하세요인 거예요."

인사하는 두 사람에게 응답하지도 않고, 저는 꿈속에서 붙잡은 실마리를 필사적으로 끌어당겼습니다.

"그래요, 여행입니다."

"여행~?"

"아침에는 안녕하세요 하는 거예요?"

—생각났습니다.

성에 머무르고 있을 때, 주인님은 공도의 운하를 보러 가고 싶다는 말씀을 하셨습니다.

그렇다면 여행에서 도움이 되는 일을 배우도록 해야죠.

우선 가까운 곳에 있는 말부터입니다.

마구간의 문을 열고 들어온 마구간지기에게 가르침을 청해야겠어요.

아마도 거절하겠지만, 그래도 포기할 수는 없습니다.

아무리 지저분한 일이나 잡무라도 받아들이고, 할 수 있는 일을 한 가지라도 늘려서 주인님의 도움이 되어야 합니다.

저는 포치와 타마를 데리고 결연하게 마구간의 입구로 향했습니다.

노예 왕녀

『아아, 아리사. 너의 하늘하늘한 옅은 보라색 머리칼이 근사해.』

『주인님의 매끄럽고 검은 머리도 멋져요.』

흑발 주인님의 손이 내 머리칼을 쓰다듬고, 귓가에 상냥하게 속삭였다.

『아직 빈약한 가슴과 가녀린 팔도, 너의 모든 것이 사랑스러워.』

『어머나, 주인님도 참♪』

주인님의 여자애 같은 하얀 손가락이 내 옷의 단추를 풀기 시작했다.

—아니, 지금은 눈동자를 바라보며 키스를 하는 패턴일까?

구헤헤, 꿈이 펼쳐지네요오~.

"구헤헤헷."

"……아, 아리사?"

아차, 이럼 안 되지. 안 돼. 망상에 너무 빠져서 내면의 목소리가 흘러나왔네.

루루가 미소녀 표정을 흐리더니 내 늘어진 얼굴을 들여다보았다.

내 언니지만 여전히 나라가 기울 만큼 예쁘다니까. 이게 호박으로 보인다니 이 세계의 심미안은 죄가 깊어.

"아무것도 아냐. 좀 내 취향의 타입을 봤더니 기뻐서."

내 말에 루루가 울 것 같은 표정을 지었다.

"취향이라니, 의미 없잖니. 왜냐면 우리들 노예가 돼버렸는걸?"

"괜~찮~아, 맡~겨둬."

나는 빈약한 가슴을 탁 두드리고 루루의 걱정을 떨쳐냈다.

왜냐면 나는 신이 전생시켜준 운명의 왕녀.

덤으로 아까 본 흑발에 일본인 얼굴 쇼타는 틀림없이 전이자나 소환된 용사님 둘 중 하나야.

게다가 눈이 딱 마주쳤으니까, 루트 분기점 생성도 완벽해.

지금쯤 분명히 치트를 구사해서, 나랑 루루를 사기 위한 자금을 벌고 있을게 틀림없어.

왜냐면, 그게 이세계물의 약속된 전개니까.

믿고 기다리겠어, 내 주인님.

루루의 주인님

“이제부터 너희들의 주인 후보에게 데리고 간다. 이게 노예 경매에서 팔고 남은 너희들에게 내리는 마지막 기회다.”

노예상인이 무서운 표정으로 우리들을 내려다 봤습니다.

어느샌가 떨고 있던 내 손을, 작은 손이 힘차게 쥐었어요.

“괜찮아, 루루. 내가 옆에 있어.”

“……아리사.”

여동생에게 격려를 받다니 언니로서 실격입니다. —좀 더 정신을 차려야죠!

저는 그 결심을 작은 가슴에 새겼습니다.

그리고 저희들이 이끌려간 방에서, 아인 소녀를 뒤에 거느린 검은 머리칼의 남자애가 기다리고 있었습니다.

저와 비슷한 나이의 상냥해 보이는 사람. 어쩐지 얼굴 생김새가 어머니와 닮았습니다.

그 남자애는 제 얼굴을 보고 놀란 것처럼 바라보았습니다.

……분명히 어렸을 때부터 추하다고 매도를 받아왔지만, 이렇게까지 말을 잃으면 조금 상처를 받네요.

저는 어떻게든 자기 이름을 말할 수는 있었지만, 그것이 고작.

—왜냐하면 알몸이나 다름없는 부끄러운 모습을 하고 있는데, 그 남자애는 단 한 번도 제 몸에 시선을 주지 않고 제 추한 얼굴을 멍하게 보고 있었으니까요.

도저히, 자신을 사달라고 조를 수 있을 리가 없었습니다.

이제 포기했어요. 저는 이대로 남겨져서 광산에 팔려갈 운명인 거죠.

"니들렌 씨, 조금 만져 봐도 될까요?"

"네, 사토 님이 좋을 대로 하시죠."

—에? 에? 에에에?

마, 만지, 만지다니, 어디를?

갑작스런 전개에 저는 몸이 굳어진 채 견디는 수밖에 없었습니다.

남자애의 손이 저에게 뻗어서—.

살며시 상냥하게 제 머리칼을 만졌습니다.

마치, 연인을 대하는 것처럼 상냥한 태도였습니다.

남자애는 그대로 손을 제 볼에 대더니, 얼굴이 가까워졌습니다.

호, 혹시, 키, 키스를 하는 걸까요?

광산 도시에서 알지도 못하는 아저씨한테 바치는 것보다는, 같은 나이의 남자애한테 당하는 편이…….

눈을 꼭 감고서 그 때를 기다렸습니다.

제 심장이 두근두근 격하게 고동쳤어요. 머리에 피가 너무 몰렸는지 귀 울림이 들렸습니다.

……하지만, 그때가 좀처럼 오지 않았습니다.

아아, 시간이 흐르는 게 이렇게 느리다니…….

남자애가 모르는 말로 귓가에 뭔가 속삭였습니다. 그의 숨결이 귀에 닿아서, 허리에서 힘이 빠질 것 같았습니다.

기척이 멀어지는 것을 느끼고 눈을 뜨자, 그 남자애는 노예상인이랑 뭔가 이야기를 하고 있었습니다.

그의 태연한 옆모습을 보고 있자니 어쩐지 뭔가 뭉클거리는 마음이 솟았습니다.

하지만 남자애는 그런 제 마음은 상관없이, 아까와 같은 말을 아리사에게도 속삭였습니다.

"꺄아, 치워줘요, 거미는 싫어!"

이유는 모르겠지만, 아리사의 이 비명이 결정타가 되어 주인님은 우리들 자매를 사서 노예로 삼았습니다.

"앞으로 잘 부탁해."

"네, 네에……. 힘껏, 봉사하겠습니다."

이것이 상냥하고 신비로운 주인님과 저희들 자매의 만남이었습니다.

붙잡힌 공주님

나는 미사날리아 보르에난. 엘프 마을의 어리석은 아이.

어른들이 수천, 수만 번 「숲 바깥에 나가지 마라」고 했는데, 무지개색으로 빛나는 나비를 좇아서 숲의 결계 바깥으로 나가고 말았다.

나를 기다리고 있던 것은 해골의 마술사. 그림자를 조종해서 함께 있던 날개요정들을 움직이지 못하게 한 뒤에 나를 잡아갔다.

"—잘 왔다. 내 묘표에."

해골은 그렇게 말하고 나를 의자에 묶더니, 무슨 의식을 했다.

자신이 아닌 무언가와 이어지는 신기한 감각. 넘쳐흐르는 마력이 내 몸을 격렬하게 뛰어 다녔다.

"『요람』과 이어졌구나—."

해골이 뭐라고 했지만, 마지막까지 듣지 못하고 내 의식은 어둠에 삼켜졌다.

어느 정도 시간이 지났을까?

내가 눈을 뜰 때마다 방의 모습이 변했다.

말라 죽어 있던 넓은 방이, 마을의 원로들 방처럼 반짝반짝.

그리고, 나를 보살피는 자도 나무 인형에서 어머니 리아와 꼭 닮은 호문클루스 여자로 바뀌었다.

처음에는 한 명이었던 여자도 지금은 8명. 한 명을 빼면 다들 가슴이 크다.

"—공주."

"……공주 아냐."

이 여자들은 나를 공주라고 부른다.

몇 번이나 아니라고 부정해도, 완고하게 그렇게 부른다.

"No. 5, No. 7! 침입자다. 맞이하러 간다."

"No.1의 지령을 긍정, 임무를 변경합니다라고 보고합니다."

"No.1의 지령을 긍정, 이곳은 안전하다고 공주에게 보고합니다."

이상하게 말하는 여자들이 가버렸다.

해골도 어딘가에 나가고 없었다.

지금 여기에 있는 건 나 혼자— 도망쳐야해.

의식에 낀 안개를 떨쳐내고 의자에서 내려왔다.

여기에 온 뒤부터 몸이 무겁다.

발치의 옅은 빛을 의지해서 회랑을 나아갔다.

회랑의 벽에 기대어 달팽이 같은 속도로 다리를 움직였다.

날개요정들이 보면 웃을 거야.

회랑 너머에 나무 인형이 나타났다. 나는 마음만 서둘러서 가까운 넝쿨 사이에 몸을 집어넣었다.

넝쿨 일부가 열리고, 낯익은 모습이 보였다.

"어라? 어린아이네. 길 잃었니?"

"드라이어드?"

"맞아~. 마을로 보내주고 싶지만, 여기는 바깥이랑 이어져 있질 않아."

어쩌면 돌아갈 수 있을 거라고 생각했는데…….

"대신에, 출구 가까운 곳으로 보내줄게. 이건 출세해서 갚아야 된다. 잊지 말고."

"응."

인사를 할 틈도 없이, 나는 탁 트인 넓은 홀로 전이했다.

귓속이 키잉 해서 기분이 나빠.

『—미사날리아 님!』

흐려지는 시야에 마지막으로 비친 것은 붉은 투구였다.

옷 고르기

"파렴치."

미아가 분연하게 나나의 망토 안쪽 의상을 꾸짖었다.

"기능적이고 움직이기 쉽다고 호소합니다."

나나가 변호했지만, 논점이 어긋났다.

"파렴치한가 아닌가도 그렇지만, 조심 안 하면 속옷이 보일 것 같아."

"보이면 안 되는 건가요?"

"아아! 나나 씨, 들추면 안 돼!"

루루가 자기 일처럼 볼을 물들이고 주의를 주었지만, 나나는 잘 모르는 모양이다.

아까부터 흘끔흘끔 보이던 하얀 팬티가 나나 자신의 손으로 훤히 드러났다.

섹시함이 없는 수수한 팬티에는 흥미가 없는지, 주인님은 아까부터 동요조차 보이지 않고 리자 씨와 함께 짐을 반입하고 있었다.

"있지, 주인님."

"왜 그러니? 아리사."

"나나 씨의 옷을 사러 가고 싶은데 괜찮아?"

"좋아. 미아도 나디 씨한테 받은 옛날 옷만 있어서야 곤란할 테니까, 같이 사러 가줘."

주인님이 두말없이 던져서 건넨 주머니에는 금화가 담겨 있었다.

돈 씀씀이가 잡스러워. 내가 정신 똑바로 안 차리면 언젠가 파산하겠네.

흐흐흥, 조신하게 남편을 지탱하는 현모양처 같지 않아?

"우응?"

미아의 의문스런 표정을 깨달았을 때는, 주인님이 미아랑 나나를 남기고 여행에 필요한 장을 보러 나선 다음이었다.

"어떤 옷이 좋아?"

"이거."

"헤에. 하늘색 원피스네. 그거라면 이 플레어 스커트가 좋지 않아?"

"이쪽."

"그래. 옷자락에 프릴 달린 게 좋구나."

미아가 고른 것은 무릎 위에 프릴이 달린 원피스였다. 가슴 위가 트여 있어서 섹시하네.

"그렇다면 이 블라우스와 같이 입으면 근사해요."

"아, 정말이다."

"방울방울."

미아가 블라우스의 목깃을 고정하는 리본을 가리켰다. 리본 끝에는 민들레 솜털 같은 방울 모양 술이 달려 있었다.

"너무 얇아서 감기에 걸린다고 경고합니다."

"헤에, 꽤 좋은 케이프네. 이 카디건도 잘 맞을 것 같아."

"이것도."

"타이츠가 있었구나. 신축성은 신통찮지만 따뜻해 보인다. 기왕이면 사람 수에 맞춰서 사가자."

"응."

미아가 가게 언니한테 사이즈 조정을 확인하는 사이에 나나의 옷을 봐줬다.

"아리사, 이 옷을 희망합니다."

나나가 고른 것은 노란 옷.

"기각."

"재고를."

보통 옷이라면 좋겠지만, 아무리 그래도 창부들마저 얼굴이 빨개질 것 같은 다 비치는 옷은 안 되지.

이건 내가 코디를 해줘야겠어.

흐흐흥, 실력 발휘를 해볼까?

이네의 마법약

“이네니마아나, 무슨 일이죠?”

“스승님, 마력이 떨어졌어요.”

걱정스레 들여다보는 스승님에게 보고했다.

우~ 마력부족으로 머리가 빙글빙글 돌아~.

“그건 안 되죠—. 마력 고갈은 몸에 안 좋으니까, 얼른 이걸 마시세요.”

“……네에에.”

아우아우, 마력회복약이다아.

엄청 쓰니까 싫어하는데…….

“왜 그러죠?”

내가 망설이자, 스승님이 「하는 수 없네요」라고 탄식했다.

—혹시, 안 마셔도 되나?

그 희망은 스승님이 내 코를 재빨리 붙잡고서 쓰디쓴 마법약을 입에 흘려 넣을 때까지였다.

우가가가, 써, 너무 써어.

콜록콜록 기침을 하면서, 스승님이 건네준 물을 들이켰다.

하지만 쓴 맛이 더 선명하게 내 혀를 공격했다.

어째서 마법약은 이렇게 쓴 거지?

무화과나 산딸기처럼 달면 좋을 텐데!

◆

보름 뒤, 나는 이상의 마법약을 만났다.

"……달아."

그것은 충격이었다.

쓴맛이 한 조각도 없이 달다. 달코옴한 벌꿀맛 마법약.

연금술사인 사토 씨가 준 마법약은 기적처럼 상냥하고 달콤함으로 감싸주었다.

은은한 달콤함과 함께 고갈된 마력이 회복되는 걸 알 수 있었다.

꿀꺽꿀꺽 들이켜자 작은 병 속 액체는 순식간에 사라져 버렸다.

평소에는 반을 마시는데도 기합이 필요한데, 오늘은 더 마시고 싶을 정도였다.

병 바닥에 남은 몇 방울을 어떻게든 마시려고 짧은 혀를 뻗었다.

우우, 안 닿아…….

하는 수 없으니까 거꾸로 세운 병의 바닥을 손바닥으로 두드려서 방울을 얻어냈다.

통통 손바닥으로 때릴 때마다 약간 방울이 내려온다.

나는 그것을 소중하게 핥았다.

스승님이 보면 혼나겠지만, 사토 씨는 상냥하게 내 머리를 쓰다듬어주었다.

"마력은 회복됐니?"

"으, 응. 이거, 맛있어."

"그럼, 계속해보자. 마력이 떨어지면 또 줄 테니까 힘내."

“응!”

또 달콤한 약을 받을 수 있어!

나는 그 말을 의지하여 열심히 마법약 연성을 계속했다.

◆

그때부터 얼마나 시간이 흘렀을까?

나는 스승님에게서 독립하여, 연금술사로서 제자를 받을 정도가 되었다.

이게 모두 그 달콤한 마법약을 재현하고 싶어서 연성에 매진한 덕분이야.

“스승님, 서꼈어.”

“스승니임, 마력 떨어져써.”

“이제 지쳐써~.”

자그마한 판 제자들이 기대가 가득한 눈으로 이쪽을 보았다.

“벌써? 그러면 회복해야지.”

“와~아.”

“마법~약.”

“해냈다아.”

나는 마력회복약의 병을 둘에게 건넸다.

두 사람은 주저 없이 뚜껑을 열더니 소중하게 약을 마시기 시작했다.

“달아~.”

"푸하아, 맛이써."

"이 한 잔이 있으면 얼마든지 수행 열심히 할 수 있어어."

웃는 표정의 아이들이 연성 솥으로 달려갔다.

그 모습에 옛날 자신의 모습을 겹쳐서 보고, 무심코 웃음이 흘렀다.

사토 씨, 제 약은 당신의 발끝 정도에는 도달했을까요?

하늘 너머에서 활약하는 또 한 사람의 스승님에게, 나는 마음 속으로 말을 걸었습니다.

리자의 연습

『잘 들어라, 리자. 창이란 팔의 연장이다. 신경을 갈고 닦아서, 창끝까지 의식을 깃들여라. 그것을 진정으로 해냈을 때, 우리들의 시조와 같은 마인의 극의를 얻을 수 있을 거다—.』

최근에 창을 휘두를 때마다 어린 시절에 들은 조부의 말을 떠올린다.

『—리자야, 네 아비의 창은 힘차다. 그러나 아직 낭비가 많다. 진정한 창잡이의 기술은 조용하다. 창을 휘두른 것조차 눈치 못 챌 정도로 낭비가 없는 모습이야말로 이상이다. 언젠가 너에게도 창성 구르가포야 님의 신기를 보여주고 싶구나…….』

그 무렵, 조부의 이야기를 잘 이해하지 못했다.

힘 빠진 창에 가치가 있는 줄 몰랐으니까—.

"리자, 열심이구나."

"주인님— 혹시, 주무시는데 방해가 되었나요?"

불침번의 졸음을 쫓으려고 창의 연습을 하고 있었는데, 연습에 열이 들어간 나머지 소음을 냈을지도 모른다.

나는 핏기가 가시는 심정으로 주인님께 물었다.

"아냐. 이제 그만 불침번 교대 시간이야."

나는 황송하지만 주인님이 내민 타월을 받아서 땀을 닦았다.

이 젊은 주인님은 노예에게도 과하게 상냥하다.

"잠깐, 창을 좀 빌려줄 수 있을까?"

"네, 물론입니다."

평소에는 소중한 창을 남이 만지도록 두지 않지만, 주인님은 예외다.

이 창은 주인님이 도수공권이었던 나를 위해 만들어주신 물건이니까.

"그럼, 잠깐 빌릴게."

나에게서 받은 창을 주인님이 겨누었다.

—무시무시할 정도의 자연체다.

힘이 들어간 것 같지도 않은데, 틈이 아무데도 없다.

흐르는 것처럼 자연스런 움직임으로 주인님이 창을 휘둘렀다.

어디서 본 기억이 있는 것도 당연한 것이, 내가 방금 전까지 하던 연습을 모방한 것이었다.

"—윽."

목소리가 안 되는 숨결이 흘렀다.

그것은 완성형. 그야말로 창의 신기.

조부가 말했던 전혀 낭비가 없는 궁극의 기술.

괜히 공기를 떨게 만들지도 않고, 괜한 힘으로 대지를 짓누르지도 않는다.

"아……."

불과 몇 번으로 끝난 주인님의 창 연무에, 미련이 남아 목소리를 흘리고 말았다.

나는 어느 정도 수련하면 저 기술의 발끝에 닿을 수 있을까?

무의 길이란, 끝이 없다—.

"역시 흉내만 내선 안 되겠다. 박력이 없는 찌르기밖에 안 나오네.”

“아뇨, 멋진 기술이었습니다.”

쑥스러운 기색으로 겸손하는 주인님에게서 창을 받았다.

지금은 전혀 닿지 못한다. ―그렇지만, 아까 그 신기는 눈에 새겼다.

언젠가 반걸음이라도, 그 장소에 닿겠어!

나는 단짝인 흑창과 주인님의 뒷모습에, 몰래 다짐했다.

카리나와 라카

"용샤가 되꺼야!"

어렸을 적, 아버님이 장래의 꿈을 물었을 때 저는 그렇게 대답했다고 해요.

참으로 저다운 대답이라고 할 수 있겠죠.

나이를 먹을수록 꿈은 용사가 아니라 용사의 종자, 그리고 그 종자의 입장조차도 손이 닿지 않는 높은 경지라는 것을 안 뒤부터는 입 밖으로 내지 않게 됐답니다.

아버님은 말하지는 않지만, 다른 영지의 귀족을 남편으로 맞아 남동생의 치세를 돕는 걸 바라고 계시겠죠.

어린애 놀이의 연장 같은 전투 훈련이 아니라 신부 수업을 해야 하는 것은 알고 있지만, 아무리 해봐도 의욕이 나지 않아요. 홀로 뒤뜰에서 어설픈 흉내로 훈련을 하며 땀을 흘리고 만답니다.

—그러던 어느 날.

땀을 흘려서 메마른 목을 축이려고 광대한 뒤뜰 한 구석에 있는 과일나무 숲으로 발길을 옮겼을 때 일입니다.

"……그렇군. 마왕 폐하의 부활은 진척이 있는 것이군?"

귀에 들어온 위험한 대화에 심장이 멎는 줄 알았답니다.

대화를 하는 두 사람 중 한 명은 우리 무노령의 집정관입니다. 냉혹한 눈동자로 노려보면 잠들지 못할 만큼 불안해지는 무서운 사람입니다.

또 한 명은 모습이 보이지 않아요.

아뇨, 커다란 나무 그늘에 칠흑의 기이한 형체가 서 있었습니다.

무심코 뒤로 물러난 저는 불행하게도 작은 가지 하나를 밟고 말았습니다.

빠직, 메마른 소리가 조용한 숲에 울렸습니다.

"—누구냐!"

집정관이 소리치자 반사적으로 달려가고 말았어요.

어렸을 적부터 놀았던 뒤뜰입니다. 어디에 무엇이 있는지는 자기 방처럼 잘 알고 있어요.

수풀 틈으로 파고들어 쓰러진 나무를 뛰어넘고, 부서진 벽 틈을 빠져나가 폐허로 도망쳤습니다.

여기라면 숨을 장소가— 그렇게 안도한 저에게 더욱 큰 불행이 기다리고 있었습니다.

갑작스런 부유감과 어두워지는 시야.

이어서 찾아온 격렬한 통증.

"어리석군……. 처리할 것도 없이 사고사라니."

올려다보는 집정관과 기이한 형체의 마물이 높은 곳에서 내려다보고 있었습니다.

"아직 살아 있는데?"

"시간문제다."

그렇게 말하더니 그들은 그 자리에서 모습을 감춰버렸습니다.

아무래도, 저는 폐허의 바닥을 잘못 디뎌서 지하실에 떨어진 모양입니다.

몸이 아프고, 손가락도 만족스레 움직일 수가 없어요.

아아…… 죽는구나…….

차가운 돌바닥에 쓰러져서, 저는 포기한 것처럼 마음속으로 중얼거렸답니다.

하지만 제 안에서 무언가가 그것을 부정했어요.

—죽고 싶지 않아.

왜냐면, 아직 아무것도 못했으니까.

"……누, 누군가. 도, 도와줘."

마지막 기력을 짜낸 제 목소리에 응답하는 자가 있었답니다.

『—소녀여. 그대, 힘을 바라는가?』

그것이 저와 라카 씨의 만남이었답니다.

포치의 생선 잡기

"아야야야야아아아아아아!"

강변에서 야영 준비를 하고 있던 우리들 등 뒤에서 포치의 비명이 들렸다.

황급히 돌아보자, 포치의 꼬리를 깨문 커다란 생선이 눈에 들어왔다.

"포치!"

나는 생각하는 것보다 빠르게, 스토리지에서 자갈을 꺼내 괘씸한 생선에게 투척했다.

자갈의 직격을 받은 생선이 포치의 꼬리를 깨문 머리 부분만 남기고 폭산하여 강에 뿌려졌다.

"주인님! 꼬리가! 포치의 꼬리가!"

피를 뚝뚝 흘리는 포치의 꼬리에서 송곳니투성이인 생선의 머리를 떼어내 강에 버리고, 마법약을 뿌려서 상처를 치유했다.

"……아픈 거 날아간 거에요."

눈물 짓는 포치에게서 입버릇인「인 거에요」가 부활했다.

"정말이지! 도시 바깥에는 위험이 많다고 언제나 말을 했죠!"

"잘못했어요, 인 거에요."

리자가 필사적으로 꾸짖으면서 포치의 눈물과 침을 타월로 닦아주었다.

하지만 나는 알고 있다. 가장 먼저 포치를 향해 달려간 것이 리자였다.

이 신랄한 질책도 포치를 걱정했기 때문이겠지.

"—알았나요? 포치."

"네, 인 거예요. 이제 포치는 방심하지 않는 거예요!"

설교를 마무리한 리자에게 포치가 눈동자의 빛을 되찾으며 결의가 가득한 말로 대답했다.

"대답은 좋아요. 그러면 그걸 증명해 보세요."

리자가 포치를 데리고 강 속으로 발을 들였다.

"어차피, 생선 따위—."

리자가 포치에게 가르치면서 허리를 살짝 낮췄다.

들어 올린 꼬리가 밸런서가 되는 모양이다.

수면이 반짝이며 빛을 반사한 순간, 리자의 손이 번득이며 물보라가 튀었다.

"—이 정도입니다."

"리자는 굉장한 거예요!"

리자의 손에 붙잡힌 생선을 보고 포치가 찬사의 목소리를 올렸다.

"자, 해보도록 하세요."

"네! 인 거예요."

리자 옆에서 포치가 수몰 직전인 상태로 생선 잡기를 시작했다.

포치가 「에잇!」, 「야아!」, 「타아!」 활기찬 소리를 내면서 생선을 노렸지만, 포치는 손이 작아 잘 안 되는지 좀처럼 성공하지 못했다.

리자는 그런 포치를 지켜보기만 하고, 손대려 하지 않았다.

나는 보다 못해서 조언을 해주고 말았다.

"—포치, 꼬리를 노려!"

난 도저히 리자처럼은 못 하겠어.

"잡은 거예요!"

내 조언을 듣고서 세 번째 시도 만에 드디어 포치가 강의 생선을 붙잡았다.

함박웃음을 짓는 포치의 등 뒤에서, 스르륵 다가가는 검은 그림자—.

등 뒤에서 포치의 꼬리를 노린 생선이 포치의 뒤차기를 맞아 강 중간쯤으로 날아갔다.

포치는 생선의 접근을 깨달은 모양이다.

"포치에게 같은 공격은 통하지 않는 거예요!"

포치가 어느 만화 주인공 같은 대사를 하며 자신만만하게 납작한 가슴을 내밀었다.

"포치!"

"—앗!"

리자가 주의를 주었지만 조금 늦었다.

포치가 옆구리에 끼고 있던 생선이 날뛰면서 도망쳐 버렸다.

"……인 거예요."

생선을 좇아서 뻗은 포치의 손이 허망하게 수면을 때렸다.

아무래도 포치가 방심하지 않는 건 한참 멀었나 보다.

나는 리벤지 매치를 시작한 포치의 기합을 들으며, 느긋하게 하늘을 올려다보았다.

폐허의 소녀

"있잖아, 언니. 엄마 괜찮아?"

"―물론이지."

여동생에게 대답하는데 조금 머뭇거리고 말았다.

나는 여동생에게 제대로 웃음을 보여줬을까……?

어제부터 엄마의 의식이 돌아오지 않는다.

누군가를 의지하고 싶지만, 누구를 의지해도 의미가 없었다.

왜냐면, 이런 슬럼가의 폐허에 와주는 신관님은 없으니까.

"먹을 걸 찾아올 테니까, 너는 엄마 옆에 있어줘."

"으, 응."

여동생을 남기고 폐허 안에서 기어 나왔다.

차가운 바람이 얇은 누더기 위를 지나쳤다.

추워진 다음부터 씻지 않은 머리칼은 바람을 받아도 나뭇가지처럼 뻣뻣하게 흔들리기만 했다.

"""남작의 개는 돌아가라아!"""

길 너머에서 어른들이랑 남작의 병사들이 말다툼하는 소리가 들렸다.

들어보니까 「구획 정리」라는 것 때문에 이 슬럼가에서 나가야 한다고 했다.

여기에서 쫓겨나면, 이제 갈 곳이 아무데도 없다.

"누가, 도와줘요……."

약한 소리와 함께 눈물이 흘렀다.

울어도 누가 도와줄 리 없다는 건 알고 있었다.

하지만 눈물이 멎지 않았다.

그 눈물을 예쁜 천이 닦아주었다.

이렇게 상냥하고 부드러운 건 처음이다. ―나는 놀라서 숙이고 있던 고개를 들었다.

"무슨 곤란한 일 있니?"

시야에 이 근처에서는 본 적이 없는 좋은 차림새의 오빠가 들어왔다.

"엄마를 구해줘요―."

엄마가 「모르는 사람이 웃으면서 접근하면 도망쳐라」라고 했는데, 깨닫고 보니 나는 그 오빠한테 부탁하고 있었다.

오빠가 상냥한 표정이었기 때문일지도 모른다.

"좋아, 엄마 있는 데로 데려다 줄래?"

오빠는 곧장 그렇게 말했다.

나는 오빠를 데리고 폐허의 잠자리로 갔다.

"흠, 영양실조에 풍토병이라……. 이거면 어떻게 될 거야."

엄마를 흘깃 본 오빠는 그렇게 말하더니, 방의 구석에 돗자리를 깔고 뭔가 으직으직 작업을 시작했다.

"뭐 하는 거야?"

"약을 만들고 있어. 조금만 기다려."

가방 안에서 차례차례 여러 가지 약이나 예쁜 돌을 꺼내 가루로 만들거나 물을 섞거나 했다.

"예뻐."

"응, 예쁘다."

오빠한테 방해되지 않도록, 나는 여동생과 함께 방의 구석에서 지켜보았다.

투명한 용기에 든 약이 반짝반짝 빛났다.

"좋아, 완성이다. 정신을 잃은 모양이니까 이걸 써야겠네."

오빠가 끝이 얇은 이상한 형태의 용기에 약을 넣어 엄마에게 먹였다.

"이제 괜찮아. —봐."

오빠가 재촉하여 그쪽을 보자 엄마가 눈을 뜨고 있었다.

"엄마!"

"어마아아아아아아."

나는 여동생과 함께 엄마한테 달려들었다.

◆

"언니, 사작 오빠야."

여동생의 목소리에 나는 방 청소를 중단하고 밖으로 마중을 나섰다.

머리칼이 바람을 받아 경쾌하게 흔들렸다.

매일 씻은 덕분에 머리칼이 부드러워졌다.

사작님이 주신 청결한 침대와 옷에도 지지 않는다.

"안녕? 여기 생활은 익숙해졌니?"

여동생이 달라붙어 있어서, 사작님이 난처한 표정으로 이쪽을 보았다.

"네! 사작님 덕분이에요!"

사작님 덕분에 나랑 슬럼 사람들이 성의 빈 병사 숙소에 살 수 있게 됐다.

"나는 남작님이랑 니나 집정관님한테 부탁한 것뿐이야."

사작님이 우리들 머리를 쓰다듬으며 쑥스러운 기색으로 말했다.

하지만 사작님이 없었다면 엄마는 지금도 병에 걸려 아팠을 거고, 슬럼가 사람들은 병사들이랑 싸워서 큰일이 났을 거야.

"사작님! 사사카마 시식 부탁 드려요."

"알았어요. 금방 갈게요."

멀리서 사작님을 부르는 소리가 들렸다.

"그렇지. 병사 숙소의 청소를 열심히 한 상을 줘야지."

"와~아."

"구운 과자다~."

"달콤한 냄새가 나."

사작님에게 구운 과자를 받은 아이들이 펄펄 뛰며 기뻐했다.

물론 나도 아주 좋아한다.

사작님이 메이드 언니들 손에 이끌려서 엄마가 일하고 있는 곳으로 걸어갔다.

나도 성의 메이드가 되면, 사작님 손을 잡고 걸어볼 수 있을까?

◆

나중에 돌이켜보면, 내가 메이드가 되고자 한 것은 이 날이었다.

그 날을 살아가는 것밖에 생각할 여유가 없었던 내가, 다음 날의 목표를 가지게 된 것은 그 날 사토 님 덕분이었다.

메이드가 된 지금도, 사토 님과 손을 잡는 꿈은 아직 이루지 못했다.

하지만, 언젠가 분명 꿈을 이루고 말 거야—.

무노 성의 메이드들

"있지, 들었어? 아가씨가 데리고 온 검은 머리 소년이 귀족이 된대."

검은 머리 소년이 아니라 사토 씨임다.

"헤에~ 아가씨랑 격을 맞추려는 걸까?"

"그럴지도. 이제 아가씨도 슬슬 결혼을 해야지."

선배 메이드들의 떠들썩한 소문 이야기에 어째선지 마음이 가라앉았다.

"꽃가마 탈 거라면 데리고 다니는 여자애들은 어떻게 하려는 걸까?"

"언제나 한 침대에서 자는 모양이고, 애인으로 남겨두는 거 아냐?"

아침밥이 상했는지 아까부터 부글부글한다.

역시, 그 감자가 썩었던 걸까아?

"그 소문은 뻥인 것 같던데?"

"그래?"

"그래. 방의 시트를 세탁하려고 했는데, 그런 냄새가 안 났는걸."

냄새?

무슨 냄새라서, 뻥인 검까?

의미를 모르겠슴다.

연인이 있는 선배 메이드들만 다 안다는 표정으로 고개를 끄덕이는 게 엄청 짜증이 남다.

"데리고 다니는 애들이 애인이 아니라면, 어떤 관계일까?"

"단순한 노예나 호위치고는 비싸 보이는 옷이랑 장신구 달고 있잖아. 다들 피부랑 머리칼도 매끈매끈하고."

그 말에 무심코 고개를 세로로 흔들었다.

그 애들, 특히 아리사랑 미아 님의 옷은 하늘하늘해서 부러웠습다.

저도 한 번이라도 좋으니 그런 옷을 입고서 아가씨처럼 무도회에서 근사한 사람과 춤을 추고 싶—.

"왜 그래? 에리나. 감기야?"

"괘, 괜찮습다? 저는 건강한 게 유일한 장점이니까요!"

빨개진 볼을 누르면서, 망상하고 있던 댄스 영상을 떨쳐냈다.

어째서, 망상 댄스 상대가 사토 씨인 검까!

이건 분명히, 사토 씨 화제가 나왔기 때문임다.

분명히, 틀림없습다!

"누구 주방 일 도우러 갈 사람 없어?"

"감자 껍질 벗기는 것 정도밖에 못해도 괜찮으면, 가겠습다."

여기 있으면 스스로도 잘 모르는 방향으로 달려갈 것 같아서 주방 도우미 응모에 손을 들었다.

"안녕? 에리나랑 타르나가 도우미구나?"

"네, 뭘 하면 될까요?"

으엑, 어째서 주방에 사토 씨가 있는검까?

"시식을 좀 해줬으면 해. 실패작도 있으니까 맛없을 때는 맛없다고 말해줘."

"네, 알겠습니다."

"아, 알겠습다."

사토 씨가 웃으면서 내민 접시 위에 다갈색 동그란 무언가가 좋은 냄새를 풍기고 있었다.

아까부터 위가 부글부글했었는데, 이번에는 심장이 쿵닥쿵닥 하고 있습다.

얼버무리려고 접시 위의 물체— 튀김을 집어서 입으로 옮겼다.

바삭하고 조금 단단한 껍질을 깨물자, 안에서 뜨거운 육즙이 흘러나왔다.

—맛있습다!

시식이란 것도 잊고서 열심히 먹어 치워서, 깨닫고 보니 접시에 올라간 튀김이 하나도 안 남았다.

"어느 게 제일 입에 맞았어?"

"너무 열심히 먹느라 기억이 안 남다."

사토 씨의 물음에 솔직히 대답하자, 하루 만에 시식 담당에서 잘렸다.

하지만 쓴웃음 짓는 사토 씨도 봤고, 실패작 처분 담당으로 임명해줬으니까 불만은 없습다.

"저기, 에리나. 목적은 튀김이야? 아니면—."

타르나의 물음에 씨익 웃음으로 대답했다.

"그거야, 뻔한검다."

—당연히, 둘 다임다!

루루의 요리 수업

"우선 가보 열매를 잘라 봐라."

오늘은 주인님과 함께 무노 성의 게르트 요리장에게 요리 공부입니다.

"루루, 다치지 않게 조심해."

"네, 넷!"

작고 단단한 가보 열매가 좀처럼 잘리지 않아요.

주인님의 손을 흘끔 살피자, 같은 식칼을 쓰고 있다고 생각하기 어려울 정도의 훌륭한 칼놀림으로 가보 열매를 갈랐습니다.

그것은 주방의 메이드들이 봐도 훌륭했던 모양이라—.

"우와아. 이거 봐요, 요리장님!"

"가보 열매가 저렇게 간단히 잘리는 거군요!"

"사작님, 굉장해!"

—그러면서 요리하는 여자애들이 주인님의 손을 보고 감탄하는 소리를 지르고 있었다.

자랑스런 반면, 자신의 한심함이 몸에 스며듭니다.

"루루, 식칼 갈아줄 테니 이리 줘볼래?"

"앗, 네."

악전고투하는 나를 보다 못했는지, 주인님이 상냥하게 말을 걸어주었다.

"식칼의 손질도 수업의 일환— 벌써 끝났어?"

"네. 칼끝을 조금 정돈한 것뿐이니까요."

게르트 요리장의 잔소리가 끝나기도 전에, 주인님이 재빨리 갈아낸 식칼을 건네주었습니다.

기분 탓인지, 식칼의 칼날이 반짝반짝 빛나는 것 같습니다.

"자, 루루. 잘라볼래?"

"앗, 네에!"

주인님의 미소에 격려를 받아서, 가보 열매에 식칼을 대었습니다.

—사각.

그런 소리가 들릴 정도로 간단히 잘렸습니다.

마치 마법이라도 걸린 것 같아요.

아까의 고생이 거짓말이었던 것처럼 가보 열매를 마음대로 썰 수 있었습니다.

과연 주인님입니다.

분명히 요리의 정령에게 식칼이 잘 들도록 부탁을 해주신 게 틀림없어요!

"대단하구만. 그러면, 다음은 재료 손질하는 법이다."

게르트 요리장이 말하면서, 간장에 미림과 잘게 썬 향초를 섞어 육수를 만들었습니다.

그 육수에 아까 썰어둔 가보 열매를 담가서, 한나절 정도 놔두면 가보 열매 특유의 역한 맛이 줄어든다고 합니다.

"잘 들어라? 재료 손질에서 가장 중요한 건 애정이야."

"네! 알 것 같아요!"

"그래? 그럼 실천해야지! 그게 가능하면 너도 한 사람 몫의 요리사가 될 수 있어."

게르트 요리장의 격려를 받아, 아리사가 가르쳐준 것을 실행했습니다.

"맛있어 져~라, 맛있어 져~라."

허리춤에서 하트 마크를 만들고 주문을 읊었습니다.

부끄러워서 죽을 것 같았지만, 주인님이 만족스런 표정으로 「루루, 귀여워」라고 말해줬어요!

에헤헷, 다음에는 「루루, 맛있어」라는 말을 들을 수 있도록 노력할게요!

아리사의 일

“아리사, 이거 검산을 부탁하지.”

“네~에, 알겠습니다~.”

서류 타워 너머에서 들린 니나 집정관의 말에 알겠다고 대답했다.

여기는 무노 성. 니나 집정관의 집무실. 방금 전까지 보고 있던 서류를 옆으로 치우고, 문관인 유유리나가 날라준 서류를 먼저 해치운다.

“에~ 그러하시다면—.”

어린 시절 주산 1급을 땄을 때 마스터한 에어 주판으로 검산을 한다.

파견으로 경리를 맡았을 때는 표 계산 소프트나 전자계산기였지만, 여기서는 수수께끼의 계산자나 암산밖에 없으니까 에어 주판이 귀중하다.

역시 쓸데없는 경험이란 건 없구나.

“끝났어~. 오차 20퍼센트. 아마 누군가 빼돌리는 나쁜 아이가 있겠네.”

“칫, 역시 그렇군.”

검산이 끝난 서류를 받아둔 니나 집정관이 씁쓸한 표정을 지었다.

처벌을 하고 싶어도, 재무 담당의 상급 문관들은 무노 시 방어전 때 일족을 데리고 도망치다가 도적의 먹잇감이 된 다음이란 말이지.

"장부에 복식부기라도 도입하는 편이 좋지 않아?"

"—복식?"

어라? 이쪽 세상에는 없나?

역대 용사나 전생자 중에서 부기 자격을 가진 사람이 없었을 리 없으니까 비공개의 특수 기능으로 은닉되고 있을지도 모르겠네.

나는 니나 집정관의 요구에 응답해서 복식부기의 개요와 메리트를 알려줬다.

"흐흠. 아리사의 고향에는 상당히 우수한 기술이 있었군."

"그렇지."

니나 집정관이 감탄하는 말에 가볍게 응답했다.

무노 성에 머무르는 동안 경리 담당의 문관에게 복식부기를 전수하는 의논이 끝났을 무렵에, 문을 노크하는 소리가 들렸다.

"차랑 다과를 가져왔어요."

입구에서 검은 머리의 초절미소녀 출현. 내 언니지만 부러운 미모를 가졌어.

"후우, 벌써 그런 시간인가? 좋아, 잠깐 쉬도록 하지."

니나 집정관의 말에, 나는 커다란 집무 책상 의자에서 내려와 방의 구석에 몰아둔 응접 테이블로 갔다.

"보기 드문 과자로군."

"네, 주인님이 만드신 『치즈 수플레』라는 물건이에요. 차에 참 잘 맞아요."

두 사람의 대화를 들으면서 부드러운 소파에 몸을 묻자, 내가 얼마나 지쳐있는지 실감이 갔다.

"아리사는 도움이 되고 있나요?"

"그래, 아리사 덕분에 일이 반으로 줄어서 살았어. 이대로 집정관 보좌에 취직해줬으면 싶을 정도군."

루루의 물음에 니나 집정관이 진심 톤으로 대답했다.

어머나. 높은 평가를 하고 있을 거라고 생각은 했지만, 그렇게까지 말해줄 줄은 몰랐네.

"아리사는 실무도 우수하지만, 무엇보다 발상이 근사해."

니나 집정관이 차로 입술을 축이면서, 옆에 있는 배달 분류 박스를 손에 들고 루루에게 보여줬다.

"이 『배달함』도 아리사의 발안인데, 이것 덕분에 서류 배달이 효율화되어서 문관이 괜히 복도를 뛰어다니는 일이 줄었지."

에헤헤, 그렇게 칭찬해주면 쑥스럽자나자나.

쑥스러운 걸 감추려고 차를 꿀꺽꿀꺽 들이켠 다음, 생크림이 토핑된 폭신폭신한 치즈 수플레를 입으로 옮겼다.

"—맛있다앙!"

주인님의 애정이 담긴 케이크가 나에게 활력을 준다.

자, 힘내서 일을 마저 해야지!

카리나 양의 우울: 무술 편

"타마랑 포치는 좋겠는걸요."

"뭐가~?"

"포치가 상담을 받아주는 거예요."

무노 성의 훈련장 옆에서, 우울한 기색의 카리나 양이 타마와 포치를 상대로 불평을 흘리고 있었다.

아까 전까지 전위진과 함께 영지군의 훈련에 참가하고 있었는데 말이야.

"말해봐아~?"

"고민은 담아두면 안 되는 거예요."

타마와 포치가 진지한 표정으로 카리나 양의 얼굴을 아래쪽에서 올려다보았다.

"조틀에게 검술의 재능이 없다는 말을 들었답니다."

카리나 양이 괴로운 기색으로 중얼거렸다.

영지군의 훈련을 담당하는 전직 기사 조틀 씨가 말했으니, 정말로 검의 재능이 없는 거겠지.

"그래래~."

"그건…… 포치도 어떻게 할 수 없는 거예요."

타마와 포치가 카리나 양을 딱 잘라 내쳤다.

박정하다고 생각하면서도 두 사람의 시선을 따라가 보니, 훈련장 구석에 부서진 목검의 산더미가 쌓여 있었다.

"무슨 일 있었니?"

내가 물어보자 두 사람이 발치에 안겨 들면서 훈련할 때 있었던 일을 이야기해 주었다.

"빠직빠지직~."

"카리나가 전부 부러뜨린 거예요."

아무래도, 카리나 양이 힘 조절을 잘못해서 훈련용 검을 전부 부러뜨려 버린 모양이다.

"이, 일부러 한 건 아니랍니다!"

"일부러라고 생각 안 해요."

아무래도 카리나 양은 전방위로 서투른 모양이다.

"라카의 강화를 끊고서 연습하면 되는 거 아닌가요?"

『사토 공, 그건 무리다.』

"무리?"

『카리나 님은 온실 속의 영애이기에, 내 도움이 없으면 목검조차도 휘두를 수 없는 것이다.』

과연, 레벨 7이라도 본래는 힘없는 아가씨니까 어쩔 수 없지.

"그러면 칼날을 뭉갠 실검으로 연습하면?"

카리나 양이라면 라카의 신체강화가 있으니까 여유겠지.

『그것도, 저기, 저렇게 되어 있지.』

라카의 말에 타마랑 포치가 다른 한 구석을 가리켰다.

그곳에는 일그러지고 구부러진 철검 몇 자루가 굴러다니고 있었다.

카리나 양은 끝장나게 서투른 모양이다.

"괜찮아요, 카리나 양."

"우으, 사, 사토."

보기 드물게 카리나 양이 내 이름을 부르며 매달리는 시선을 보냈다.

"메이스나 크로우바 같은 튼튼한 무기를 쓰면 되는 겁니다."

혹은 야구방망이도 가능하겠지.

훈련장 구석에 놓아둔 무기 보관대에서, 대형 메이스나 헤비 플레일을 꺼내 카리나 양에게 가져갔다.

"조틀과 같은 말을 하네요……. 우으, 사토는 바아보오오오."

투정부리는 아이처럼 외친 카리나 양이 라카의 힘을 써서 훈련소 너머로 달려가 버렸다.

"카리나~?"

"기다리는 거예요."

타마와 포치 두 사람이 외치면서 쫓아갔다.

아무래도 카리나 양의 섬세한 부분을 자극해 버린 모양이다.

나는 카리나 양이 망가뜨린 훈련용 검을 세 자루 정도 주웠다.

"무노 성 안의 공방을 쓸 수 있게 됐으니까, 부서진 검을 재료 삼아서 카리나 양이 난폭하게 다뤄도 부서지지 않는 튼튼한 검이라도 만들어 볼까."

나는 혼잣말을 하고, 성 안의 대장간으로 갔다.

카리나 양의 우울: 사교 편

"타마랑 포치는 좋겠는걸요."

"뭐가~?"

"포치가 상담을 받아주는 거예요."

우울한 기색의 카리나 양이 타마와 포치를 상대로 불평을 흘리고 있었다.

구를리안 성의 사교 모임이 어지간히도 힘들었나 보다.

급사를 하던 메이드에게 들은 이야기로는, 풋풋한 미인인 카리나 양은 귀족 부인들의 좋은 장난감이었다고 한다.

"그래래~?"

"잘 모르겠지만, 알았다인 거예요!"

카리나 양의 설명을 들은 타마와 포치가 팔짱을 끼고 고개를 끄덕끄덕했다.

"주인님~?"

"카리나를 위해서 맛있는 꼬치고기를 구워 주세요인 거예요!"

어째서, 그렇게 됐니?

"배불러, 행복해~?"

"그런 거예요. 배가 부르면 행복한 거예요."

타마랑 포치다운 생각이군.

"그렇네~. 배가 고프면 점점 더 기운 빠지니까."

뭔가 짚이는 게 있는지, 아리사까지 이야기에 편승했다.

맛있는 밥은 좋지만, 구를리안 성 안에서 꼬치구이를 만들 수는 없잖아.

"그건 간단해!"

아리사가 자신만만하게 선도하며 간 곳은 성의 뒤뜰에 있는 사용인 구역이었다.

아리사가 수염이 풍성한 사용인에게 걸어가서 뭔가 교섭했다.

"허가를 받았어. 고기든 야채든 마음껏 구워도 돼!"

대단한 교섭력이야.

나는 격납 가방에서 꺼낸 시트를 땅바닥에 깔고, 그 위에 분사 늑대와 붉은 사슴 고기를 커팅했다.

"맛있어 보~."

"포치는 갈색 늑대고기 꼬치도 먹고 싶은 거예요."

"주인님, 돕겠습니다."

"고마워, 리자는 새고기도 필요하니?"

"네!"

야외의 식사장에서 숯을 준비하던 리자가 멋진 미소를 지으며 고개를 끄덕였다.

뼈가 붙은 새고기에 소금을 뿌리고 양념에 담갔다.

조금 양이 넉넉하지만, 분명히 사용인들에게도 대접하게 될 테니까 이 정도라면 괜찮겠지.

"좋은 냄새~."

"지방이 지글지글 굽는 소리가 좋은 거예요."

킁킁 고기 냄새를 맡는 두 사람은 무척 행복해 보였다.

꼬르르르르르 귀여운 소리가 들렸지만, 범인을 찾는 못난 짓은 안 했다.

"자, 처음에는 카리나 님부터 드시죠."

"이대로 뜯어먹는 건가요?"

거인의 마을 여행을 할 때도, 카리나 양의 식사는 나이프와 포크를 썼지.

"오브코~스?"

"와앙 깨물면 육즙이 쭈욱 나와서 입 안이 행복해지는 거예요!"

"그래~. 있는 힘껏 해버려."

타마, 포치, 아리사가 권하자, 결심한 카리나 양이 호쾌하게 깨물었다.

입 안에 흘러드는 뜨끈뜨끈한 육즙에 눈을 깜빡거린다.

카리나 양이 입 주위를 더럽히면서도, 일사불란하게 고기를 뜯었다.

표정이 진지함 그 자체다.

"……맛있어요."

"맛나맛나~?"

"맛있는 건 정의인 거예요!"

카리나 양이 행복한 한숨과 함께 흘린 말에, 타마와 포치도 동의했다.

귀족인 이상 카리나 양이 사교에서 도망칠 수는 없겠지만, 지금 이 시간만이라도 그걸 잊고 즐겨주면 좋겠군.

타마랑 포치와 함께 웃는 카리나 양을 위해서, 나는 다음 꼬치를 철망 위에 올렸다.

카리나 양의 우울: 야회 편

“타마랑 포치는 좋겠는걸요.”

“뭐가~?”

“포치가 상담을 받아주는 거예요.”

우울한 기색의 카리나 양이 타마와 포치를 상대로 불평을 흘리고 있었다.

다음 기항지인 트루트 시의 태수가 야회 초청 편지를 보냈다고 한다.

나는 최하급 귀족인 명예사작이라서 초대되지 않았지만, 영주의 딸인 카리나 양이나 자작 가문의 일원인 토르마는 야회에 나가야 한다.

“뭐가 거북해~?”

“얘기해 보는 거예요.”

타마와 포치가 카리나 양의 어깨를 두드리며 친절하게 이야기를 들어줬다.

두 사람에게 카리나 양은 여동생 같은 포지션일지도 모르겠군.

“……댄스.”

“빙글빙글 춤추는 거~?”

“포치는『트리플 악세스』가 특기인 거예요.”

아마 포치가 말하고 싶었던 건 트리플 악셀이겠지.

포치의 신체능력이라면 틀림없이 여유일 거야.

“댄스라면 아리사한테 맡겨둬! 사교댄스부터 훌라 댄스까지

자유자재! 요가 코치도 할 수 있어!"

세 사람 뒤에서 이야기를 듣고 있던 아리사가 전부 맡기라면서, 자신의 평편한 가슴을 두드렸다.

아리사가 사교댄스 말고 가르치기 시작하면 말려야겠군.

"앙, 두, 트루와! 리듬을 의식해서!"

"이렇게, 말인가요?"

"아니야! 등을 쭉 펴고, 상대의 리드에 저항하지 마!"

카리나 양의 파트너 역할은 루루가 맡고 있었다.

사교 스킬을 가지고 있는 덕인지, 남자 역인데도 루루의 댄스는 상당히 능숙하다.

"스토오~옵! 좀 쿨다운 하자."

"저에게 댄스는, 역시 무리랍니다."

배의 갑판에 주저앉은 카리나 양이 손가락으로 바닥을 비벼댔다.

"그렇지 않아요. 연습은 배신하지 않습니다. 알기 어렵지만, 확실하게 좋아지고 있어요."

조금 위로하는 말로 카리나 양을 격려했다.

그녀의 경우는 우선 자신감이 부족한 것부터 채워줘야 되니까.

"리자, 내 움직임에 맞춰서 적당히 움직여 볼래?"

"주인님, 저는 댄스 같은 건 배운 적이 없어서……."

"괜찮아."

나는 리자의 손을 잡고 댄스의 스텝을 밟았다.

사교 스킬과 무도 스킬, 그리고 교육 스킬까지 스킬 레벨 최대인 덕분인지 순식간에 리자의 스텝이 제대로 된 것으로 바뀌었다.

"자, 다음은 카리나 양 차례입니다."

곡이 끝나고 꿈이라도 꾸는 표정인 리자의 손을 놓고, 카리나 양에게 말했다.

불안스레 손을 뻗는 카리나 양의 섬수가 내 손에 닿았다.

다음 순간, 펑 소리가 날 정도의 기세로 카리나 양의 얼굴이 빨개졌다.

"무, 무리랍니다아아아!"

부끄러움을 견디지 못한 카리나 양이 갑판 너머로 달려가 버렸다.

아무래도 그녀의 경우, 남성에 대한 내성을 올리는 게 먼저일 것 같다.

카리나 양의 우울: 성장 편

"타마랑 포치는 좋겠는걸요."

"뭐가~?"

"포치가 상담을 받아주는 거예요."

무노 성의 식당에서, 우울한 기색의 카리나 양이 타마와 포치를 상대로 불평을 흘리고 있었다.

언제나 식욕이 왕성한데, 오늘은 포크의 움직임에 기백이 없었다.

아무래도 활기차게 식사하는 타마와 포치가 부러운 모양이다.

"어쩐지, 요즘 가슴이 답답하답니다."

카리나 양이 가슴에 손을 대고 울적하게 중얼거렸다.

그녀의 마유(魔乳)가 미러클하게 변형하여, 주위에 매료 효과를 발휘하기 시작했다.

주위의 남성 병사들 시선이 모여들었다.

그러나, 당사자인 세 명은 주위의 시선을 모르는 모양이다.

"울렁증~?"

"못 먹겠으면 포치가 고기를 먹어주는 거예요."

"그, 그건 괜찮답니다."

포치의 시야에서 황급히 고기를 감추는 카리나 양.

무노 성의 엄격한 식사 사정 탓인지, 그녀는 귀족 영애인데도 어떤 요리든지 불평 없이 먹어 치운다.

하물며 엄청 좋아하는 고기류를 그녀가 남길 리 없었다.

"그러면, 배부르게 먹는 거예요. 그러면 금방 기운 나는 거예요?'

포치가 격려하자, 카리나 양이 따스한 웃음을 지었다.

그러자 세 사람 옆에서 식사를 하고 있던 메이드 에리나가 카리나 양에게 물었다.

"카리나 님답지 않은 웃음임다. 혹시, 상사병 같은?"

함께 군사 훈련을 받는 탓인지, 에리나는 말투가 잡스럽다.

"……사, 상사병?"

연애사가 거북한 카리나 양이 얼굴을 붉히고 말문이 막혔다.

"어라라아? 혹시, 정말로 그런검까?"

카리나 양의 반응에 기분 좋아진 에리나가 더욱이 파고들었다.

"혹시, 조틀 님인가요?"

"꺄아! 전직 기사인 조틀 님이라면 격도 맞네요!"

"크으, 그 스토익한 훈남도 카리나 님의 미모에 함락당해버렸구나—."

연애 센서가 과민한 메이드들까지 사랑 이야기로 꽃을 피우기 시작했다.

아무래도 그녀들은 조틀 경이 제1후보인 모양이다.

—문득 고개를 든 카리나 양과 눈이 마주쳤다.

볼이 부풀 정도로 입 속에 고기를 욱여넣으면 버릇이 없잖아요.

나중에 꾸중을 해야겠는걸.

"어라라아, 혹시, 사작님이 상대인가요오?"

에리나의 동료 메이드가 벙글벙글 웃으면서 카리나 양을 추궁했다.

"사, 사토는 아니랍니다아아아아아아."

눈을 빙글빙글 돌린 카리나 양이 식당을 뛰쳐나갔다.

"카리나~?"

"기다리는 거에요! 밥 먹은 다음에 달리면 배가 아픈 거예요!"

타마랑 포치가 황급히 카리나 양을 따라갔다.

◆

"사토……."

그렇게 중얼거리는 소리가 들리기에, 수풀 너머에 있는 좁은 잔디 공간으로 발길을 돌렸다.

그곳에서 타마랑 포치와 함께 햇살 속에서 졸고 있는 카리나 양을 발견했다.

아무래도 방금 들린 소리는 카리나 양의 잠꼬대였나 보다.

카리나 양의 작은 코에 나비가 앉았다.

"—에취."

귀여운 재채기와 함께, 카리나 양이 눈을 뜨고 나와 눈이 마주쳤다.

카리나 양이 벌떡 일어서자, 마유가 관성의 법칙을 체현하며 춤을 추었다.

—찌직.

작은 소리가 귀에 들렸다.

—찌지지지직.

그 파멸의 소리는 그녀의 가슴에서 들렸다.

—파악!

마지막으로 커다란 소리가 나면서, 카리나 양의 드레스 가슴 부분 단추가 날아갔다.

내 얼굴로 날아온 단추를 신속으로 붙잡아 클리어한 시야를 유지했다.

눈앞에 하얀 기적이 공중에서 춤추었다.

—아아, 자유란 건 근사하구나.

잠시 예술 감상에 마음을 빼앗기고 말았다.

멍했던 카리나 양의 표정이 굳어지고, 눈가에 눈물이 맺혔을 때 제정신을 차렸다.

—이럼 안 되지.

나는 등 뒤로 손을 돌려 스토리지에서 꺼낸 타월로 카리나 양의 가슴을 가렸다.

"실례, 아무것도 못 봤으니 안심하세요."

그럴 리야 없지만, 상냥한 거짓말이란 게 필요한 법이다.

"금방 피나 씨를 불러올게요."

나는 그렇게 말하고 졸도할 것 같은 카리나 양을 남긴 채 수풀 밖으로 나섰다.

뒤에서 카리나 양이 쓰러진 게 아닌가 싶은 풀 소리가 났지만, 타마랑 포치가 같이 있으니까 괜찮을 거야.

아무래도 그녀의 가슴이 답답했던 것은 개선된 식사 탓에 바스트 사이즈가 업 되었기 때문인가 보다.

그 다음, 카리나 양은 나랑 눈이 마주칠 때마다 새빨개져서 제대로 대화도 못할 지경이었다.

카리나 양과 다시 대화가 가능해지기까지는 오유고크 공작령에서 무녀 세라가 찾아온 날까지 기다려야만 했다.

그리고 그 날부터 유제품이나 고기류의 비율을 올렸지만, 럭키 해프닝 신의 가호를 얻지는 못했다.

신심이 부족해서 그런 걸 거야.

콘소메 수프 개발 비화

"콘소메 수프가 먹고 싶어."

무노 성의 방치된 공방에 있던 호박색 오일을 보고 그것을 연상해 버렸다.

"갑자기 무슨 일이야?"

아무도 없는 곳이었는데, 내 혼잣말에 아리사가 반응했다.

"어라? 아리사 웬 일이니? 니나 씨 일 돕는 건 끝났어?"

"그렇지 뭐어. 아리사는 유능하니까 휴식 시간의 중요함을 알고 있거든."

아리사가 툭툭 의자를 두드려서 날더러 앉도록 하더니, 내 무릎 위에 자기가 앉았다.

—뭘 하고 싶은데?

수수께끼의 행동에 무심코 눈썹을 찌푸린 나를, 아리사가 고개를 획 움직여서 올려다보았다.

"주인니움을 보급 중입니다. 보급을 안정화하기 위해서, 양손을 앞으로 깍지 끼어 안전벨트처럼 고정해 주세요."

아리사가 옛날 컴퓨터 같은 어조로 나를 재촉했다.

밤늦게까지 열심히 니나 여사를 돕고 있으니까, 성희롱만 안 한다면 그 정도는 흔쾌히 해줄 수 있지.

아리사의 배 위에서 깍지를 끼었다.

"주인니움 보급 중. 그대로 자세를 유지해 주세요. 주인니움 보급 중."

아리사가 즐거운 기색으로 말을 반복했다.

잘 모르겠지만 만족스러워 보이니까 그걸로 됐어.

1시간 정도 아리사를 무릎 위에 올린 채, 멀리서 들리는 미아의 곡에 귀를 기울였다.

이윽고 만족했는지, 아리사가 내 무릎 위에서 내려왔다.

"으랏차아! 이걸로 또 사무 처리 힘낼 수 있어!"

"그건 다행이네. 하지만 너무 열심히 하지는 마."

"당근이지! 쓰러지는 추태 따윈 저지르지 않아! 왜냐면 몸 관리도 일의 일부니까!"

아리사의 전생이 가여워지는 말에 눈시울이 뜨거워졌다.

"그렇지! 아까 말했던 콘소메 수프가 어쨌는데?"

"저기 있는 오일을 봤더니, 콘소메 수프를 먹고 싶어지더라."

아리사가 오일이 든 하얀 항아리를 들여다보았다.

"과연, 이건 먹고 싶어져도 어쩔 수 없는 색이네."

"그렇지?"

역시, 일본인이라면 그렇게 생각해버리는 모양이다.

아리사가 물러간 다음 공방에서 홀로 생각에 몰두했다.

일본에 있을 때 나는 콘소메 수프를 자주 먹었다.

그러나 그것은 콘소메 수프 가루를 물에 녹인 물건이었다.

어떻게 만드는 건지, 뭘 재료로 쓰는 건지 전혀 모른다.

일하러 돌아가기 전에 아리사에게 물어봤지만, 아리사의 지식도 나랑 큰 차이 없었다.

아리사라면 요리 만화나 애니메이션에서 콘소메 수프 만드는 장면을 기억할지도 모른다고 생각했는데, 아쉽게도 기억에 없다고 한다.

없는 거야 어쩔 수 없지.

이럴 때는 지금 있는 소재로 어떻게 해보는 것이 기술자란 거야.

나는 치트 주체의 사이비 요리사라서, 본직의 도움을 빌리기로 했다.

◆

"『콘소메』 수프라고?"

"네, 호박색의 투명한 수프인데요."

무노 성의 요리장인 게르트 여사에게 물어봤다.

떡은 떡집에 맡기랬잖아.

"어떤 맛이지?"

―콘소메 맛이요.

무심코 그렇게 대답할뻔했다.

이럴 수가 있나……. 말로 표현할 어휘가 없네.

"야채 수프의 야채가 없는 느낌―."

아니, 달라. 내가 아는 야채 수프는 애당초 콘소메 수프 가루로 맛을 냈잖아.

이쪽 세계에 온 뒤로 먹은 것 중에서 가장 가까운 것은, 세류시의 문전여관에서 먹은 걸쭉한 야채 수프 맛이었다.

걸쭉함은 필요 없지만, 맛의 기본은 같았던 것 같은데…….

"게르트 씨, 저한테 수프의 기본을 가르쳐주실 수 있을까요?"

"물론 상관없어. 루루에게 가르치려고 하던 참이니까 마침 잘됐네."

나는 게르트 요리장을 따라 주방으로 갔다.

"주인님!"

주방에서 돌아본 루루는 하얗고 심플한 앞치마를 두르고 있었다.

검은 머리의 루루가 하얀 앞치마를 장비하면 신혼력이 확 오르네.

무노 남작령에 있는 동안 반드시 루루 전용 메이드복을 마련해야겠어.

"두 사람 다 이리 와봐."

게르트 요리장이 불러서 커다란 냄비 앞으로 갔다.

"재료는 뼈에 붙은 힘줄 고기와 소금, 그리고 소량의 뿌리 야채다."

의외로 심플하군.

"후추는 안 쓰나요?"

"엉? 그렇게 비싼 걸 쓸 리가 없잖아."

안 쓰나 보네.

그렇게까지 심플해도 되는 건가?

"우선 냄비에 물을 듬뿍 채우고 뼈에 붙은 힘줄 고기를 넣어서 끓인다."

준비된 뼈에는 거의 고기가 없는 것 같은데 기분 탓이겠지.

나는 미약한 의문을 덮어두고 게르트 요리장의 말을 실행했다.

부글부글 끓는 물에 거품이 뜨기 시작했다.

그러나, 게르트 요리장은 불조절만 지시하고 거품에 대해서는 언급하지 않았다.

"거품은 떠내지 않아도 되나요?"

"그랬다간 수프가 줄어들고 감칠맛이 사라져버려."

너무나 신경 쓰여서 물어봤더니 그렇게 대답했다.

상당한 컬처 쇼크인데.

장소에 따라 상식도 변한다는 거로군.

"조금만 더 끓이면 돼. 장작은 이제 안 넣어도 되겠다."

"네, 게르트 씨."

내가 충격을 받은 동안에도, 루루가 지시에 따라 수프를 만들고 있었다.

뼈에서 고기가 완전히 분리될 때까지 끓이면 제1단계 종료였다.

그 다음에는 리자가 가르쳐준 스튜 만들기와 다를 바 없었다. 건더기와 소금이 묘하게 적어서 맛이 옅다는 것 정도였다.

"이런 식으로 완성이다. 참고가 됐어?"

"네, 정말 감사합니다."

게르트 요리장에게 인사를 하고 주방을 나섰다.

리자가 가르쳐준 조리법이랑 거의 다를 바 없다는 걸 안 것만으로 충분하다.

아까 만든 야채 수프는 반투명하게 탁한 황토색이었다.

우선 육수를 내는 소재부터 비교해봐야겠군.

◆

내가 처음에 실행한 것은 화로 마법 도구 제작이었다.

일단 몇 개 있지만, 잔뜩 있으면 비교 실험이 쉬울 거라고 생각했거든.

만드는 것도 간단하고.

"마스터, 냄비를 조달해 왔다고 보고합니다."

"고마워, 나나. 거기 둘래?"

시내에서 이런저런 종류의 냄비나 국자를 사오라고 부탁한 나나에 이어서, 소재를 조달하러 나섰던 아인 소녀들이 돌아왔다.

"멧돼지 고기~?"

"토끼 고기인 거예요."

"주인님, 새고기와 사슴고기, 그리고 늑대고기와 곰고기를 조달해왔습니다."

격납 가방에서 차례차례 나오는 고기를 방의 구석에서 해체하도록 부탁했다.

이번에는 내장도 수프 만드는 실험에 쓸 거니까, 아인 소녀들에게는 양이 잔뜩 있는 히드라 스테이크로 참도록 했다.

냄새를 맡은 메이드들이나 여성 병사들이 모여들었지만, 일을 땡땡이친 사람한테 줄 식사는 없다고 쫓아내면서 일 끝난 뒤에 다시 오라고 일렀다.

그러면, 시식담당 자원봉사자가 대량으로 확보되었으니까 조리 실험에 들어가자.

이런 실험은 커다란 범주의 시도부터 하면서, 범위를 좁혀가는 것이 정석이지.

짐승고기, 새고기, 야채의 세 종류로 나누어 실험을 시작했다.

짐승고기는 확실하게 아니다.

뭐랄까. 샤부샤부 냄비에 남은 국물 같은 느낌이었다.

새고기는 조금 가깝지만, 역시 멀다.

짐승고기보다는 낫지만 맛이 너무 연해서 바라는 것하고 너무 멀었다.

야채는 가장 맛있었지만, 바라는 맛하고 달랐다.

나는 포기하지 않고 재료를 조합하거나 사용하는 부위를 바꾸어 시행착오를 진행했다.

그리고—."

"푸하아! 맛있어!"

"일 끝나고 배고픈데 최고의 포상이야!"

"크으, 너무 맛있어! 이제 사작님이 책임지고 나를 애인 삼아주는 수밖에 없어!"

"자, 잠깐! 사작님은 내가 예약했으니까 안 돼!"

"헤헤~엥, 사작님은 납작한 가슴을 좋아하니까 너처럼 토실토실하면 안 돼."

"나는 글래머러스한 거야! 살찐 것처럼 말하지 마!"

일을 마친 아가씨들은 만족한 모양이다.

중간부터 평가의 대상이 어긋난 것 같지만, 화려하게 무시해야겠군.

글래머러스 주장의 아가씨는 카리나 양을 보고 나서 주장해 줬으면 좋겠다. B컵으로 그걸 주장하는 건 조금 무리가 있다고 생각해.

다만, 만족해준 건 좋은데 문제가 있었다.

"정말로 사작님의 **스튜**는 참 맛있다."

"이 잔뜩 들어 있는 고기랑 야채가 사치스러워~."

"사작님이 오기 전의 소금 수프 시절을 떠올릴 수가 없을 것 같애."

"그~만~둬~. 소금 수프로 돌아가는 건 싫어어어."

—결국, 콘소메 수프는 완성하지 못하고, 남은 재료를 다 때려 박아서 스튜가 되어버렸단 말이지.

◆

"뭐 보고 있어?"

킹사이즈 침대에 누워서 낮의 실험 결과를 바라보고 있는데, 잠옷으로 갈아입은 아리사가 옆으로 미끄러져 들어왔다.

타마랑 포치는 이미 반대쪽에서 몸을 동그랗게 말고 있었다.

"콘소메 수프 실패 기록이야."

"흐~응, 그래서 대체 하루에 몇 번 만들었는데?"

"하나, 둘, 셋…… 잔뜩이야."

중간에 세는 게 귀찮아져서 부시맨처럼 대답했다.

"어느 정도 가까운 맛은 만들었지만, 맛을 우선하면 아무래도 스튜처럼 되더라."

"거르질 않아서 그런 거 아냐?"

—걸러?

아아, 거른단, 말이지.

그렇군. 그런 단계는 생각의 한구석에도 없었다.

"고마워 아리사. 내일 그걸로 해볼게."

아리사의 제안에 새로운 방침을 얻었으니, 그날은 만족감과 함께 푹 잘 수 있었다.

—아리사의 성희롱에 위기감지가 작동해서 눈 뜰 때까지는.

다음날 아침, 시내를 산책하면서 수프를 거르는데 쓸 수 있을 법한 물건을 찾았다.

"의외로 없네……."

애당초 철물점에 물건이 적었다.

조리용 냄비솥이나 식칼 같은 건 있지만, 소쿠리나 금속제 국자 같은 건 전혀 팔지 않았다. 바비큐 같은데 쓰는 눈이 커다란 철망 정도다. 수요가 없는 물건은 수주생산을 해야 되는 모양인데.

거르는데 쓸 수 있을 법한 물건이 없나 가게 주인에게 물어봤지만, 아쉽게도 딱히 없었다.

"젊은 나리, 금속을 고집하는 게 아니면 잡화점이 좋을걸? 꼭 금속이 좋다면 내가 아는 대장장이를 부르겠지만."

철물점 주인이 제안을 하기에 잡화점에 가보기로 했다.

잡화점은 성아랫마을과 기술자 거리 경계에 있다.

"소쿠리는 그럭저럭 있는데……."

나무 소쿠리나 마른 풀로 짜서 만든 소쿠리가 있었다. 익숙한 대나무제 소쿠리는 없나 보네.

굳이 따지자면 조리용이라기보다 농작업용 물건 같았다.

"뭐가 필요한데? 상인 형씨."

내가 생각하고 있자 가게 주인이 말을 걸기에, 목적한 물건이 없는지 물어봤다.

"액체를 거르는데 쓸 수 있는 눈이 자잘한 소쿠리는 없나요?"

"액체를 거를 소쿠리? 지방을 거를 거라면 이거면 될 것 같은데……."

가게 주인이 곤혹스런 기색으로 소쿠리 하나를 들어서 내게 보여줬다.

아무래도 뭔가 질문을 잘못한 것 같았다.

"그렇지만, 액체를 거를 거면 눈이 거친 천을 쓰는 편이 좋지 않아?"

아하. 나도 참 모르는 게 많군. 무척 공부가 된다.

나는 가게 주인에게 인사를 하고, 그가 권한 천을 몇 종류 샀다.

"사작님! 마침 좋을 때 만났어요!"

무노 시내의 몇 안 되는 상점 앞에서 식재료나 조미료를 취급하는 상인이 불러 세웠다.

"안녕하세요? 뭐 좋은 물건이라도 들어왔나요?"

"네! 물론이고말고요! 우리가 오유고크 공작령에서 긴 털 소를 들여왔어요!"

"허어, 긴 털 소 말인가요? 그건 꼭 사고 싶네요."

거인의 마을에서 나눠 받은 긴 털 소고기가 아직 있지만, 양이 좀 불안하니까 보충할 수 있는 기회를 놓치기 싫단 말이지.

누가 뭐래도 쇠고기는 맛있으니까.

"이렇게 네 마리인데요—."

수컷이 한 마리에 암컷이 세 마리라……. 시세는 짐말보다 높고 기승용 말보다는 싼 가격이고, 수컷이 싸다.

상인이 제시한 금액도 시세 스킬이 가리키는 가격과 비슷했다.

"그 가격이면 되겠어요. 전부 사가죠."

고기로 가공하기에는 많으니까, 나머지는 무노 성 안에서 번식을 시켜야겠군.

암컷 한 마리는 우유도 나오는 모양이니 그 녀석을 우선적으로 남기도록 했다.

"주인님, 해체가 끝났습니다."

"고마워, 리자. 덕분에 살았어."

앞치마를 엽기적인 색으로 물들인 리자가 보고하러 왔다.

아직도 가축을 죽이는 건 좀 저항감이 있어서, 이렇게 도와주면 무척 도움이 된다.

"내장~?"

"통에 가득인 거예요."

타마랑 포치가 그로테스크한 그림의 통을 들고 왔다.

"아아, 말하는 걸 잊었네. 오늘은 내장은 안 쓰니까 게르트 요리장한테 가져다주고 저녁 식사에 써달라고 해라."

"네잉~."

"라져인 거예요."

두 사람이 통을 들고 주방으로 갔다.

나는 리자가 준비해준 고기를 비교하면서, 지방이 있는 부위와 지방이 없는 부위로 나누어 삶기 시작했다.

기왕이니까 등심 좋은 부분을 프라이팬으로 구워봤다.

우~응, 냄새 좋다.

리자의 꼬리가 움찔움찔 움직였다.

그보다 조금 늦게, 성 쪽에서 흙먼지를 일으키며 타마와 포치가 달려 돌아왔다.

"고기!"

"고기 냄새가 난 거예요!"

둘은 코가 참 좋다니까.

"이제 곧 다 구워져."

포치의 꼬리가 끊어질 것 같은 기세로 흔들리고, 타마가 목 안쪽으로 가르릉거렸다.

다 구운 스테이크를 세 사람에게 대접해주어 노동에 보답했다.

스테이크 소스는 게르트 요리장이 가르쳐준 본격적인 녀석이라서, 지금까지 소금과 후추 온리였던 맛하고는 한 차원 다르다.

"맛냐~."

"쇠~고기는 굉장한 거예요!"

"입 안에서 녹는군요. 참으로 맛있습니다."

아인 소녀들도 만족한 모양이다.

나는 그 행복해 보이는 세 사람을 보고 흐뭇해하면서 수프 만들기를 진행했다.

천으로 거르는 건 올바른 기법이었는지, 수프에 투명함이 살아났다.

그러나 탁함이 사라지질 않고 잡스런 맛이 강하단 생각이 든다.

이건 발상을 바꿔야 할지도 모르겠군.

나는 굳이 반대 방향으로 수프 만들기를 진행했다.

그 결과—.

"우윽, 이, 이건……."

"훌쩍, 맛있어어……."

"아아, 나는 오늘밤에 죽어도 좋아."

어째선지 시식 자원봉사 메이드들이 눈물을 흘리면서 스푼을 입으로 옮기는 사태가 일어났다.

울든지 먹든지 둘 중 하나만 해줬으면 좋겠어.

"주인님, 이건 무슨 일?"

"아니, 시험작을 먹여봤는데 이런 느낌이 됐어."

나는 그릇에 담은 시험작을 아리사 앞에 내밀었다.

"웃하아, 맛있어 보이는 **비프스튜**잖아!"

아리사가 함박웃음을 지으면서 스푼을 움직였다.

비프스튜다운 색과 걸쭉함을 내는 루는 스테이크 소스와 마찬가지로 게르트 요리장이 가르쳐준 방법으로 만들었다. 버터랑 밀가루와 소량의 수프로 만들 줄은 몰랐었다니까.

"후우, 맛있었어. —근데, 어라? 만드는 거 콘소메 아니었어?"

아리사, 그 말을 하면 안 되는 거 알잖아?

반대 방향으로 달리는 건 역시 아니더라.

그리고, 비프스튜는 남작 일가와 니나 여사도 절찬한 것을 추가로 기록해둔다.

◆

"마법을 쓰자!"

"뭔가, 반칙이네~."

아리사가 고개를 옆으로 절레절레 흔들었다.

"거르는 부분을 마법으로 해볼 생각이야. 감칠맛 성분만 모두 수프에 녹여 내는 느낌이 될 거야."

"또오, 무모한 방법을 생각했네."

"괜찮으이~."

"그런 거예요! 주인님이라면 분명히 최강의 콘수프를 만들어주는 거예요!"

"콘이 아니라, 콘소메야."

포치가 틀린 부분을 아리사가 정정해주는 걸 흘려들으며, 나는 물 마법에서 새로운 마법의 베이스로 쓸 수 있는 게 없는지 검토했다.

분리, 융화, 침투 같은 직접적인 것부터 재료를 볶지 않고 뒤섞는 액체 조작 마법 등의 간접적인 것까지, 폭넓게 픽업해서 필요한 주문 코드를 뽑아냈다.

다음날 아침에 몇 가지 조리 방법이랄 만한 것이 만들어졌지만, 이것은 완성이 아니다.

이제부터 실제로 효과나 소비 마력량을 확인하면서, 기능이나 주문 코드를 좁혀간다.

물론 나는 영창을 못 하니까 실험에는 물 마법사인 미아의 도움이 필요하다.

"미아, 미안하지만 완성할 때까지 잘 부탁해."

"응, 맡겨둬."

톡. 빈약한 가슴을 두드리고 받아들인 미아와 함께, 아침부터 밤까지 마법의 조정과 조리를 계속한다.

당연하지만 미아의 마력에는 한계가 있으니 휴식을 하거나 마력회복약을 의지해가며 작업을 계속했다.

이 실험 과정에서 마력회복약에 벌꿀맛 말고 다른 맛이 늘었다.

또한 미아 선생님의 간식에 쓸 생크림용 휘젓기 마법이나 그것을 개조한 마요네즈 제작 마법이 만들어졌지만, 그 성과가 세상에 드러나는 건 조금 더 나중이다.

◆

"냄새 좋다. 그야말로 콘소메 향이야."

아리사가 냄비 옆에서 수프의 향을 킁킁 맡으며 눈웃음을 지었다.

미아의 협력을 얻어서, 사흘 뒤에 드디어 「콘소메 수프의 마법」이 완성됐다.

물론 마법으로만 가능한 세 공정을 뽑아낸 것이니까, 마법만 걸면 콘소메 수프가 완성되는 게 아니다.

나는 냄비 뚜껑을 열고, 모두의 접시에 콘소메 수프를 따라주었다.

"어라? **백탕**?"

"콘소메 수프는 **투명한 수프**로군요."

본래 콘소메 수프를 아는 아리사가 고개를 갸웃거리고, 모르는 루루가 희한한 기색으로 수프를 보았다.

조리에 마법을 쓴 영향인지, 어쨌선지 본래의 호박색이 아니라 무색투명이 되어버렸다.

나중에 색을 더하는 것도 생각했지만 맛이 떨어지니까 그냥 넘어갔다.

"식기 전에 먹어봐."

"네잉~ 잘먹겠습니~."

"잘 먹겠습니다, 인 거예요."

내가 재촉하자 순수한 타마와 포치가 수프를 입으로 옮겼다.

두 사람의 어깨가 흠칫 떨리더니, 타마의 꼬리가 터질 것처럼 털을 곤두세웠다.

"굉장히굉장히굉장히굉장히, 맛나아!!"

"굉장히굉장히굉장히굉장히, 굉장히 맛있는 거예요!!"

눈을 홉뜬 두 사람이 팔과 꼬리를 휘둘러대면서 맛있다고 표현했다.

"주인님, 요리란…… 이렇게까지 맛있을 수 있는 거군요."

"마스터, 최고라고 찬사를 보냅니다."

"고기가 없는데 고기의 감칠맛이 느껴집니다. 이것이 신들의 연회에 나온다는 환상의 요리인가요?"

루루, 나나, 리자도 거창하게 찬사를 보냈다.

그리고 아리사는—.

"한 그릇으로는 모르겠어! 한 그릇 더! 듬뿍!"

말 없이 콘소메 수프를 다 먹은 다음에, 한 그릇 더 요구했다.

"좋지, 마음껏 먹어도 돼."

내가 아리사의 그릇에 한 번 더 담아주자, 다들 차례차례 한 그릇 더 부탁을 해왔다.

평소에는 얌전한 루루와 사양하는 리자도 타마와 포치에 지지 않는 속도였다.

"데이지 않게 조심해."

나는 모두에게 말하면서 급사에 전념했다.

"사토."

미아가 미묘하게 부끄러운 기색으로 새로운 그릇을 내밀기에 듬뿍 담아주었다.

누가 뭐래도, 이 수프를 완성한 건 미아 덕분이니까.

이렇게 완성된 콘소메 수프가 동료들뿐 아니라 미식가로 유명한 공도의 상급 귀족들까지 매료시키는 것은 아직 나중 일이다.

일단은 동료들과 함께 일품 콘소메 수프에 혀를 내두르자.

내일은 루루와 함께 이 수프에 어울리는 빵을 굽는 것도 재밌겠어.

무노 성에서 달려오는 결식 메이드들을 보면서, 그런 생각을 떠올리고 있었다.

마을 주점의 소문

"—영웅 요리사?"

"그 저주 받은 영지에서 귀족이 됐다는 애송이야."

밤놀이를 하러 찾은 주점에서 미묘하게 낯익은 단어가 귀에 들어왔다.

낯익다기보다, 저건 십중팔구 내가 틀림없어.

마을에서는 고급 주점으로 분류되는 가게 안에서도 한층 눈에 띄는 귀족풍 의상을 입은 젊은이들이 있는 쪽에서 들렸다.

오늘은 평소의 귀족복이 아니라, 새내기 상인풍의 싸구려 로브를 입고 있었다.

여기는 생선 요리에 맞는 매콤한 일품 화이트 와인이 있다고 들어서, 심야작업을 하다가 한숨 돌리고자 찾아왔다.

"조금 요리 실력이 좋은 걸 뽐내면서 상급 귀족 분들에게 빌붙은 모양이더군."

—뽐낸 적 없는데?

요리를 무기로 외교를 한 건 인정하지만, 내 요리 실력은 최대까지 올린 조리 스킬 덕분이니까 그 기량을 자랑하는 건 좀 아닌 것 같아.

"성의 무도회에서도 달콤한 과자로 영애들이나 부인들을 농락하고, 뻔뻔스럽게도 그 저택에 초대까지 받았다는군."

농락이란 표현은 좀…….

적어도 성적인 의미에서 흑심은 전혀 없다.

"그뿐이 아니야. 테니온 신전의 세라 님한테도 그 마수를 뻰 쳤다고 케온 경이 말씀하셨다."

—케온 경이 누구지?

맵 검색을 해보니, 보비노 백작 가문 출신의 신전기사란 걸 알 수 있었다.

확증은 없지만, 아마 세라의 호위로 무노 남작령에 온 신전기사 중 한 명이겠지.

"정말이지, 요리로 출세라니—."

"아니, 기다려."

"그렇다면, 우리들도 요리로 출세할 수 있는 것이 아닌가?"

아니아니. 커넥션 만드는 데는 좋을지도 모르지만, 출세하고 싶다면 실무 경험을 쌓지 않으면 안 되지.

"그쪽 귀족 젊은 나리. 펜드래건 경 흉내라면 관두는 편이 좋아."

"뭐라고, 이 천한 놈이!"

여기서는 뒷모습만 보이는 남성이 귀족들에게 의견을 내자 일촉즉발의 분위기가 되어 버렸다.

술이 들어가면 사람들 성격이 급해진다니까.

"그만하지. 기껏 한숨 돌리러 왔는데 찬물 끼얹지 말게."

의견을 낸 남성과 함께 마시던 노신사가 높은 사람다운 어조로 귀족을 말렸다.

"자, 자작님!"

상급 귀족이 몰래 온 모양이다. 이름을 떠올릴 수는 없지만 얼굴은 본 기억이 난다.

먼저 귀족들을 타이른 쪽 남성은 공작의 성 주방에서 만난 적이 있다. 이 가게를 가르쳐준 것도 그니까 여기서 만나도 신기할 건 없지.

수수께끼의 조합이지만, 딱히 흥미가 없으니 무시해야겠군.

"펜드래건 경의 요리는 그야말로 기적—."

자작이 황홀한 표정으로 이야기했다.

"—오래도록 미식에 익숙해진 나조차, 다음 한 입을 멈출 수 없을 정도의 맛이야. 비전이라 불리는 콘소메 수프는 신들의 식탁에 올라가도 납득할 정도로 근사한 것이었지."

"그, 그 정도로……."

자작의 거창한 찬사에 귀족들이 말을 잃었다.

"귀족님이 그렇게까지 말하는 요리라니, 얼마나 굉장한 거지?"

"요리와 같은 무게의 금화를 쌓으면 먹을 수 있는 건가?"

그들을 지켜보는 주위 사람들도 이상한 흥미를 가지고 말았다.

그 모습에 조리 의뢰가 쇄도할 미래를 엿보았지만, 그건 기우로 끝났다.

신분제도가 엄격한 시가 왕국에서는 평민이 귀족에게 조리 의뢰를 하는 건 무례한 짓이라서, 알고 지내는 상인들이 「에둘러서 소망하는」 정도로 그쳤다.

귀족 신분이 성가신 일을 막아주다니.

주점에서 먹었던 「군청송어의 공도풍 무니에르」를 동료들에게 대접해주면서, 나는 먼 하늘 아래 무노 남작과 니나 여사에게 감사의 마음을 보냈다.

소문의 연금술사

“사작님, 이렇게 부탁드립니다.”

공도에서 자주 이용하는 상회에 조미료와 식재료 주문을 했는데, 상회의 회장이 데리고 온 중년 상인이 갑자기 고개를 숙였다.

“어이, 너무 갑작스럽잖아. 사작님이 난처해하신다.”

“며, 면목이 없습니다. 사실은—.”

회장이 타이른 중년 상인이 말한 용건을 정리하면, 단골 귀족이 「트리스메기스토스」가 만든 빛 광석 장식품을 가져오라고 명한 모양이다.

“상품을 들여올 때까지 출입을 금지한다고까지 해서……. 커다란 거래처를 잃으면 우리 상회는 이제 망하는 수밖에 없습니다. 트리스메기스토스 씨에게 보여줄 소개장을 받을 수 없을까요?”

필사적으로 애원해도 곤란한데.

“무, 물론, 가능한 답례는 하겠습니다. 사례금은 물론이고, 공도의 맛있는 가게나 미녀가 모인 가게—.”

사례금에는 흥미가 없지만, 공도의 호상(豪商)이 추천하는 가게에는 대단히 흥미가 생긴다.

전자는 물론이고 후자도. 최근에 금욕 생활이 이어지고 있어서 밤의 가게에서 접대해주는 거에 마음이 끌리는 건 어쩔 수 없단 말이지.

그러나, 하지만—.

"죄송하지만, 기대에 응할 수 없겠어요."

"그, 그럴 수가! 부탁드립니다. 결코 거래를 확약하는 소개장을 써달라는 것이 아닙니다. 그저 평범한 소개장이면 됩니다."

가공의 인물에게 소개장을 써주는 건 미묘하게 사기 같단 말이지.

"그, 그러면, 트리스메기스토스 씨의 소재만이라도 알려주실 수 없을까요?"

애원하는 중년 상인에게는 미안하지만, 그건 무리한 이야기다.

그는 내 마음 속에 있으니까…….

"사작님의 중개란 형태로 빛 광석 장식품 거래를 하게 해주시는 건 어떨까요?"

이익 분배를 제시하는 중년 상인에게 나는 고개를 옆으로 저었다.

1시간이면 그로스 단위로 만들 수 있는 물품이지만, 귀족과의 커넥션 만들기에 쓰는 전략 물자니까 섣불리 유통시키면 희소가치가 떨어져 버린다.

귀족의 경우는 디자인성과 마찬가지로 희소성에도 스테이터스를 느낀단 말이지.

"사작님, 저도 부탁드립니다. 이번 주문품은 여러모로 신경을 써드리겠습니다."

내 담백한 태도를 보수 올리기라고 생각했는지, 회장이 가격 흥정을 내놓았다.

아니아니, 그런 건 됐어요.

"소개하고 싶은 생각은 산더미 같지만, 무노 남작령을 여행할 때 한 번 만났을 뿐이라서요."

내가 지어낸 이야기에 중년 상인이 절망을 한 몸에 등진 표정을 지었다. 만화였다면 얼굴에 세로선이 그어질 것 같은 느낌이었다.

아무리 그래도 이대로 내치자니 가엽군. 이 상회를 이용할 때 어색할 것 같기도 하고.

―그렇지.

"다과회의 선물로 쓴 빛 광석 장식품의 수는 한정되어 있으니 양보할 수 없지만, 이거라면 당신의 체면이 서지 않을까요?"

나는 빛 광석 장식품을 만들 때 기각했던, 수정을 깎아서 만든 눈에 빛 광석을 심은 「으스스한 간지 인형」 전 12종류를 격납 가방에서 꺼냈다.

베이스가 되는 인형은 「연마」 마법의 연습 과정에서 만든 것이고, 12간지를 본뜬 룬 문자를 각인했다.

딱 한 세트 있는 거니까 희소가치는 충분할 거야.

"이, 이것을 내어주시는 겁니까?"

아무리 그래도 너무 으스스한 모양인지, 중년상인의 목소리가 떨리고 있었다.

"정말로 감사합니다, 사작님! 이걸로 가게가 망하지 않을 수 있어요. 이 은혜는 평생 잊지 않겠습니다!"

불만인줄 알았는데 반대의 반응이 돌아왔다.

거창하게 인사를 하는 중년 상인의 모습에 안타까움을 느껴서, 그 날은 물품만 넘기고 얼른 돌아와 버렸다.

훗날에 중년 상인이 대금으로 금화 500닢을 보냈다.

이거 참, 귀족한테 얼마에 매각한 걸까……?

방문한 귀족 저택에서 간지 인형을 자랑했을 때는 웃음이 터질뻔했지만, 무표정 스킬의 도움을 빌어서 헤쳐나갔다.

공도에 머무르는 동안 중년 상인들과 밤의 나비를 좇은 것은 또 다른 이야기고—.

세상에는 몰라도 되는 일이 잔뜩 있거든.

흑발의 귀공자

“리나 님은 왜 저러죠?”

“요전 무도회 이후로 계속 이런 느낌이에요.”

브라테스 자작 가문의 티나 님과 언니의 대화가 귀를 지나쳤다.

어쩐지, 뭘 하고 있어도 붕 뜬 느낌입니다.

“에므린 자작 가문의 상대라면 12가문 중 어딘가? 혹시 티스라드 님의 제2부인 후보인가요?”

“에이, 공작 가문에 시집을 갈 수 있다면 리나 대신 제가 갈 거예요.”

“그것도 그렇네요……. 가문의 격뿐 아니라 인품도 좋은 분이 많으니까요.”

언니들의 대화를 멍하니 듣고 있는데, 차를 실은 트레이를 든 메이드들이 들어왔다.

“—**설탕**[#1]은 얼마나 넣을까요?”

“티나 님은 하나랍니다.”

메이드와 티나 님의 시녀가 대화하는 소리에 심장이 크게 뛰었다.

……설탕이야, 설탕.

전혀 당황할 일이 아니랍니다.

그래요, 설탕은 그저 달콤한 거니까요. 사토 님이 만드신 달콤한—.

#1 설탕 일본어로 설탕은 사토(さとう)라고 발음한다.

"달콤한 과자."

언니의 말에 무심코 의자에서 일어날뻔했어요.

"후~응, 역시나."

언니가 장난감을 발견한 아기고양이처럼 웃었습니다.

"뭐가 역시나인가요?"

티나 님! 부탁이니까 그 대화를 펼치지 말아주세요!

그런 내 마음의 목소리도 닿지 않고, 언니가 확신한 눈동자로 저를 보았습니다.

"그 흑발이죠?"

"사, 사토 님은 그런 거 아니에요!"

"흐~응, 그 애는 사토라고 하는구나."

—아뿔싸!

언니가 판 고도의 함정에 빠져 버렸어요…….

"사토? 어디서 들어본 기억이— 생각났어요! 사토 펜드래건 명예사작— 무노 시 방어전의 영웅 소년이잖아요!"

"영웅? —그럼, 그 수만의 마족과 마물에 포위된 무노 시를 구해낸, 그?"

티나 님의 말에 언니가 일어서서 큰 소리를 냈습니다.

평소에는 그렇게나 「숙녀답게」라고 입이 마르도록 말하는 언니가, 입니다.

아뇨, 지금은 그런 것보다 신경 쓰이는 게 있어요.

그 상냥해 보이고 포근한 분이 그런 거친 일을 할 리가 없어요.

분명히 동명의 다른 사람이겠죠.

"손님들이 오셨어요. 준비는 됐나요?"

그때 다과회 준비를 확인하러 간 어머님이 돌아왔습니다.

"오늘 눈여겨볼 만한 건 누구죠?"

"아까 화제가 나온 펜드래건 경 정도겠죠. 다른 사람들은 가문이 오래되기만 하고 별다를 바 없는 분들뿐이에요."

언니들이 조금 조신함이 부족한 대화를 나누면서 어머님 뒤를 좇았습니다.

"신선함은 좋지만, 명예사작이면 자작 가문하고 가문의 격이 너무 다르니까 대상이 못 되요."

"그리고 연하인 것도, 조금 대상 밖이에요."

대상 밖— 언니들의 그 말에 어째선지 가슴이 가벼워졌습니다.

입에서 자연스럽게 멜로디가 흐르고, 날개라도 돋은 것처럼 가벼운 발놀림으로 다과회장에 갔습니다.

제가 회장에 들어서자, 어머님에게 인사를 하고 있던 흑발의 소년— 사토 님이 돌아보았습니다.

"안녕하세요? 리나 님. 오늘은 초청해 주셔서 정말 감사합니다."

두 살 차이밖에 안 나는 사토 님의 무척 어른스런 모습에 가슴이 크게 뛰었습니다.

—두근.

이 가슴의 고동이 제 사랑의 시작이었을지도 몰라요—.

공도 밤의 비밀 훈련!

—흔들흔들.

"……우뉴?"

—흔들흔들흔들.

몸이 흔들려서 눈을 뜨자, 포치의 불안한 표정이 보였다.

"타마, 오줌…… 거에오."

"네잉."

따뜻한 주인님 배 위에서 내려오는 건 괴롭지만, 포치가 오줌 싸지 않도록 화장실에 데리고 가야 한다. —왜냐면 타마는 언니니까.

조용히, 조용히.

살금살금, 살그머니, 고요하게.

타마는 모두의 잠을 지키기 위해서 엄청 **사이렌**한 느낌으로 걸었다.

타박타박 걷는 포치의 손을 잡고 어두운 복도로 나아갔다.

—콰악.

멀리서 소리가 들려서 귀가 움찔 움직였다.

—콰가각.

리드미컬한 소리.

조금, 즐겁게 들린다.

"타마, 도착한, 거에오?"

"아직~ 조금 더 기다려~?"

"네잉, 이거에오."

서두르지 않으면 포치가 복도에서 자버린다.

소리가 신경 쓰이지만, 먼저 언니하자.

◆

"잘 자, 느거, 에—."

말하는 도중에 잠들어버린 포치에게 이불을 덮어줬다.

"구히히, 쇼타의 매끄러운 배~."

아리사가 잠꼬대를 하면서 주인님의 셔츠 틈으로 머리를 들이밀기에 깨지 않도록 끄집어내서 둘둘 말아놓았다.

왜냐면, 그건 주인님이 말한 거니까.

—성희롱, 안 돼, 절대로.

◆

카각, 카가각, 소리를 좇았다.

—있다!

"아야우메~?"

"—타마인가? 어린애의 접근을 깨닫지 못하다니, 나도 아직 수행이 부족하군."

소리의 정체는 여자 사무라이 아야우메의 훈련이었나 보다.

이상한 형태의 단검을 과녁에 맞추는 연습.

타마도 해보고 싶다.

"흠, 수리검에 흥미가 있느냐?"

"네잉~."

"그럼 해보거라. 은형의 술법에도 소양이 있는 모양이고, 의외로 닌자가 될 재능이 있을지도 모르겠군."

어려운 말은 아리사한테 부탁해야지.

타마는 「봉수리검」을 던지느라 바쁘다.

칵, 카가, 키깅— 별로 좋은 소리가 안 난다.

"타마, 그건 투척용 단검하고는 던지는 법이 다르다. 이렇게 쥐고, 이렇게— 다. 알겠니?"

"오브코~스."

어쩐지, 알 것 같다.

전에 주인님이 나무 꼬치 던졌을 때랑 비슷하다.

—에잇.

"굉장해…… 설마, 몇 번 연습해서 봉수리검 던지는 요령을 파악하다니."

"니헤헤~?"

칭찬을 받으면 조금 쑥스럽다.

타마는 졸릴 때까지 아야우메랑 같이 수행했다.

비밀 특훈으로 잘하게 돼서, 주인님한테 보여주고 놀래켜 줄 거다, 냥.

세라와 봉사 활동

"무녀, 나나 없어~?"

"무녀무녀, 나나랑 나나네 마시타 없어?"

"미안해요. 아직 오지 않으셨어요."

인파 너머에서, 바다사자 수인 아이들과 테니온 신전의 무녀 세라의 목소리가 들렸다.

바다사자 아이들은 나를 「마시타」라고 부른다. 나나가 나를 부르는 「마스터」란 단어를 발음하기 어려운 모양이다.

"마스터, 유생체가 부르는 소리가 들립니다."

아이들의 목소리를 들은 나나가 내 팔을 끌어안더니 인파를 억지로 헤치고 나아가기 시작했다.

"자, 잠깐만 나나. 그렇게 서두르면 주위에 폐가 되잖아."

"우선 사항입니다."

아니, 그렇게 「금칙 사항입니다」 같은 느낌으로 말해도 곤란한데.

나는 민폐라는 표정의 통행인들에게 사과하면서, 세라 일행이 기다리는 식사배급 장소로 갔다.

"나나!"

"마시타!"

식사 배급 장소까지 온 우리들을 보고, 바다사자 아이들이 기뻐하며 뿅뿅 달려왔다.

"유생체들이여, 나는 돌아왔다고 고합니다!"

양손을 펼친 나나가 바다사자 아이들을 꼭 끌어안았다.

아이들이 나나의 가슴 속에서 기뻐하며 버둥버둥 움직였다.

"사토 씨. 언제나 정말 감사합니다."

"아뇨, 그리 대단한 일도 아니니까요."

두 사람 뒤에서 나타난 세라와 인사를 나눈 다음, 동료들과 함께 식사배급 장소 설치를 도왔다.

바다사자 아이들은 식사배급에 온 사람들 줄을 정리한다.

줄에 새치기하려는 어른들을 발견하면, 뿅뿅 걸어가서 주의를 준다.

"주, 줄을 서, 주세오."

"부탁이, 에오."

글썽글썽한 눈으로 올려다보면 거의 모든 어른들이 부끄러운 기색으로 「어쩔 수 없지, 끝에 서 주마」라고 츤데레 같은 말을 하고는 줄 끝으로 돌아간다.

그러나, 개중에는 오히려 성을 내면서—.

"시끄러워! 누구한테 말하는 거냐."

그런 식으로 어른스럽지 못하게 겁을 주는 바보도 있지만, 그런 녀석들은 연장자 팀이 철퇴를 내렸다.

"그러면 저쪽에서, 당신이 누군지 가르쳐 주실까요?"

"무법자에게 죽음을."

흉폭한 마물을 상대로도 과감하게 싸우는 리자와 나나의 노여움에, 아이들 상대라고 기가 산 난폭자가 저항할 수 있을 리 없었다.

두 사람에게 혼쭐이 난 다음, 바다사자 아이들에게 사과하고 줄의 마지막에 서게 되는 것은 필연이라고 할 수 있으리라.

식사배급이 순조롭게 끝난 다음에는, 도움을 준 아이들에게 상으로 그림책 낭독을 해주게 됐다.

"그러면 사토 씨는 효과음이랑 남성 역할을 부탁드릴게요."

세라와 함께, 기대에 찬 표정의 아이들 앞에서 책을 펼쳤다.

가장 진지한 표정으로 이쪽을 보는 것이 리자란 말이지.

여전히 그림책 낭독을 좋아하는구나.

어흠. 가볍게 기침을 했다.

이세계에서도 그림책의 시작은 그리 다르지 않았다.

옛날 옛적에, 어느 곳에—.

메네아 왕녀와 벽창호

"어서 와, 전하."

용사랑 같이 드래곤 퇴치를 하러 간 메네아 왕녀가 돌아왔다.

함께 갔던 호위기사는 파김치가 되었지만, 왕녀는 피로한 기색이면서도 어깨의 짐을 내려놓은 느낌이라 요전까지 팽팽하게 긴장된 분위기가 사라져 있었다.

우리들보다 조금 더 연상인데 자기 나라의 운명을 맡게 되면 좀 짐이 무겁겠지.

"용은 무사히 퇴치했어?"

"네, 용사님이 힘을 보태주신 덕분에 무사히 유면수에서 흑룡을 쫓아낼 수 있었어요."

"어? 쓰러뜨린 거 아냐?"

"아무리 용사님이라도 진짜 용을 쓰러뜨릴 수는 없어요."

내가 깜짝 놀라서 물었더니, 조금 난처한 표정으로 말했다.

그러고 보니 이쪽 드래곤은 RPG의 끝판왕처럼 무지막지 강했었지.

"—불시착? 용케 무사했네."

메이드들이 가져다 준 맛있는 차를 마시면서, 왕녀에게 드래곤 퇴치 이야기를 들었다.

물론 전이자 동료인 아오이도 함께다.

나는 버스타의 커피가 좋지만, 이쪽에는 버스타의 체인점도 없고 커피콩도 엄청 비싼 모양이니까 참자.

"그래요. 좌석에서 떨어졌을 때는 이제 끝장이라고 생각했는데, 사토 님이 받아 주셔서—."

사토란 이름은 전에도 들은 적이 있다.

처음에는 사토(佐藤)인줄 알았는데 발음이 미묘하게 달랐다.

분명히, 메네아 왕녀와 친구가 됐다는 이웃 영주의 딸— 그러니까, 카미나였나?

그 사람 집의 가신이고 「영웅 요리사」인 사람이었는데.

열다섯 살 정도인데 자기 힘으로 귀족이 된 굉장한 사람이다.

"—비공정의 수리까지 배우는 데다가, 사가 제국의 황녀님이나 시가 왕국의 『천파의 마녀』님이 마법약 조합하는 것도 돕고—."

어쩐지, 아까부터 용사가 아니라 사토란 사람 이야기뿐이네.

"—하지만, 사토 님은 조금 섬세함이 부족해요. 기껏 제가 말을 걸었는데, 맥 빠진 맞장구만 치고 마지막에는 졸기까지 했다니까요!"

"응, 그래. 그렇구나."

펄펄 화를 내는 왕녀에게서 남친 있는 여자 같은 파동이 나오고 있으니 적당히 동조해줬다.

"있잖아, 유이. 혹시 전하 말야."

"응, 아마 그래."

아오이도 눈치를 챘는지 작은 소리로 나에게 귓속말을 했다.

열 살인 아오이도 알 정도인데, 왕녀 자신은 사토 씨에게 사랑에 빠진 걸 깨닫지 못한 모양이네.

—왕녀 상태가 좀 이상해.

"정말이지, 명예사작인 주제에 왕녀와 밀당이라니 건방져요."

그렇게 말을 하더니.

"혹시, 약속을 잊어버린 걸까요?"

그런 불안한 표정으로, 편지를 쓰고는 콰자작 뭉쳐서 버리는 걸 반복했다.

식객으로서 조금 정도는 왕녀의 사랑을 도와줄까.

"있지, 전하. 그 사토 씨라는 검은 머리칼인 사람 말인데—."

왕녀의 사랑을 돕는 김에 우리들이 일본에 돌아갈 방법을 찾을 수 있을지도 모른다.

기분 틀어진 표정을 지으면서도 얼른 외출할 준비를 시작하는 왕녀를 히죽히죽 바라보며, 나는 아직 보지 못한 이세계의 일본인 후보를 생각했다.

마검의 검명

"마검 만드는 걸 봐도 재미없을 텐데?"

"괜찮아. 남편의 직장 견학은 아내의 소양이잖아?"

"응, 소양."

공도 지하의 미궁 유적은 직장 아니잖아. 라고 태클을 걸어야 할까? 아니면 애당초 아내가 아니라고 태클을 걸어야 할까 판단이 어렵군.

"뭐, 좋아. 위험하니까 조금 떨어져 있어."

아리사와 미아 두 사람과 조금 떨어져서, 메뉴의 마법란에서 술리 마법인「이력의 틀」을 발동했다.

몇 번이고 사용하여 프리셋에 등록을 해둔대로 같은 형태가 출현했다.

이번에는 보통 브로드 소드 타입의 한손검이다.

거기에 용해시켜둔 청동을 흘려 넣었다.

매번 녹이는 게 귀찮기에 미리 불 마법인「화염로」로 대량의 금속을 녹여서 스토리지에 수납해뒀다.

이 틀은 마검용으로 커스터마이즈한 건데, 내부에 마법회로용 빈 공간을 형성하게 되어 있었다.

"우와, 어쩐지 더워 보여."

"응, 힘내."

치어걸 코스튬이 된 아리사와 미아가 응원 술을 흔드는 게 보였다.

여기서 정신이 흐트러지면 안 되니까 주의를 전방으로 되돌렸다.

청동이 어느 정도 굳어졌을 때 안쪽의 틀을 해제하고 그 빈 공간에 마법회로용 마액을 흘려 넣었다.

굳어져가던 청동과 섞이지 않도록 「액체 조작」의 물 마법을 발동해서 신중하게 청동검 내부에 회로를 형성했다.

그리고 식으면 완성이다.

급속 냉각하면 물러지니까 자연스럽게 식는 걸 기다린다.

"벌써 완성?"

"간단?"

"마력이 통하기만 하는 단순한 마검이니까."

복잡하고 섬세한 마법회로는 회로용 공동에 마액을 흘려 넣기 전에 막혀 버리거나, 중간에 마액이 굳어버린다.

따로 만든 마법회로를 공간 마법으로 이동시키는 방법도 있지만, 이건 아리사의 공간 마법 스킬이 조금 더 올라간 다음이 될 거야.

마법회로의 형성에 미아의 협력을 얻을 수 있다면, 더 복잡하고 고도의 기능을 가진 회로를 만들 수 있다.

"검명은 뭐라고 하는데?"

"없어. 무명이야."

어쩐지 무명이 멋있는 것 같잖아.

"그러면 안 돼! 마검은 나라에도 몇 자루 없는 거니까!"

아리사가 그렇게 주장했지만, 내가 검색해보니 도시마다 열 자루 정도는 된다. 공도에는 100자루를 넘는 마법 무기가 있다니까.

"그럼 아리사랑 미아가 생각해줄래?"

나는 두 사람에게 검명 생각하는 작업을 떠넘기고 두 번째 검, 그리고 스턴건 같은 기능을 추가한 마창이나 마도끼창을 만들었다.

"아메노하바키리나 소울 이터라든가."

"우응, 『신록의 해』, 『겨울바람』."

"이건 매각할 검이니까 너무 화려한 이름은 붙이지마."

나는 두 사람에게 주문하면서 마검과 창의 날에 미스릴 도금을 했다.

"에이, 그런 건 처음에 말을 해줘."

"미안, 미안."

아리사의 지당한 말에 사과하고, 마창의 스턴 기능을 시험했다.

조금 찌릿하는 정도다. 나중에 공도 근처의 마물 상대로 실험을 해봐야겠군.

"헤에, 전격이 나오는 거야?"

"스턴건 정도의 약한 녀석이지만."

"그러면, 좋은 이름이 있어."

아리사의 말을 듣고 조금 경계를 했지만, 그녀가 제안한 이름은 그다지 기괴한 것은 아니었다.

구축함의 이름을 받은 마검들이 앞으로 어떤 주인 손에 넘어가 활약을 할까?

그건 신이 아닌 몸으로서는 알 도리가 없었다.

하지만, 가능하면 사람들에게 도움이 됐으면 좋겠네.

푸타의 일상

“마스터, 유생체의 보호 담당자를 발견했습니다.”

여관 안뜰에 나타난 나나가 초로의 여성 한 명을 데리고 왔다.

나나의 양팔에는 취학 직전쯤 되는 유아가 들려있고, 꺄꺄 즐거운 기색으로 소리를 지르고 있었다.

“저, 저는 본래 양육원의 원장을 맡고 있던 사람입니다.”

전직 원장은 귀족에게 싫은 기억이 있는지, 나랑 눈을 마주치지 않고 두리번거리는 등 차분하지 못했다.

“원장 선생님, 이야.”

“할머니 선생님, 이야.”

나나의 양 옆구리에 있던 유아의 존재가 없었다면, 무슨 켕기는 게 있는 것 아닌가 의심할 지경이군.

“힘든 걸음 하게 해드려 죄송합니다. 푸타의 양육시설 재건에 대해 할 얘기가 있어서요.”

“재, 재건인가요? 포튼 준남작 님은『푸타에 양육시설 따위 필요 없다. 아이들이 굶는다면 아이들도 일을 시켜라』고 하셨습니다만…….”

전직 원장은 포튼 준남작을 상당히 원망하고 있는지, 그의 목소리를 참 밉살맞은 느낌으로 흉내 냈다.

“괜찮아요. 공도의 로이드 후작이 후견인이 된다고 약속을 해주셨으니까요.”

“후, 후작님이?!”

내 말에 원장이 놀랐다.

무상은 아니고 토마토 케첩의 레시피와 판매권을 대가로 넘겼지만, 장사에 쓸 예정이 없었으니까 딱히 문제는 없다.

"양육시설의 밭에서 아이들에게 토마토 키우는 법을 가르치고, 장래 농업 지도원으로 공작령 안에 파견할 계획도 있다고 합니다."

"오, 오오옷!"

너무 갑작스러워서 원장은 미처 이해하지 못한 모양이다.

어른들이 배우러 오는 게 더 빠르다고 생각하지만, 당분간 푸타산 토마토를 로이드 가문이 독점하여 케첩의 권리로 한탕 돈벌이를 한다고 했다. 공작령 전체에 토마토를 퍼뜨리는 건 그나마 연장자인 아이들이 성인이 될 무렵이 되겠지.

과연 대귀족이라서 그냥 먹보 귀족이 아니구나.

물론 무노 남작령으로 파견도 확약을 받았다.

토마토는 세상에 퍼뜨려야 돼.

"그래서 당신에게 다시 한 번, 양육시설의 원장을 부탁하고 싶은데요. 받아주시겠어요?"

"네, 네에. 귀족님. 이 늙은이의 목숨이라도 좋다면 얼마든지 쓰세요."

조금 거창하지만 원장이 받아들여주었으니, 세세한 인재 모집과 운영 방침을 의논해볼까.

상세한 경리 처리는—.

"주인님, 다 끝났어. 지난번 장부는 상당히 대충이야. 회계

보던 녀석이 상당히 횡령을 했나 봐."

—의외일 정도로 우수한 아리사가 맡아주었다.

"고마워, 아리사. 회계는 옆 도시에 잠복하고 있는 모양이니까 나중에 붙잡아서 제대로 처리를 해둘게."

"웃하아, 주인님이 형사 역할을 하면 미스터리 소설이 1페이지에서 끝날 것 같아."

미스터리는 서술 트릭에 걸리니까 나한테는 무리야.

"그러면, 미안하지만 새로운 회계 후보인 애한테 장부 적는 법을 가르쳐줄래?"

"오케이! 복식은 아무래도 시간이 부족하니까 간단한 기초만 단단히 가르쳐줄게."

나는 아리사에게 뒷일을 맡기고, 익명으로 악인을 퇴치하는 작업을 하러 갔다.

◆

"타앗, 인 거예요!"

귀여운 목소리가 들리기에 들러보니, 콘 소년과 마사냥꾼 파티에 타마와 포치가 참가하고 있는 걸 발견했다.

타마랑 포치 두 사람은 아침부터 사냥을 하러 간다고 했었지.

리자는 루루랑 함께 토마토 밭을 도우러 갔을 거다.

토마토 키우는 법을 배워 온다고 했다.

"얼룩곰을 일격으로?!"

"터무니없는 아가씨들이네."

여자 마사냥꾼들이 찬사를 보내자 포치가 쑥스러운 기색으로 얼굴을 가렸다.

하지만, 꼬리는 찢어질 것처럼 붕붕 좌우로 흔들리고 있었다.

"콘, 너 지고 있잖아."

"시끄러워. 나만 지고 있는 게 아니라 케나랑 누나들도 다들 그렇잖아!"

"콘 주제에 건방져."

"사실이지만, 사실이라서 열 받네."

삼림위장 무늬의 곰을 쓰러뜨린 포치를 보고, 여자 마사냥꾼들이 콘 소년을 놀려댔다.

"이상한 거 있어~?"

양손 위에 사냥감을 들어 올린 타마가 바위산 위에서 뿅 뛰어내렸다.

"비늘 도마뱀? 보기 드문 걸 잡아왔네."

"꽤 맛있으니까 그 요리 잘하는 언니한테 해달라고 해."

"네잉~?"

타마는 아르마딜로 비슷한 걸 잡아온 모양이다.

"나도 질 수는 없지. 얼른 고블린 둥지를 찾자!"

기합이 들어간 콘 소년은 고블린 소굴이 전혀 없는 방향으로 걷기 시작했다.

기왕 만났으니까 조금 참견해볼까.

"어라? 안녕하세요?"

"귀족님!"

"사작님, 어째서 이런 곳에 있어요?"

"우리 애들 둘을 찾으러 왔어요."

내 등장에 콘 소년 일행과 타마와 포치가 기쁜 기색으로 달려 왔다.

어째선지 여자 마사냥꾼들이 이상하게 달라붙어서 만지작거린다.

"의수 상태는 어떻지?"

"손가락은 아직 잘 안 움직이지만, 방패를 달고서 싸우는 건 문제없어! 덕분에 어제도 고블린을 쓰러뜨렸어!"

"열심히 했구나, 장하다."

자랑하는 콘 소년을 칭찬하자, 싫지 않은 기색으로 웃었다.

그가 입은 누더기 갑옷 여기저기에 고블린의 손톱 자국이 남아 있었다.

푸타에 조금 더 머무를 생각이니까 심심풀이로 그의 갑옷을 만들어줄까.

"그렇지. 아까 저쪽 산자락에서 고블린을 봤어요. 혹시 둥지가 있을지도 모르겠는데요."

"해냈다! 케나, 저 산자락이래! 얼른 가자!"

"자, 잠깐 기다려, 콘."

"아아, 정말! 가 버렸네."

"죄송해요, 사작님. 바보 콘을 좇아갈게요."

"네, 조심하세요."

혼자서 돌진하는 콘 소년 뒤를 여자 마사냥꾼들이 펄펄 화를 내면서 따라갔다.

몇 명인가 아쉬운 기색으로 나를 돌아봤는데, 무슨 용건이라도 있었나?

"그러면 사냥감 피 빼기 하고서 돌아갈까?"

"네잉~?"

"네, 인 거예요."

타마와 포치의 해체를 뒤에서 지켜보며, 나는 콘 소년의 갑옷을 만들었다.

여자 마사냥꾼들의 갑옷도 너덜너덜하고 피부 노출이 많았으니까, 남은 소재로 가슴보호대라도 만들어줄까.

나는 오늘밤 메뉴를 생각하며, 틈틈이 딱정벌레의 가슴 보호대와 얼룩곰의 가죽을 사용한 위장무늬 망토까지 완성시켜 버렸다.

콘 소년 일행이 기뻐해주면 좋겠는데.

"사냥감~?"

"고기가 잔뜩 있는 거예요."

나는 만족스런 기색의 타마와 포치를 데리고 푸타로 돌아갔다.

너무 많은 고기는 양육시설 아이들에게 제공하고, 고기 파티로 배고픈 아이들의 배를 채워줬다.

"자장님, 나도 마사냥꾼되꺼야!"

"나도, 고기 잔뜩먹으꺼야!"

"나는, 해체하꺼."

"나 요리배우꺼야!"

꼬치구이를 양손에 든 아이들의 식욕에 가득 찬 선언을 들으면서, 푸타의 밤이 깊어졌다.

"유생체의 바람은 제가 이루어준다고 선언합니다. 마스터, 교사 모집을!"

"포치 대원, 타마 대원, 아이들의 교관으로 임명한다."

"아이아이서~?"

"라져인 거예요."

무표정하게 신이 난 나나가 조금 이상하지만, 가끔은 이런 나날도 좋을지 모르지.

달빛 아래 산맥에 떠오른 흑룡의 그림자를 바라보면서, 나는 토마토 주스를 마셨다.

빨간 열매의 비밀

"포치는 토마토 싫어하니?"

주인님이 빨간 열매가 남은 접시를 보고 슬픈 표정을 지었다.

"그, 그렇지 않은 거예요! 포치는 토마토 아주 좋아하는 거예요!"

그래서 포치는 재빨리 대답했다.

"싫으면 억지로 안 먹어도 되는데?"

하지만 주인님은 믿어주지 않았다.

"우물, 마인는 거에요."

"그래, 다행이다. 영양이 있으니까 잔뜩 먹어주면 좋겠어."

"네, 이거에요."

열심히 빨간 열매를 입에 넣었더니 주인님이 기쁜 표정으로 웃어주었다.

—이 웃음을 위해서라면, 포치는 물컹물컹 빨간 열매도 멀쩡한 거예요.

"타마도 다 먹었구나. 잘했다."

"니헤헤~."

—아! 타마만 머리 쓰다듬어주는 건 반칙인 거예요!

무심코 타마를 보았더니, 주인님이 「물론 포치도 잘했어」라고 하면서 머리를 쓰다듬어 주었다.

니헤헤~ 인 거예요!

◆

"우~읍스."

"또 빨간 열매가 쌓여있는 거예요."

원숭이 아저씨가 매일 아침 기쁜 표정으로 갓 딴 빨간 열매를 가져온다.

"두 사람, 먹을 걸 차별하면 안 됩니다."

"네잉~."

"네, 인 거예요."

리자의 말에 타마랑 같이 고개를 끄덕였다.

배가 엄청 고파서 못 움직이는 것보다는, 물컹물컹한 빨간 열매라도 뱃속에 넣는 편이 좋다.

쓰디쓴 가보 열매 줄기나 푸석푸석한 나무껍질보다는 훨씬 나으니까.

—그런데.

"어라라~?"

"빨간 열매가 없는 거예요."

접시를 아무리 봐도 없었다.

"미안. 토마토 퓌레를 만드는데 써버려서 오늘은 토마토가 하나도 안 남았어."

주인님이 미안한 표정으로 사과한다.

"괜찮으이~?"

"그런 거예요. 포치는 조금 유감이지만, 아주아주 괜찮은 거예요. 내일도 없어도, 괜찮은 거예요?"

타마랑 같이 대답했더니 주인님이 키득키득 웃었다.

—주인님이 웃으면, 포치도 행복해지는 거예요.

"괜찮아. 오늘 분량으로 충분하니까 내일부터는 평범하게 쓸 수 있어."

"와~아?"

"그, 그건, 아주, 아주, 유가—이 아니라 기쁜 거예요."

참으로 유감스런 소식에 좌절하지 않고, 타마랑 같이 기쁨의 소리를 냈다.

"오므라이스가 다 됐어요."

루루가 접시에 노란 달걀 프라이를 올려서 식당으로 가져왔다.

"잘 말았구나."

"네! 열심히 했어요!"

주인님이 칭찬하자 루루가 아주 좋은 표정을 지었다.

"오늘은 토마토 퓌레를 사용한 오므라이스야."

오므라이스— 달걀 프라이 위에, 주인님이 빨갛고 걸쭉한 걸 뿌렸다.

……저건 분명히, 물컹물컹한 빨간 열매.

타마랑 시선을 마주치고 고개를 끄덕였다.

남기지 말고 먹자.

주인님의 웃음을 위해서—.

"자, 먹자."

"네잉~?"

"네, 네에, 인 거예요."

주인님이 기대가 가득한 눈으로 포치랑 타마를 보고 있어서 황급히 스푼을 달걀 프라이에 꽂았다.

—포치는 안 지는 거예요!

결심을 하고, 스푼에 한 가득 달걀 프라이를 떠서 입으로 옮겼다.

달걀이 감싼 알갱이가 입 안에서 사르르 무너지더니, 달콤하고 맛있는 맛이 입 안에 퍼졌다.

"딜리셔스~."

타마가 귀를 척 세우고 눈을 흡떴다.

분명히 포치도 같은 표정이다.

"굉장히, 굉장한 거예요!"

포치가 그렇게 말하자 주인님이 기쁜 표정으로 웃었다.

—그 웃음만으로, 포치는 가득가득하게 세 그릇은 먹을 수 있는 거예요.

미아랑 아리사도, 와구와구 일사불란하게 먹고 있었다.

다들 오므라이스가 마음에 들었나 보다.

포치도 지지 않으려고 스푼을 움직였다.

찰카닥, 소리와 함께 마지막 한 입을 먹은 걸 깨달았다.

"한 그릇 더 먹을래?"

주인님이 한 말에 포치 일행은 앞 다투어 대답했다.

그것은—.

"한 그릇 더, 인 거에요!"

오므라이스의 행진

"우음, 별로."

예쁘고 맛있어 보이는 모양이랑 다르게, 빨간 열매— 토마토는 별로 맛있지 않았어. 별로였어.

바깥쪽은 조금 산미가 강한 걸 빼면 맛있었지만, 안쪽이 물컹물컹한 게 입안에서 흐물흐물해서 기분 나빴어. 불쾌했어?

"미유녀 아리사처럼 조금 더 익어야 좋겠어."

"전반은 그렇다치고, 후반은 동의한다."

"그게 뭐야!"

아리사랑 사토는 토마토가 좋은가 봐. 무척 맛있는 기색으로 먹는 데다가 대단히 기분이 좋아 보여. 두 사람만의 세계 같아서 조금 질투나. 조금이야?

"미아는 별로 안 좋았니?"

"응."

사토의 질문에 고개를 끄덕였다.

"그러면 마법을 걸어줄게."

"마법?"

사토는 영창을 못하는데 마법이 참 특기야. 굉장히 잘해.

"그래. 토마토가 좋아지는 마법이야."

사토는 그렇게 말하고 기분 좋게 웃었어.

나는 사토의 웃음이 좋아. 보고 있으면 사르르 행복해져. 굉장히!

"—우웅?"

사토의 요리는 언제나 맛있지만, 오늘은 어쩐지 조금 이상해. 별났어.

데쳐서 껍질을 벗긴 토마토를 꾹꾹 짓뭉개고 있어.

"케첩?"

"토마토 퓌레에 가깝지."

또 아리사랑 사토밖에 모르는 말을 하고 있어.

두 사람만 통하는 건 치사해. 나도 끼워줘.

"미아. 조리하는 도중에 끌어안으면 위험해. 머리를 꾸욱꾸욱 비비는 건 조리 끝난 다음에 하자."

"응, 기다려."

토마토 퓌레를 용기에 옮겨 담은 사토가 프라이팬을 부뚜막에 올렸어. 버터의 좋은 냄새에 배에서 꼬르르 소리가 났어.

활활 부뚜막의 불이 말을 걸고, 탁탁탁 사토의 식칼이 경쾌하게 춤을 춰.

프라이팬의 버터가 타닥타닥 소리를 내기 시작했어. 배우를 기다리는 관객의 박수 같아.

"좋은 냄새~."

"행복한 냄새인 거예요."

타마랑 포치도 나랑 같이 배에서 소리가 났어.

사토가 요리를 하는 소리에 귀를 기울이면서 류트를 연주하니까, 타마랑 포치가 같이 노래하기 시작했어.

"필라프?"

"아니야. 잘 봐."

필라프가 완성된 프라이팬에 아까 그 토마토 퓌레를 고리를 그리는 것처럼 넣었어.

오렌지색으로 물든 필라프가 평소하고 달리 달콤하고 상냥한 냄새를 풍겼어.

"완성~?"

"조금만 더."

한 손으로 달걀을 깬 사토가 달걀을 얇~게 구워서, 거기에 아까 그 오렌지색 필라프를 넣더니 빙글 돌려서 마법처럼 예쁘게 감싸버렸어.

"달걀말이 필라프인 거예요!"

"이건 오므라이스라고 하는 거야. 마지막으로 남은 토마토 퓌레를— 완성!"

역시 사토는 요리의 마법을 써.

오므라이스의 노란 무대 위에 빨간 토마토 퓌레로 그린 토끼가 웃고 있었어.

처음 먹은 오므라이스는 타마랑 포치가 말하는 행복한 맛이 났어. 참 맛있어서 행복했어.

물론, 오므라이스는 내가 좋아하는 음식 상위에 들어갔어. 정말이야?

민뿔이

"이랴아~ 다리~?"

"기는 엄청 빠른 거예요!"

타마랑 포치가 말을 타고 대흥분 상태로 초원을 달렸다.

오늘은 방치하는 기색이던 말들을 운동시키려고 보르에난 숲에 있는 광대한 초원까지 왔다.

물론 네 필의 마차 말들뿐 아니라, 리자와 나나의 주룡들이나 미아의 민뿔 유니콘도 함께다.

자력으로 말을 탈 수 없는 아리사는 루루랑 같이 말을 탔다.

"사토."

미아가 가리키는 방향에 누군가 있었다.

"스승님~?"

아무래도 저건 타마의 엘프 스승인 사무라이 엘프 시시토우야 씨 같았다.

딱히 목적지도 없었으니까, 시시토우야 씨가 앉아 있는 커다란 바위 쪽으로 말머리를 돌렸다.

"스승님~."

다리의 안장 위에 똑바로 선 타마가 크게 손을 흔들자, 저쪽에서도 깨달았는지 커다란 동작으로 손을 마주 흔들었다.

"너희들도 유니콘 구경을 하러 왔느냐?"

"아뇨, 말들 산책입니다."

커다란 바위 위에서 시시토우야— 시야 씨가 멀리 보이는 하야 말들을 가리키며 나에게 말했다.

듣자니, 그는 유니콘들의 건강 상태를 확인하는 날개요정의 운반을 맡아서 초원에 온 모양이다.

"—날개요정이 진단을 해요?"

그 너무나도 미스매치인 정보에 뇌가 이해를 거부했다.

"음, 날개요정의 여왕은 환수들을 만지기만 해도 안 좋은 곳을 알 수 있다고 한다."

망원 스킬을 구사해서 유니콘들을 보자, 조금 커다란 나비 날개를 가진 날개요정이 보였다.

아마 저 애가 여왕이겠지.

그런 대화를 하는 우리들 옆에서 민뽈이가 푸르르 투레질을 했다.

이쪽으로 다가오는 유니콘들에게 흥미를 보이는 모양이다.

"유니콘들이 엘프나 인간족 남자가 있는 쪽으로 다가오다니, 드문 일이군."

시아 씨가 말한 것처럼 유니콘들이 느긋한 움직임으로 이쪽에 다가오고 있었다.

저쪽도 민뽈이에게 흥미를 가진 걸까?

"말 왔어~?"

"저건 우니콘인 거예요."

"아니야."

"일각수인 유니콘이라고 정정합니다."

"후하하하. 와라, 유니콘! 더블 인생형 무적의 처녀가 있다!"

기분 탓인지 아리사의 외침이 좀 자포자기한 기색인데.

의미는 잘 모르겠지만.

"주인님 쪽으로 다가오고 있습니다."

"사토, 떨어지도록 해라. 유니콘은 남자에게 공격적이다."

"괜찮아요—."

시야 씨가 경고했지만, 거인의 마을에 있던 유니콘들은 우호적이었으니까 괜찮을 거야.

"—그렇죠?"

내 손에 코를 대면서 냄새를 맡거나, 내 볼을 낼름낼름 핥거나 하는 유니콘들에게서 악의는 느껴지지 않았다.

"이럴 수가!"

시야 씨가 놀라서 소리쳤다.

"사토는 여성이었나!"

—아닙니다.

리자와 루루까지 놀란 표정을 짓지 마.

애당초 셋 다 공중 욕탕에서 몇 번이고 같이 목욕했잖아.

"사토."

미아가 걸어와서 나한테 양손을 뻗었다.

"민뿔이는?"

"짝짓기."

미아가 가리키는 쪽에서는 민뿔이가 유니콘 암컷이랑 사이좋게 지내고 있었다.

아무래도 민뿔이에게 사랑의 계절이 찾아온 모양이다.

우리들은 민뿔이의 사랑을 지켜보면서, 유니콘들과 함께 초원을 마음껏 달렸다.

또한 남자인 내가 유니콘들에게 호감을 사는 이유는 아직 수수께끼였다.

—신기하단 말이지.

트램펄린 버섯

"트램펄린, 이 뭐야~?"

"포치도 모르는 거예요."

목적지로 가는 오솔길을 걸어가는 도중에 타마랑 포치가 아리사에게 질문했다.

"트램펄린이란 건 말야. 위에 타면 뿅뿅 뛸 수 있는 놀이터야."

"성의 침대 같은 거~?"

"분명히 지푸라기 침대 정도 되는 거예요."

"금세 알 수 있어."

커다란 제스처로 예상하는 타마와 포치를 보고, 아리사가 키득키득 웃으며 얼버무렸다.

이윽고, 날개요정들의 즐거운 소리가 들렸다.

나무 그늘을 빠져나가자, 트램펄린 버섯으로 노는 날개요정의 모습이 보였다.

날개요정들 중에는 아는 얼굴이 없었지만, 그 앞에 아는 사람이 있었다.

리자의 엘프 스승인 나선창의 구르가포야— 구야 씨다.

"리자."

"구르가포야 스승님."

말수 적은 구야 씨에게 이끌려서 리자까지 말수가 적어졌다.

"날개요정의 인솔인가요?"

"긍정."

내 질문에 구야 씨가 고개를 끄덕였다.

"즐거워~?"

"최고라니까!"

트램펄린으로 노는 날개요정들에게 얼굴을 접근시킨 타마가 부러운 기색으로 물었다.

"포치도 놀아보고 **싶었던** 거예요."

포치도 날개요정들을 보면서 아쉬운 기색으로 말했다.

—그렇다. 트램펄린 버섯은 날개요정들이 아슬아슬하게 놀 수 있는 사이즈로, 타마랑 포치가 놀기에는 너무 작았다.

"유감이야~."

"중량 오버라고 판정합니다."

아리사와 나나도 아쉬워 보였다.

그것을 보고 있던 구야 씨가 고개를 갸웃거렸다.

"마력충전."

광장 중앙에 있는 얄팍한 버섯을 가리키면서 고했다.

"마력을 주입하면 커다래지는 건가요?"

내 질문에 구야 씨가 말없이 수긍했다.

기왕이니까 시험해 볼까.

"그레이트~?"

"굉장히 커다란 거에요!"

얼른 버섯에 다가가서 마력을 주입해보니, 어른이 열 명 정도 동시에 놀 수 있는 크기로 부풀었다.

"출렁출렁~?"

"굉장히 굉장한 거예요!"

얼른 뛰기 시작한 타마랑 포치에게 낚여서, 모두 차례차례 트램펄린 버섯으로 놀기 시작했다.

"꺄, 아와와, ―앙."

허리가 뒤로 빠진 루루가 제대로 뛰지 못해 트램펄린 위에서 넘어졌다.

"침착해, 루루. 지탱해줄 테니까 같이 뛰어보자."

"네, 네에. 주인님."

내가 내민 양손을 붙잡고서 드디어 루루가 뛰어오를 수 있게 됐다.

"치사해."

그런 루루가 부러웠는지 미아가 허리에 안겼다. 나나도 함께다.

"마스터, 합체를 희망합니다."

―합체?!

나나의 시선 끝에서 리자가 타마를 끌어안고는 훌쩍 뛰더니, 꼭대기 부근에서 타마를 위로 던지는 놀이를 하고 있었다.

과연, 저걸 하고 싶었구나.

"알았어. 해줄게."

나는 루루를 미아에게 맡기고, 나나를 안은 채 똑같이 해봤다.

필연적으로 나나랑 끌어안은 형태가 되니까 가슴이 행복하다. 튀어 오를 때 턱을 습격하는 부드러운 어퍼가 수수하게 아프지만 이득이라고 생각해서 참았다.

―찌익.

뭔가 소리가 들렸지만, 나는 신경 쓰지 않고 리자가 한 것처럼 나나를 하늘로 쏘아 올렸다.

이어서 자신도 던져 올려달라는 기색인 리자를 올려줬다.

떨어지는 리자를 받아낸 참에, 아까랑 같은 소리가 간헐적으로 일어났다.

"우와와~?"

"아우치, 인 거예요."

아무래도 트램펄린 버섯이 찢어져 버린 모양이다. 다 함께 뒤엉키면서도 웃음이 끊어지지 않았다.

이렇게, 상처 하나 없이 트램펄린 놀이는 끝났다.

또한, 찢어진 트램펄린 버섯은 다 함께 점심 식사로 먹었다.

운동한 다음에 먹는 버섯은 무척 맛있었다.

생고기 햄 사냥

"자아, 생고기 햄 사냥 렛츠라고!"

아리사의 옛날 호령과 함께 전이한 곳은—.

"우기(雨期)네."

"응, 우기. 제철."

아무래도 우리들의 목적인 생고기 햄은 우기의 물건인가 보다.

생고기 햄 사냥이 대체 어떤 것인지는 아직도 잘 모르겠다.

"목적지."

잠시 걸어가자 빨갛게 물든 봉오리가 가득한 들판으로 나왔다.

구석에는 수국이랑 비슷한 꽃이 피어 있었다.

"달팽이~?"

"잔뜩 있는 거예요! 오늘은 달팽이 볶음인 거예요!"

"오랜만이군요."

나무그늘 곁의 수풀에서 달팽이를 발견한 아인 소녀들이 달팽이 채취를 시작했다.

"먹을 수 있는 건가요?"

루루가 흥미진진하게 묻자, 리자가 그리운 표정으로 조리법을 전수했다.

"인간족은 그다지 안 먹는 모양이지만, 데친 달팽이에 소금을 뿌린 것은 우기의 성찬이었습니다."

에스까르고는 유명하지만, 개인적인 편견 때문에 그다지 달팽이는 식용으로 쓰기 싫어.

"사람들 목소리가 들린다 싶더라니— 사토였군."

"스승님, 인 거예요."

"포치는 언제나 기운차구나."

안개비 너머에서 포치의 스승인 엘프 포르토메아 양이 나타났다.

오늘은 갑옷 차림이 아니라 요정 비단을 사용한 얇은 원피스 같은 옷을 입었다.

무척 어울리지만, 우산도 안 쓰고 걸어온 탓에 그녀의 얇은 옷이 비에 젖어서 몸에 달라붙어 비치고 있었다. 조금 배덕적인 느낌이 나서 생활마법으로 가볍게 말려줬다.

"너희들도 생고기 햄 사냥을 하러 왔나?"

"네, 그래요. 포르토메아 씨도 그런가요?"

"포아면 된다."

내 질문에 포르토메아 양이 대답하고 수긍했다.

"그래. 비가 그치고 갓 피어났을 때가 맛있으니까. 자, 피기 시작했다."

갓 피어?

엘프의 숲에서는 생고기 햄이 피는 건가?

그녀가 가리킨 곳에 있던 봉오리가, 흐린 하늘에서 뻗은 햇살을 받더니 장미처럼 흐드러졌다.

아무래도 장미꽃잎 같은 것이 생고기 햄인가 보다…… 생고기란 대체…….

"근사해."

"예뻐~?"

"아주 뷰티풀한 거예요!"

미아에 이어서 타마와 포치도 기쁜 기색으로 꽃들을 보았다.

"따라와라, 포치!"

"네, 인 거예요."

나이프를 한 손에 들고 꽃들을 수확하기 시작한 포아 양에 이어 동료들도 함께 수확하기 시작했다.

"사토, 먹어봐라."

포아 양이 내 입가에 내민 장미 같은 꽃잎을 깨물어봤다.

그 맛은 틀림없이 생고기 햄이었다.

게다가 대단히 맛있다.

"이건 요정 포도주에 잘 맞는다."

포아 양이 씨익 웃었다.

분명히 잘 맞겠어.

"나중에 시야랑 사람들을 불러서 마시자. 사토도 와라."

"네. 저도 신세를 지겠습니다."

"그러면, 생고기 햄 사냥 진짜 무대다. 놈들이 나온다."

—진짜 무대?

"거물~?"

"생고기 햄 괴수인 거예요!"

타마랑 포치 앞에서 거대한 장미꽃 같은 생물이 촉수를 휘두르고 있었다.

AR표시를 보니 마물이 아니라 환수의 일종 같았다.

"본체는 상하면 안 된다! 꽃잎을 다 수확하면 얌전해진다. 꽃잎은 일품이다! 깨끗하게 따내라!"

"알겠습니다!"

포아 양의 지시에 리자가 눈동자를 번득 빛내더니, 마인을 번득이면서 거대한 꽃잎을 따기 시작했다.

평소에는 고전하는 마인의 발동도 식욕 앞에서는 매끄러운 모양이군.

이렇게, 우리들은 약간의 전투를 거쳐 일품 생고기 햄을 사냥할 수 있었다.

생고기 햄이 너무 맛있었던 탓인지 얼마 동안 빨간 장미꽃잎을 본 동료들이 입맛을 다시는 후유증을 앓았지만, 그건 또 다른 이야기.

그리고 요정 포도주를 마시면서 먹는 생고기 햄은 최고였다.

오리지널 카레

"그 표정은 카레에 질린 느낌이네?"

내 얼굴을 들여다본 아리사가 함박웃음을 지으며 말했다.

"뭐 맞아."

엘프의 마을 카레 축제도 벌써 사흘째다. 아무리 그래도 좀 질려가네.

"그런 주인님에게 좋은 소식이야!"

아리사가 내 반응을 기다리며 포즈를 취한 채 멈췄다.

"뭔데? 아리사."

"매너리즘을 타개하는 비책! 그것은 카레의 새로운 바리에이션!"

"허어?"

아리사치고는 제대로 된 제안이라서 다음을 재촉했다.

"우리가 만들어낸 오리지널 카레를 선보일게!"

어쩐지, 갑자기 지뢰 같은 냄새가 나는데.

"톱 배터는—."

"포치의 오리지널은 이름하여 고기고기 카레인 거예요!"

아리사가 부르기 전에 포치가 커다란 카레 그릇을 내 앞에 내밀었다.

달콤한 햄버그 카레 위에 「똑똑히 봐라!」고 말하는 것처럼 구운 고기가 산처럼 쌓여 있었다.

"이건 굉장하네."

"그런 거예요! 굉장히 굉장한 거예요!"

포치가 팔을 휘두르면서 역설했다.

떨어질 뻔한 카레 그릇은 내가 재빨리 받아냈다.

"포치가 먹여주는 거예요."

떨어질 뻔한 것은 신경 쓰지도 않고, 포치가 스푼을 내 앞에 내밀었다.

커다란 카레 스푼에서 햄버그와 고기가 떨어질 것 같았다.

당장이라도 무너질 것 같아서 「이력의 손」으로 지탱했다.

"응. 맛있어, 포치."

"니헤헤~ 인 거예요."

포치가 내민 스푼에서 먹고 칭찬하자, 포치가 몸을 꿈틀거리며 기뻐했다.

사이드 테이블에 놓아둔 고기고기 카레를 아리사가 맛보더니 「제법이네」라고 했다.

한 번에 너무 먹었는지, 아리사의 볼이 다람쥐처럼 부풀었다.

"다음은 타마~?"

"새우 카레니?"

"네잉! 새우게 카레 스페셜~?"

분명히 스페셜이다.

접시에서 삐쳐 나온 거대한 보르에난 쉬림프가 짜자잔 중앙에 놓여 있었다.

카레에 물들어서 알기 어려웠지만, 슬그머니 보이는 다갈색 덩어리가 게인 모양이다.

"이건 어떻게 먹니?"

내가 묻자, 타마가 고개를 갸웃거리며 대답했다.

"뉴~? 와직와직 먹어~?"

어쩐지 질문을 이해 못한 느낌이다.

하는 수 없이 새우의 머리를 「이력의 손」으로 잡고, 새우만 손가락 끝에 마인을 만들어 적당한 크기로 커팅했다.

조금 기술을 낭비한다는 생각도 들지만, 기술은 잘 구사해야 좋은 거니까 문제없을 거야.

"타마의 카레도 맛있어."

"뉴후후~ 이것도 맛있어~?"

타마가 스푼으로 비단게 같은 것을 떠서 내밀었다.

—앗.

"우왓."

"아우치~?"

옆에서 날아온 날개요정이 타마의 스푼에 격돌하여 다갈색 덩어리가 하늘을 날았다.

타당, 데굴데굴 구르는 덩어리를 보고 내 등에 소름이 돋았다.

설마, 저거…….

"타마, 이건 뭐니?"

"달팽이~? 우기에 맛있어~?"

"그, 그렇구나……."

아무래도 나는 날개요정 덕분에 산 모양이다.

그러나 타마 뒤에는 다른 애들도 있었다.

나는 하늘에 운을 맡기고 다음 접시를 보며 웃었다.

해룡 제도, 조난기

“지트베르트 남작, 선단은 자네에게 맡긴다.”

“좋은 소식을 기대해 주세요. 에므린 자작! 출자를 주저한 자들이 이를 갈 정도의 이익을 약속하겠습니다!”

공도의 송별회에서 선단 출자자의 대표인 에므린 자작님에게 그렇게 맹세한 것이 대체 언제였을까?

“남작님! 마력 장벽이 작동하지 않습니다!”

“긴급 추진기도 안 됩니다!”

“기관실에서 보고! 마력로가 불완전연소를 일으키고 있습니다!”

우리들— 아니, 나는 이슈라리에 왕국까지 항로가 너무나 평온해서 자만하고 말았다.

“4번함 및 6번함이 거대한 해룡의 충돌로 침몰했습니다!”

“마력포로 요격해라!”

“그러니까 마력로에서 공급이 안 됩니다!”

“자기 마력이 있지 않나!”

우리는 며칠이고 이어지는 폭풍에 밀려나 육지의 위치를 잃고, 머나먼 대해원으로 흘러들고 말았다.

그렇게 큰 폭풍을 만났는데 한 척도 잃지 않은 것은 숙련된 선장과 수부들뿐 아니라, 승선해 있던 마법사들과 대출력 마력로를 탑재한 신조함이었던 덕분이리라.

에므린 자작이 공작님께 빌린 신화시대의 비보 「영광의 인도자」가 없었다면 반란이 일어났을지도 모른다.

이 비보는 언제나 공도를 가리키는 것이다.

"안됩니다! 마력을 충전하려고 하자마자 소실됩니다."

"무리라면 불 지팡이든 벼락 지팡이든 좋다! 그것마저 안 되면 활과 화살에 작살을 써라!"

우리들은 비보를 의지해서 대해원을 전진하고, 드디어 도시암이라 불러야 할 신비로운 유적이 있는 섬에 도착했다.

"3번함, 굉침!"

마법사들이 정화한, 소금 맛이 섞인 물이 지긋지긋했던 우리들은 정찰선도 보내지 않고 미지의 섬으로 접근하고 말았다.

이 저주 받은 섬으로—.

"7번함이 거대한 해룡에게 통째로 삼켜졌습니다!"

이변을 처음 깨달은 것은 마법사였다.

뭔가 이상하다고 하는 그의 말을 믿고서 곧장 조사했다면 이 아비규환의 지옥도는 피할 수 있었을지도 모른다.

"2번함에서 빛 신호! 우리를, 방패삼아, 생환하라!"

"답신하라! 이 은혜, 결코, 낭비 않는다."

2번함에 탑재된 화약을 사용한 파열탄 덕분에, 우리들은 저주받은 섬을 빠져 나오는데 성공했다.

2번함의 선장을 회고 취향의 어리석은 자라고 비웃은 과거의 자신을 때려주고 싶다.

갑판 위에 뛰어올라오는 고해수를 대검으로 베어 넘겼다.

"빠져 나온 것은 본함뿐인가?"

"5번함이 무수한 해룡에게 쫓기면서도 다른 방향으로 탈출하는 것이 보였습니다만, 아마도……."

너무나 큰 희생에 뒤늦은 후회를 하며 난간을 주먹으로 때렸다.

그러나, 분통을 터뜨리는 건 아직이다.

아직 우리는 위기를 벗어난 것이 아니다.

"마력 부활! 마력로도 재기동 성공입니다!"

좋은 소식이지만 아직 안심하기엔 이르다.

해룡이 파열탄이 낸 검은 연기를 찢어내며 모습을 드러냈다.

"연료인 마핵을 다 써도 상관없다! 바람 마법사! 돛이 찢어지는 한계까지 강풍을 만들어라!"

"알겠습니다! ■■■……."

바람 마법사의 영창을 초조한 마음으로 들으면서, 군용 벼락 지팡이로 해룡을 견제했다.

벼락 계통 마법이나 마법 도구는 바다 마물에게 특효가 있지만, 벼락 광석이 희귀한 탓에 이 함대에도 그리 많이 탑재하지는 못했다.

—아직인가.

그렇게 외치고 싶은 마음을 참으면서, 벼락 지팡이를 들어 필사적으로 해룡을 공격했다.

"……만범강풍(풀 세일 윈드)."

바람 마법사의 마법이 발동하고, 배가 단숨에 속도를 냈다.

마력로에서 공급되는 마력을 근원으로 하는 강풍은 연료인 마핵이 이어지는 한 멈추지 않는다.

이렇게 동료들의 존귀한 희생 덕분에, 우리는 구사일생을 얻었다.

그러나, 그것은 더욱 큰 고난의 서장에 지나지 않았다.

마법을 봉하는 해룡의 섬을 탈출했지만, 고해수나 포격 가다랑어 무리에게 계속 쫓겼다. 그 도피행은 해룡 제도를 빠져 나온 다음까지도 이어졌다.

기어이 마력로의 마핵이 떨어지고, 배를 지탱하던 바람 마법사도 과로로 쓰러지고 말았다.

다행히도 배가 침몰하기 직전에 일어난 폭풍 덕분에 우리들은 끈질긴 마물들에게서 벗어날 수 있었다.

포격 가다랑어 탓에 상한 돛은 폭풍으로 찢어지고, 어느 섬의 암초지대에 배가 좌초되어 버렸다.

우리들은 배를 수리하기 위한 재료나 마력로에 쓸 마핵을 구하러 작은 구명정에 나눠 타고 미지의 섬에 상륙했다.

◆

"섬의 마물이 약한 편이라 다행이군요."

"그래. 이 정도라면 마력로를 쓸 수 없는 상황이라도 숙영지를 지킬 수 있겠군."

그러나, 이 숙영지를 쌓기 전까지 절반의 수부들이 마물이나 독으로 목숨을 잃었다.

밤의 해안가가 그렇게까지 위험할 줄은, 당시의 우리들은 알 수 없었다.

"물 운반이 힘들겠지만, 목숨과 바꿀 수는 없습니다."

"샘물 가까운 곳에는 마물도 다가온다. 그런 위험한 장소에 사람은 살 수 없어."

배에서 나른 식량이 떨어지기 전까지 배를 수리하기 위한 목재를 확보해야 하지만, 작업용 골렘의 도움도 없이 배 바닥에 뚫린 구멍을 수리하는 것은 상당한 어려움이 예상된다.

그러나 우리들은 살아남을 의무가 있다.

에므린 자작에게 교역품을 전하지 못하면, 자작님뿐 아니라 고향에 남겨둔 나와 동료들의 가족까지 길거리에 나앉게 되어 버린다.

우리들을 구하기 위해 희생된 2번함의 은혜를 갚기 위해서라도, 반드시 공도로 돌아가겠다.

그 결심은 몇 개월 뒤에야 간신히—.

◆

"지트베르트 남작님! 배입니다!"

파수꾼의 보고에 무심코 볼이 풀어질 것 같았지만, 그건 아직 이르다.

"어느 나라의 배인가!"

"소속기가 없습니다!"

해적인가—.

"수는?"

"소형선 한 척뿐입니다."

나는 부하들을 돌아보았다.

수는 적지만 다들 역전의 강자들이다.

—이쪽에서 습격하여 빼앗아주마.

그 결단은 부하의 추가 보고로 연기되었다.

"추가 통신! 소형선 뒤에 대형 범선 한 척을 확인! 시가 왕국 및 에므린 자작기를 확인했습니다!"

"자작님의 구원부대다!"

"돌아갈 수 있어!"

"아아, 신이여!"

부하들과 함께 웃음을 지을 뻔했지만, 금방 이상한 것을 깨달았다.

"기다려라. 소형선에는 소속기가 없다고 했나?"

"네, 확인했지만 틀림없습니다."

정찰대에게 바람 마법 통신을 받은 항해사의 얼굴이 창백해졌다.

"대형범선의 선명을 확인『영광의 가수』호, 좌초되어 있던 우리들의 배입니다."

이제 틀림없다.

놈들은 해적이다.

좌초된 배를 어떻게 복원했는지는 분명치 않지만, 우리들 대신 배를 수리해서 전달해줬다고 생각하지.

"전원, 무장하라! 연기 신호를 피워서 해적 놈들을 유인한다. 해적선을 빼앗아 공도로 귀환한다!"

"""예!"""

우리들은 신속하게 준비를 마치고 해적선이 접근하는 해안으로 이동했다.

◆

"소형선은 후미 중간에 멈췄군—."

"조심스런 해적인가 봅니다."

적이 전력을 분산시켜 준다면, 오히려 습격하기 쉬워졌다고 생각하지.

"이상하군요."

"그래, 대형 범선의 선원을 소형선 쪽으로 이동시킨 모양이다."

놈들의 기묘한 움직임을 망원경으로 살폈다.

"상륙하는 모양입니다. 배에 탄 것은 세 명. 흑발의 애송이와 금발의 미인, 그리고 붉은 머리 소녀— 마지막은 비늘 종족이군요."

"배에 여자를 태우다니…… 역시 해적이 틀림없는 모양이군."

제대로 된 뱃사람이라면 배에 여자를 태우지 않는다.

가혹하고 좁은 배의 질서를 유지하기 위해서, 남녀를 같은 배에 태우는 것은 자살 행위나 다름없는 것이다.

나는 미끼가 되고자 모래사장으로 걸어가 대검을 땅에 박아 세웠다.

대형 방패를 가진 세 명과 바람 마법사가 호위다.

해적 애송이가 나룻배에서 내려 앞장서서 상륙했다.

제법 배짱이 있는 애송이군.

귀족 같은 복장이다.

어느 몰락귀족의 후예일지도 모르지.

그렇다면 범속한 해적을 상대하는 것이 아니라, 귀인을 상대하는 예를 갖추어주지.

"나는 시가 왕국 오유고크 공작령의 귀족. 마물과 격전을 거쳐 적화 훈장을 수여 받은 지트베르트 남작이다!"

내가 외치자, 흑발의 애송이가 걸음을 멈추었다.

"남작 각하는 이미 이름을 밝혔다. 다음은 귀공 차례다!"

"나는 시가 왕국 무노 남작령의 귀족. 구름리안 시에서 하급 마족을 물리치고 창염 훈장을 수여 받은 사토 펜드래건 명예사작이라고 합니다."

바람 마법사가 재촉하자 흑발의 애송이— 펜드래건 사작이 이름을 밝혔다.

"—창염 훈장, 이라고?"

공도의 훈장 중에서 가장 영예가 높은 것이다.

그것을 이런 성인도 되지 않은 소년이?

"무노 남작령은 그 저주 받은 영지잖아?"

"저런 애송이가 하급 마족을 물리쳤다고?"

부하들이 실례되는 말을 하는 것을 듣고, 나는 내가 해야 할 일을 떠올렸다.

놀라고 있을 때가 아니다.

상대가 해적이 아니고 시가 왕국의 귀족이라면, 예절을 다해서 교섭하고 우리들을 공도로 데려다 줄 수 있는지 부탁해야 한다.

"펜드래건 경, 우리들을 귀하의 배로 오유고크 공작의 무역도시 수트안델까지 보내주지 않겠는가? 우리들은 에므린 자작 무역선단의 생존자들이다. 물론 귀공이 바란다면 어떤 대가라도 준비하도록 하지."

"네, 물론입니다. 표류하고 있던 저 배를 발견한 것도 무슨 인연이겠죠."

내가 청원하자, 흑발의 소년이 즉시 수락해주었다.

마치 처음부터 그것이 목적이었던 것 같다.

아니, 기다려—.

지금 그는 뭐라고 했지?

"표류, 라고?"

"네. 에므린 자작의 문장기를 걸고 있기에, 이 부근 해역에 생존자가 있는 게 아닌가 생각하여 수색하고 있었습니다. 마지막 섬에 생존자가 있어서 안심했어요."

우리들의 배는 바닥에 커다란 구멍이 뚫려 있었을 텐데.

폭풍으로 좌초된 바위에서 빠져 나왔다고 해도, 금세 침몰했을 것이다.

그러나, 그가 거짓말을 하는 것처럼 보이지는 않았다.

이래봬도 사람을 보는 눈은 있다.

"그러면, 펜드래건 경. 신속하게 출항 준비를 할 테니 잠시 기다려주게."

나는 부하에게 며칠 분량의 물을 준비할 수 있는지 확인했다.

"닷새, 아니 『보물 창고』 스킬 가진 자를 총동원해서 사흘 만에 준비해내겠습니다."

듬직한 부하들은 숲 안에 있는 물가에서 불과 사흘 만에 준비하겠다고 호언했다.

당장이라도 움직이고 싶다고 얼굴에 쓰여 있는 부하들에게 허가를 내리려는 참에, 펜드래건 경이 말렸다.

"남작 각하, 주제넘지만 배에는 수트안델까지 항해하는데 충분한 물을 탑재하고 있습니다."

"그, 그것이 정말인가!"

펜드래건 경이 해도를 들고 항해사와 의논을 했다.

—뭣이? 그 상세한 해도는 대체 뭔가?

"이, 이토록 정교한 지도를……."

"그리고 섬들의 물가와, 마물의 분포까지 적혀 있군."

항해사들이 절찬하는 것도 이해가 된다.

어렸을 적부터 배를 탄 나조차도, 이 정도로 정밀한 지도는 본 적이 없었다.

"이 정도 지도를 그릴 정도로 섬들을 탐색해준 것인가……?"

대체 어느 정도 시간과 인력을 들이면 이 정도 지도를 그릴 수 있는지 짐작도 안 간다.

"남작 각하, 여기서라면 열흘도 안 걸려 수트안델에 도착할 수 있습니다."

항해사의 판단에 내가 동의하자, 수부들 사이에서 절규에 가까운 환성이 올랐다.

출항은 이튿날 아침으로 하고, 우리들은 펜드래건 경이 제공해준 식량과 술로 오랜만에 인간다운 식사를 할 수 있었다.

◆

"닻을 올려라!"

"닻 올려어어."

""""닻 올려어어.""""

우리들의 「영광의 가수」호에 동승한 펜드래건 경이 범선의 조선을 처음 보는 듯한 표정으로 수부들의 움직임을 지켜보고 있었다.

뭐가 희한한지는 알 수 없었지만, 방해하는 것도 말참견을 하는 것도 아니니 마음대로 하게 두었다.

—저건, 뭐지?

그의 배는 기적이라고 해도 좋을 정도로, 고도로 연마된 조선을 하고 있었다.

과거에 딱 한 번 본 적이 있는 요정족의 범선과 다름없는, 근사한 움직임이다.

"펜드래건 경, 자네 배의 수부들은 대단하군. 저렇게 어엿한

선회와 물 흐르듯 조용한 발진은 흔히 볼 수 없지."

"과찬이십니다."

내 칭찬의 말에도, 펜드래건 경은 들뜬 표정을 보이지 않았다.

그는 겉모습은 소년으로 보이는데, 때때로 나와 같은 나이나 훨씬 고령인 요정족이 마법으로 모습을 바꾼 게 아닐까 의심스러울 지경이다.

그는 그 다음에도, 항해하는 동안 놀랄만한 일들을 했다.

예를 들어서—.

"이 과실은 참 맛있군요. 이건 어떤 과실입니까?"

"그건 산수의 황등 과실을 말린 겁니다."

—공도에 가져가면 한 조각에 은화 3닢이 가뿐한 환상의 식재료를 아낌없이 수부들한테까지 나눠주고.

어느 때는—.

"저, 전방의 섬 뒤에『바위머리 날치』로 추정되는 반응을 확인!"

배마저 부수는 바위머리 날치 무리에게 습격을 받아도 태연하게 바라보고, 수부를 덮친 무리의 우두머리를 돌창으로 일격에 처리하더니, 그 공을 뽐내지도 않고 날벌레를 잡은 정도의 감상밖에 흘리지 않았다.

게다가 마핵을 제거한 다음에 바다에 버리려던 바위머리 날치를 기쁜 기색으로 자기 배에 가져가더니, 갑판에서 생선을 해체하여 동료들과 연회를 시작하기도 했다.

그는 위험한 해역을 여행하고 있다는 자각이 없는 걸까? 처음에는 분개했지만, 이윽고 그것이 아니란 것을 깨달았다.

그에게는 전혀 위험한 여행 따위가 아닌 것이다.

펜드래건 경과 그의 동료들은 마물이 공격할 때마다 작은 아이들까지 「고기~?」, 「소금구이인 거예요」라고 말하며 신이 나서 맞섰다.

그토록 위험한 바다의 마물들도, 그와 그 동료들에게는 스스로 찾아오는 식재료 정도의 존재란 것을 깨달은 것이다.

이렇게 너무나도 듬직한 호위를 받으며, 우리들은 아름다운 항구 수트안델에 도착했다.

—아아, 또 다시 처자식을 만날 수 있다.

이 기쁨을 대대손손 전해야겠다.

음유시인을 통해서 공도에 널리 알리도록 하는 것은 당연하고, 예술가인 숙부의 지인 중에서 문필가를 찾아 펜드래건 경의 활약을 쓰도록 해야겠다.

타이틀은, 그렇지—「펜드래건 사작의 해룡 제도 항해기」 같은 것이 좋겠군.

음, 책이 완성되면 무노 남작과 공도의 귀족들에게도 나눠줘야겠군.

젊은 영웅의 등장에 나는 볼이 풀어졌다.

그러나 이때 나는 알지 못했다.

그가 공도에서 이미 행한 기적을!

설마 그 로이드 후작과 호엔 백작이 화기애애하게 그에 대한 이야기를 하는 광경을 볼 줄은 몰랐다.

정말이지, 현실은 소설보다 기이하다는 말이 틀린 게 아니었군.

해룡 제도, 맛나맛나 일기

"바위머리 날치였나? 맛있지만, 가시가 많은 게 옥의 티야."

바위머리 날치는 주인님이 지트베르트 남작의 배를 견학하고 돌아오면서 선물로 가지고 온 생선 마물이었다.

딱딱한 머리뼈는 해적들이 방패로 쓸 만큼 가볍고 튼튼하다고 했다.

내 불평을 들은 리자가 의문스레 물었다.

"이 정도 가시라면 아리사도 씹어서 부술 수 있는 것 아닌가요?"

"콰직콰직~?"

리자랑 타마는 가시가 붙어 있는 바위머리 날치의 두꺼운 살을 피쉬 샌드처럼 빵에 끼워서 우걱우걱 먹고 있었다.

새우나 게를 껍질 채로 먹는 애들은 이해 못하는구나.

"루루, 가시 발라줘, 인 거예요."

대하의 강가에서 목에 가시가 걸린 경험을 한 포치는 가시를 발라내는 모양이다.

발라내는 건 루루를 의지하지만.

"포치, 스스로 발라낼 수 있게 같이 해볼까?"

"네, 인 거예요."

의지를 받은 루루가 엄마처럼 포치에게 가시 발라내는 법을 가르쳤다.

분명히 루루는 좋은 엄마가 될 거야.

"미아, 가시 제거가 완료됐다고 고합니다."

나나는 가시를 발라내는 게 재밌는 모양이네.

얼굴은 무표정했지만, 어쩐지 기쁜 기색이라는 걸 보면 알 수 있었다.

나나가 산더미처럼 쌓은 하얀 살을 미아에게 내밀었다.

"응, 참치마요."

병에 담긴 마요네즈를 하얀 살에 콸콸 뿌린 미아가 휘적휘적 뒤섞었다.

고기를 싫어하는 미아도 하얀 살의 마요네즈는 먹을 수 있나 보네.

"미아, 바위머리 날치는 참치가 아닌데?"

"우웅, 문제없어."

내 지적에 미아가 고개를 붕붕 옆으로 젓자, 트윈테일 머리칼이 채찍처럼 주인님을 공격했다.

"역시 이 해역에는 참치가 없는 모양이야."

얼굴에 부딪히는 미아의 머리칼을 신경 쓰지 않고, 주인님이 슬픈 기색으로 말했다.

절호의 어필 찬스에 나는 입 속의 음식을 삼키면서 일어섰다.

하지만—.

"주인님! 바닷새 무리입니다! 전투 허가를!"

"훗, 오늘 저녁은 새구이나 치킨가스로 하면 되겠다."

—리자 씨의 보고에 주인님이 일어서더니, 어머니처럼 주인님의 머리를 끌어안으려고 한 내 팔이 헛손질을 해버렸다.

칫, 분위기 못 읽는 바닷새놈들!

해면을 가르고 뛰어오르는 갈매기 같은 새들을, 분풀이 삼아 벼락 지팡이로 일망타진해줬다.

"아리사, 훌륭합니다."

"굿잡~?"

"굉장히 굉장한 거예요!"

바닷새를 회수한 주인님이 이쪽을 돌아보기에, 나는 사랑하는 주인님을 향해 입을 열었다.

"새고기 덮밥도 추가!"

물론, 잘게 썬 김도 위에 올려줘야 돼?

파수대의 행복

"바다~?"

물, 물, 물.

오른쪽 봐도, 왼쪽 봐도, 어디를 봐도 물이 이어져.

이게 바다.

짭짜름해, 짭짜름한 물보라 날아와.

기왕이면 달콤한 물이 좋은데.

"우뉴~?"

파수대의 바구니 위에서 커다랗게 기지개를 켰다.

파랑, 파랑, 파랑.

바다도 하늘도, 다 파랑.

이대로 녹을 것 같아.

"구름~?"

하늘에 뭉게뭉게 구름이 떠 있다.

저 구름은 만화고기 같아.

저쪽은 햄버그 구름, 새꼬치 구름.

"배고프이~?"

그런 상상을 했더니, 배가 고파졌다.

눈을 감고서, 뱃속 벌레가 그만 울기를 기다린다.

킁킁킁, 좋은 냄새.

뭔가, 행복한 냄새가 난다.

냐암, 깨물었더니 맛있는 고기 맛이 입 안 가득 퍼졌다.

"아햐햐, 인 거예요."

"호히?"

눈을 떴더니 포치가 있었다.

방금 고기 맛은 포치가 코앞에 내민 말린 고기였나 보다.

"마인고이마이어~?"

"네잉! 말린 고기는 언제나 맛있는 거예요!"

이 맛은 「방귀 늑대」의 고기다.

"맛나맛나~?"

파란 바다와 하늘을 바라보면서 포치와 먹는 말린 고기는 최고다냥.

범선의 흔들림에 몸을 맡기고, 타마는 입 안의 행복을 씹어~.

신규 단편
『리자의 옛 동료』
아이나나 히로
Illustration ◆ shri

“그러면, 이제는 학습 카드 그림을 그려줄 화가만 수배하면 되는 거군.”

“이야, 그게 제일 힘들어서요.”

세류 시에서 여행을 떠날 준비를 하려고 리자와 함께 시장을 걷고 있는데, 전에 벼룩시장에서 학습카드를 팔고 있던 청년 상인과 만났다.

예산 안에서 목판을 가공해주는 기술자나 학습 카드에 맞는 목재를 발견했고, 이제 은화 1닢으로 일러스트를 그려주는 화가만 찾으면 된다고 한다.

“보수가 은화 2닢이라면 할 수 있다는 화가는 있었습니다만, 그러면 손익이 안 맞아서요.”

100장의 일러스트를 은화 1닢— 동화 25닢으로 그려주는 화가를 못 찾겠다고 한다.

“길드에서 소개해준 분은 모두 돌아봤으니, 이제부터 어떻게 해야 할지…….”

청년이 버려진 강아지 같은 표정으로 우두커니 서 있었다.

내가 연줄이 있으면 소개해줄 수 있겠지만— 그렇지.

“문전 광장에 해결사가 있는 건 알아? 해결사의 나디 씨는 발이 넓으니까 화가를 소개해줄지도 몰라.”

“그런 가게가 있었군요! 고맙습니다, 한 번 가볼게요!”

얼굴이 확 밝아진 청년이 기운차게 달려갔다.

"어라?"

청년이 물러간 다음 위화감이 있었다.

방금 전까지 옆에 있던 리자가 없다.

돌아보자, 길가에 서서 뒷골목을 보고 있었다.

떠들썩한 큰길과 달리, 뒷골목에는 다니는 사람도 드문드문 하다.

"리자, 왜 그러니?"

"—주인님, 죄송합니다. 아무것도 아닙니다."

대답하는 리자의 표정이 도저히 그렇게 안 보였다.

기분 탓인지, 그녀의 어깨나 손끝에 보이는 주황 비늘 종족의 증거인 붉은색 비늘이 빛바래 보였다.

평소에는 기운찬 꼬리도 힘없이 땅 위에 늘어져 있었다.

"말하기 어려운 게 아니라면 말해볼래?"

내가 넌지시 묻자, 리자가 속삭이듯 중얼거렸다.

"옛날 지인과 닮은 자가 있었습니다."

듣자니 전 주인 밑에서 같이 생활했던 노예 동료랑 닮았다고 한다.

"오늘 예정은 끝났으니까 만나러 가고 싶으면 갔다와."

"아뇨, 다른 사람이었습니다."

리자는 그렇게 말하며 고개를 옆으로 젓더니, 멈춰 있던 걸음을 진행시켰다.

"사이좋았던 사람이랑 닮았었니?"

"네, 아인 노예는 협력하지 않으면 살아남을 수 없는 장소였으니까요……."

상당히 헤비하군.

하지만 그런 환경에서 함께 살았다면, 근황이 신경 쓰이겠지.

"그 사람들의 주인도 우스였니?"

폭동 사건에서 만난 리자 일행의 옛 주인인 우스는 이미 마족에게 몸을 빼앗겨 죽어버린 다음이다.

"아뇨. 저희들도 그렇지만 본래는 우스가 소속된 모임의 우두머리가 노예들의 주인을 하고 있었습니다. 우스는 우두머리에게 저희들을 양도 받은 형태였습니다."

과연, 분명히 우스는 「시궁쥐」란 이름의 길드에 소속되어 있었지.

"그러면, 아직 같은 장소에 살고 있을까?"

"네, 아마도."

내 물음에 리자가 수긍했다.

"이 짐을 여관에 가져다 놓고, 한 번 인사를 하러 가자."

「시궁쥐」는 범죄길드 같은 느낌이었고, 리자의 지인이 학대를 받고 있다면 어떤 대우 개선책이 필요할지도 모른다.

면화를 거부할지도 모르지만, 그때는 「뇌물」 스킬이나 「교섭」 스킬이 활약해 주면 되겠지.

"괜찮을까요?"

"그럼, 물론이지."

리자가 송구한 표정으로 묻기에 웃으며 수긍해줬다.

여관으로 돌아가는 길에서 그 사람들 이야기를 들었다.

생각보다도 노예의 출입이 많았는지, 자주 애칭이 나오는 「곰 언니」와 「아기를 안고 있는 표범 엄마」 두 사람 말고는 파악하기가 어려웠다.

“아~! 저 사암들.”

“저마이다~.”

문전 광장까지 돌아왔더니 낯익은 혀 짧은 소리가 들렸다.

목소리 쪽으로 시선을 돌리자, 개 수인이나 고양이 수인 아이들이 이쪽으로 힘차게 손을 흔들고 있었다.

그 봉제인형 같은 사랑스런 용모는 낯이 익었다.

전에 꼬치구이를 선물한 애들이다.

보호자 같은 사람이 주위에 없기에, 리자에게 짐 반입을 맡기고 그쪽으로 걸어갔다.

“오늘은 너희들만 심부름이니?”

아니야
“아이야.”

바깥에 들풀 따러 가요
“바까테 드푸 따어가오.”

주인님도 같이 가요
“주이니도 가이가오.”

상냥하게 물어보자, 아이들이 일제히 기운차게 대답했다.

“시끄럽다. 소란을 떨다가 이상한 녀석들 눈에 띄어도 모른다!”

정문 쪽에서 기사 쏜과 이야기를 하고 있던 요나란 이름의 인간족 노파가 아이들에게 일갈했다.

저 노파가 아이들의 주인인가 보다.

죄송합니다
"재소함미다."

잘못했어요
"자모해써오."

혼난 아이들이 노파에게 사과했다.

허리에 손을 대고 거칠게 콧김을 내쉬며 아이들을 내려다보던 노파가 나를 발견하고 물었다.

"당신은 뭐야?"

나는 노파에게 인사했다.

"처음 뵙겠습니다. 행상인인 사토라고 합니다."

"이 애들한테 무슨 용건 있나?"

노파가 나랑 아이들 사이에 몸을 끼워 넣었다.

마치 아이들을 감싸는 느낌이다.

주인님
"주히닙!"

뒤에서 파찰음이 많은 목소리가 들렸다.

그 목소리의 주인— 긴 털 쥐 수인 여성이 노파 옆으로 달려와서 그녀를 감싸듯 팔을 뻗었다.

반대쪽 손은 허리에 차고 있는 도끼칼의 자루에 올리고 있었다.

기다려
"기다어."

아니야
"아이아."

이 사람 좋은 사람
"이 사암 조으 사암."

노파의 뒤에서 아이들이 필사적으로 주장했다.

아이들에게 꼬치구이와 말린 고기 이야기를 듣고, 노파가 어깨의 힘을 뺐다.

"아아, 당신이군. 꼬맹이들이 말한 녀석이—."

그렇게 말하며, 경계하는 긴 털 쥐 수인을 뒤로 물렸다.

“정말이지, 괜한 짓을 하다니…….”

노파가 주름투성이 얼굴에 씁쓸한 기색을 보였다.

이 사람 안 나빠
“이 사암 아나빠.”

좋은 사람
“조은 사암.”

“너희들은 입 다물어라!”

나를 감싸주는 아이들에게 노파가 일갈을 했다.

“이 애들한테는 인간족은 경계해야 하는 상대라고, 마음 단단히 먹고 가르치는 중이었건만.”

“왜 그런 걸?”

“이 애들 같은 아인에게 여기 사는 녀석들은 엄격하니까.”

내 뇌리에 세류 시에서 만난 수인을 싫어하는 사람들 얼굴이 차례차례 떠올랐다.

분명히 경계 없이 다가갔다간 잘해봐야 얻어맞고, 잘못하면 질 나쁜 놈들에게 목숨을 잃는 일마저 있을지도 모른다.

노파는 그것을 경계하여 아이들을 교육하는 중이었겠군.

“이해했나?”

“네, 죄송합니다. 제가 경솔했어요.”

“이, 이상하게 순순하군…….”

내가 사과하자 노파가 어쩐지 맥 빠진 표정을 지었다.

“뭐, 참견할 때는 그런 부분을 조심하라구. 그리고, 이 애들을 보더라도 가볍게 부르지 말고. 알겠지?”

나한테 못을 박는 노파에게 진지한 표정으로 수긍했다.

"—나도 대접을 받았는데, 꼬치구이랑 말린 고기는 맛있었어."

노파가 물러갈 때 씨익 웃으며 말하더니, 긴 털 쥐 수인과 아이들을 데리고 도시 바깥으로 성큼성큼 걸어갔다.

개 수인이나 고양이 수인 아이들이 몇 번이고 돌아보며 나에게 손을 흔들었다.

봉제인형 같아서 참으로 사랑스럽군.

"칫, 괴짜 할멈의 노예군."

"정말이지, 문전에 짐승 냄새가 베겠어."

노파들과 교대하며 짐수레를 밀고 들어온 농민들이 혀를 차면서 작은 소리로 험담을 했다.

좋고 싫은 거야 어쩔 수 없다지만, 노골적으로 차별적인 발언을 들으니 기분 나쁘군.

나 같은 외부인이 끼어들 일은 아니겠지만.

"으엑."

"어, 어이, 서둘러."

나랑 시선이 마주친 농민들이 겁을 먹고 물러갔다.

혹시「위압」스킬이 시선에 실린 걸지도 모르겠다.

"—인종차별이라."

본래 세계에서도 있었지만, 사람의 차이가 격렬한 이세계에서는 더욱 뿌리가 깊을지도 모르겠다.

"주인님, 기다리셨습니다."

노파 일행이 도시 바깥에 보이는 숲으로 사라질 무렵, 리자가 짐을 두고 돌아왔다.

짐수레를 미는 농민들도 이미 시야에 없었다.

"기다리셔~?"

"인 거예요!"

어째선지 타마와 포치도 함께다.

"죄송합니다. 옛날 노예 동료를 만나러 갈 것이라고 말을 했더니……."

리자에게 시선을 돌리자, 그렇게 대답했다.

"사과 안 해도 돼. 같이 가자."

나는 리자 일행에게 미소를 짓고, 두 사람의 동행을 허가했다.

"괜찮아~?"

"배 아픈 거예요?"

타마와 포치가 나를 걱정하며 올려다보았다.

아까 그 차별적인 일을 보고 조금 기분이 가라앉아있었던 모양이군.

"아픈 거 아픈 거~?"

"날아가라~ 인 거예요."

열심히 말하는 두 사람을 보고 있자니 마음이 따스해진다.

"고마워. 두 사람 덕분에 좋아졌어."

나는 인사를 하면서 둘의 머리를 쓰다듬었다.

"기분이 안 좋으시면 무리하게 보러 가지 않으셔도—."

리자가 배려를 해서 말을 꺼냈다.

정말이지, 피보호자에게 걱정을 끼치다니, 보호자 실격이군.

"이제, 괜찮아."

—좋아.

나는 기합을 넣고서 웃음을 만들었다.

"그러면 가자. 리자, 길 안내 부탁해."

"네, 알겠습니다."

이렇게 우리는 리자의 선도를 따라 서쪽 거리에 있는 길드 「시궁쥐」의 거점으로 갔다.

◆

"이 길은 여전하군요."

서쪽 거리의 복잡한 뒷골목 안에, 길드 「시궁쥐」의 거점이 있다고 한다.

리자가 불평한 것처럼, 무너질 것 같은 낡은 가옥이나 수풀 그림자에 음울한 눈으로 이쪽을 가늠하는 질 나쁜 사람들이 언뜻 보인다.

"이글이글~?"

"평소보다 좀 더 무서운 거예요."

타마와 포치가 불안한 기색으로 주위를 경계했다.

아마도 옷차림이 좋은 우리들을 호구로 보는 거겠지.

"여어, 형제! 씀씀이가 좋을 것 같은데."

그야말로 양아치 같은 남자가 다가와서 함부로 어깨를 끌어안았다.

냄새가 굉장하니까 스킨십은 좀 봐주라.

언뜻 우호적인 양아치의 태도에, 리자도 때려눕힐까 망설이는 모양이다.

"무슨 용건이지?"

대강 알고 있지만 일단 물어봤다.

"알고 있잖아? 있는 돈 전부 내놔."

양아치가 손에 숨기고 있던 나이프를 내 목으로 들이밀었다.

—역시나.

"그건 못 듣겠는데."

"어엉? 이 자식 자기 상황을 알고서 하는 말이냐?"

여기저기서 양아치의 동료 같은 무법자들이 나타났다.

그것을 본 리자가 창을 겨누고, 타마와 포치는 진짜 짐승처럼 위협하는 소리를 냈다.

"물론이지."

나는 양아치가 든 나이프를 손가락으로 잡았다.

양아치가 나이프를 내 목에 들이밀려고 힘을 주었지만 꼼짝도 안 한다.

나랑 그는 근력(STR)치가 완전히 다르니까 당연한 일이지.

"날붙이를 사람한테 겨누면 위험한 거 알지?"

나는 나이프를 빼앗아 양아치의 발치에 던졌다.

힘 조절을 좀 잘못했는지, 자루까지 땅바닥에 묻혀 버렸다.

"이 자식, 얕보지 마라! 얘들아. 꼬맹이들까지 한꺼번에 해치워!"

양아치가 외치자, 무법자들이 아인 소녀들에게 덤벼들었다.

"하늘하늘~?"

"포치는 간단히 못 붙잡는 거예요!"

타마와 포치가 무법자들의 공격을 피했다.

"주인님—."

리자가 천을 감은 창으로 도끼칼이나 단검을 휘두르는 무법자들을 비껴내며 물었다.

—반격해도 괜찮은지 묻는 거구나.

"때려눕혀도 돼."

내가 그렇게 말하자, 어휘력 부족한 양아치 남자가 허리에 차고 있던 도끼칼을 뽑아 덤벼들었다.

"이 자식, 깔보는 거냐!"

"주인님에게 무례합니다."

리자가 천으로 감싼 창으로 양아치의 도끼칼을 가볍게 쳐냈다.

"방해하지 마! 이 잡종들이."

남자가 리자를 지저분하게 매도했다.

"지금 그건 내 동료한테 말했겠다."

나는 생긋 웃으며 앞차기를 때려 박았다.

물론 힘 조절은 확실하게 했다.

힘 조절을 안 하면 상대가 다진 고기가 될 테니까.

양아치는 노바운드로 몇 미터 날아가더니, 뒷골목에 쌓아둔 나무 상자를 부수었다. 피를 흘리며 기절했지만, 분명히 살아 있는 데다가 골절도 없으니까 방치해도 괜찮겠지.

"거, 거짓말이지?"

리더로 추정되는 양아치의 참상을 보고 무법자들이 겁을 먹었다.

"그러면, 나무 상자에 다이브하고 싶은 사람은 말을 해봐. 지금이라면 방금 저 친구랑 같은 체험을 시켜줄 수 있거든?"

내가 상냥하게 물었지만 희망자가 없었다.

"그러면, 저 양아치를 회수하고 사라져줄래?"

그렇게 고하자, 무법자들은 양아치를 질질 끌면서 기다시피 도망쳤다.

>「공갈」 스킬을 얻었다.

"제법 위험한 장소구나."

길거리에서 갑자기 무장한 강도가 나올 줄은 몰랐다.

나는 격납 가방을 거쳐 타마와 포치의 소검을 스토리지에서 꺼내 두 사람에게 장비시켰다.

일단 나도 양아치가 얕보지 않게 세검을 장비해뒀다.

"내가 허가할 때까지 뽑지는 말고."

"네잉!"

"네, 인 거예요!"

소검을 허리에 찬 타마와 포치가 척 포즈를 취하며 수긍했다.

그 이후에도 두 번 정도 수상스런 녀석들에게 둘러싸였지만, 우리가 나설 것도 없이 리자가 제압해 버렸다.

"—이 근처야?"

"네, 저 모퉁이를 돌면 보일 겁니다."

리자 말에 따라 나아가자 목적지가 보였다.

"어라라~?"

"어쩐지 평소하고 다른 거예요."

타마와 포치가 고개를 갸웃거렸다. 길드 「시궁쥐」의 거점이 폐옥이 되어 있었으니까.

주민은 있지만, AR표시되는 상세정보를 보니 멋대로 살고 있는 부랑자들이었다.

"어이, 거기 너희들."

위협 직전의 위압감이 담긴 어조로 말을 건 사람은 뜻밖에도 순찰을 돌고 있던 세류 시의 위병들이었다.

무장한 아인 소녀들에게 험악한 시선을 보냈지만, 내 호위라고 설명하자 금방 위협은 중단했다.

"그래서? 여긴 무슨 용건이지?"

"네, 여기에 있던 수인 노예들을 만나러 왔습니다만— 아무래도 이사를 간 다음인 것 같아서 어쩔 줄을 모르고 있었습니다."

"시궁쥐 녀석들이라면 마족을 도시 안으로 끌어들인 반역 용의로 진작에 처분됐다."

"너희들은 공개처형을 구경 안 했나?"

—으엑.

상당히 바이올런스한 세상이야.

"그건 시궁쥐에 소속된 노예들도 말인가요?"

"아니, 노예들은 사정청취를 한 다음에 노예상인에게 매각했을 거다."

"어느 노예상인인지 아시나요?"

"왜 그런 걸 너희들한테—."

소란스럽게 내쫓으려는 위병의 손에, 스토리지에서 꺼낸 은화를 쥐어주었다.

"—흥, 서쪽 거리의 이로데 길에 있는 못스의 가게다."

은화를 품에 넣은 위병이 그렇게 말하고 물러갔다.

나는 손을 흔들어 그들을 배웅한 다음, 가르쳐준 노예상인의 위치를 맵으로 조사했다.

여기서 그리 멀지 않은 장소였다.

◆

"밤일용 성노예라면 바깥 길의 가게로 가라구."

위병이 가르쳐준 이로데 길로 가서 「못스의 가게」를 방문했더니, 갑자기 노예상인 못스 씨가 그렇게 말했다.

내가 그렇게 밝히는 남자로 보이나?

"위병 나리에게 이 가게를 소개 받았어요."

"어엉? 위병이?"

못스 씨가 의문스레 이쪽을 흘겨보았다.

"여기는 병을 가진 무슨 사정 있는 인간족이나 광산행 직전의 아인 노예 정도밖에 없는데?"

그가 말한 것처럼, 이 가게의 노예는 남녀를 가리지 않고 성병에 걸린 인간족이 많았다.

"아아, 그 녀석들을 팔러 온 건가?"

착각한 못스 씨가 터무니없는 말을 꺼냈다.

"버, 버리지 마~."

"포치를 버리면 안 되는 거예요."

못스 씨의 말을 진심으로 받아들인 타마와 포치가 울면서 내 허리에 매달렸다.

"주, 주인님……."

어째선지 리자까지 불안한 표정이다.

이제 와서 버릴 생각 없어.

"이 애들을 놓을 생각은 없어요."

나는 타마와 포치의 머리를 쓰다듬으면서 리자가 안심하도록 미소를 지어줬다.

"이쪽에는 아인 노예 몇 명을 살까 해서 왔습니다."

나는 그렇게 말하고, 안쪽 방에서 아인 노예를 보여달라고 했다.

"곰!"

"표범 언니인 거예요!"

방에 들어온 노예들을 보고, 타마와 포치가 의자에서 뛰어올라 말을 걸었다.

아무래도 그녀들도 아인 소녀들의 초기 이름과 마찬가지로 「곰」이나, 「표범」이란 동물명인 모양이다.

"고양이랑 개?"

그리고 도마뱀도
"크이고 도마배도!"

우리 애들을 본 곰 수인과 표범머리 종족 여성이 알아듣기 어려운 소리로 아인 소녀들의 옛날 이름을 불렀다.

곰 수인 여성은 직립하는 곰 같은 모습이었지만, 표범머리 종족 여성은 머리만 표범이고 목 아래는 인간과 구별이 안 되는 느낌이었다. 일단 표범 같은 꼬리가 달려 있긴 했다.

그녀들의 말은 그대로는 알아듣기 어려우니까, 적당히 머릿속에서 보정하기로 했다.

"타마는 타마~?"

"포치는 주인님이 포치라고 이름을 지어준 거예요!"

"저는 리자라고 명명을 받았습니다."

아인 소녀들이 곰 수인과 표범머리 종족 여성에게 현재의 이름을 고했다.

어쩐지 자랑스러워 보였다.

"과연, 그 노예들이 아는 녀석들을 찾으러 온 거구만?"

못스 씨가 고약한 웃음을 지으며 입맛을 다셨다.

아마도 있는 대로 바가지를 씌우려는 거겠지.

"이 애들은 광산에 보내는 건가요?"

"그래, 당신이 안 사면 그렇게 되겠지."

이쪽 세계의 광산은 현대 지구의 광산과 달라서 대단히 광부 소모율이 높은 가혹한 직장이었다.

그런 데다가, 그녀들 같은 수인 노예는 가장 위험한 장소에 파견되겠지.

나로서는 노예가 필요 없지만, 아인 소녀들의 친구가 그렇게 되는 건 넘어갈 수가 없으니 두 사람을 구입하기로 결정했다.

"두 사람에 금화 2닢이라면 내죠."

바가지를 씌우기 전에, 먼저 이쪽이 시세 스킬이 가리키는 상한선 가격을 제시해봤다.

광산에 보내는 노예는 거의 버리는 가격이니까, 이 금액이라도 충분히 이익이 있을 거다.

"두 사람에 금화 10닢이야."

"너무 올렸군. 그리고 그 표범머리 종족의 여자에게 아이가 있을 거야. 아이를 포함해서 금화 2닢이라면 내지."

예상대로 바가지를 씌우기에 정중한 어조는 관두고 못스 씨와 교섭했다.

"꼬마를 넣어서, 금화 5닢이야."

"알았다. 그 두 사람과 아이의 재계약에 명명수수료까지 넣어서 금화 5닢이라면 내지.

"좋았어, 성립이다!"

이렇게 해서 표범머리 종족의 모자와 곰 수인을 사들이고, 곰이나 표범이란 이름을 그녀들이 희망하는 이름으로 변경했다.

곰 수인이 아베, 표범머리 엄마가 치타, 아기는 스이라는 이름이다.

그녀들은 누더기 같은 관두의만 입고 있었기에, 적당한 의복과 신발을 가게의 사용인에게 사오도록 부탁했다.

"어라라~?"

"쥐는 없는 거예요?"

타마와 포치가 생각난 것처럼 물었다.

"그래, 그 애는 팔려갔어."

곰 수인 아베의 대답에, 타마와 포치가 유감스런 기색이었다.

"유감~."

"같이 있는 거 아닌 거예요."

애들 설명을 들어보니 그밖에 긴 털 쥐 수인족의 여성이 있었다고 한다.

맵 검색을 해봤는데, 「쥐」란 이름이 검색되는 사람은 세류 백작령 안에는 없었다.

아마도 다른 영지나 다른 나라에서 사간 거겠지.

"괜찮아, 그 애는 운 하나는 좋으니까."

표범머리 치타가 아인 소녀들을 달래면서 말했다.

"뭐 그렇지. 쩨쩨하고 괴팍한 할멈이지만, 노예한테 의미도 없이 폭력을 휘두르진 않으니까."

만족한 표정으로 금화를 세던 못스 씨가 「쥐」를 산 사람에 대해 가르쳐줬다.

그 이야기를 듣고서 리자 일행이 안도의 한숨을 흘렸다.

그때 신발과 옷을 안고서 가게 사용인이 돌아왔다.

"—사왔어."

조금 낡지만 제대로 몸을 가릴 수 있는 외투까지 사다 주었다.

"고마워, 도움이 됐어."

나는 그의 서비스에 감사하며 시세보다 넉넉한 팁을 건넸다.

표범머리 치타와 곰 수인 아베가 옷을 갈아입는 동안 조금 생각했다.

그럼 어떡해야 할까—.

어쩌다가 두 사람의 신병을 맡기는 했지만, 젖먹이를 데리고 마차로 긴 여행은 어렵단 말이지.

그녀들이 갈 곳이 있다면 노예 계급에서 해방해주겠지만, 가볍게 이야기를 들어봤더니 둘 다 갈 곳이 없고 의지할 사람도 없다고 한다.

"주인님—."

리자가 조심조심 말을 걸었다.

다 갈아입은 모양이다.

"그럼 가자."

나는 그렇게 말하고 문전여관—이 아니라, 해결사에 가기로 했다.

아리사는 루루하고 장을 보러 갔고, 제나 씨는 일을 하는 중이니까 나디 씨를 의지해 볼까.

◆

"—이거에오!"

해결사 앞까지 왔더니, 정문 쪽에서 낯익은 외침 소리가 들렸다.

"어라~?"

"재는 아는 거예요!"

타마와 포치가 정문 쪽을 가리켰다.

그 앞에서, 오늘 아침에 만났던 개 수인 아이를 문지기가 험악하게 쫓아내고 있었다.

AR표시를 보니 하우하란 이름의 남자애다.

"앗!"

"큰일난 거예요!"

하우하가 문지기에게 밀려나는 걸 보고 타마와 포치가 정문으로 달려갔다.

나도 두 사람을 뒤쫓았다.

"괜찮아~?"

"안 다친 거예요?"

타마와 포치가 하우하의 상태를 확인했다.

"아! 도아주세어(도와주세요)."

나를 발견한 하우하가 매달리면서 도움을 청했다.

"어이, 그 녀석이랑 아는 사이라면 어디로 좀 데려가."

문지기가 귀찮다는 기색으로 손을 흔들었다.

우리는 조금 떨어진 장소로 하우하를 데리고 갔다.

노파가 아이들에게 너무 쉽사리 다가가지 말라고 주의를 들은 참이지만, 명백하게 범상치 않은 기색이라 자중을 제쳐두고 이야기를 듣기로 했다.

"왜 그러니?"

"눈 한쪽인 호랑이가 나온 거에오, 다들 위험한 거에오."

그렇군. 들풀을 채취하던 도중에 호랑이를 만났구나.

나는 맵을 열어서 호랑이를 검색했다.

동쪽 산을 중심으로 서식하는 모양이군.

"큰일 났다! 동쪽 숲에 외눈박이가 나왔다!"

"외눈박이라고! 그 식인 호랑이가!"

"그렇게 가까운 숲에? 그 녀석은 동쪽 산에 살고 있을 텐데!"

"그러니까 알리러 온 거잖아!"

바깥에서 돌아온 2인조 사냥꾼과 아까 그 문지기가 설명 대사처럼 외쳐주었다.

동쪽 숲을 맵으로 검색해봤다.

—있다.

외눈박이란 고유명을 가진 레벨 10의 호랑이다.

그 근처에 고양이 수인 아이와 개 수인 아이가 있지만 둘 다 나무 위로 피난했다. 호랑이는 나무 타기를 할 수 있었다고 기억하는데, 외눈박이는 나무 타기를 잘 못하는 모양이군.

함께 있던 인간족 노파와 긴 털 쥐 수인족 여성은 커다란 바위 아래 틈으로 기어들어가서 난을 피한 모양이다.

"쏜 님은 안 계신가?"

"산달인 부인이 산기가 있어서 돌아갔어."

"이럴 때에……."

병사들의 대화를 엿듣기 스킬이 포착했다.

그거야 전쟁중도 아니니까 부인이 출산 직전이라면 당연히 돌아가야지?

"잠깐 기다려, 교대할 기사가 올 거야."

지금 정문에 있는 병사들은 레벨이 그다지 높지 않다.

그들에게 대처를 맡기는 건 무리겠군.

그렇지만, 그녀들과 외눈박이의 광점 움직임을 봐서 언제까지고 무사할 거라는 보증도 없다.

"구하러 가자. 안내할 수 있니?"

"네잉! 하쑤이써오."

나는 리자에게 「구조하러 다녀올게」라고 한 뒤, 개 수인 아이를 옆구리에 끼고서 달렸다.

어째선지 우리 애들이랑 곰 수인 아베에 표범머리 치타도 함께 따라온다.

아무리 그래도 갓난아기가 함께 가면 위험하니까, 표범머리 치타 모자는 정문 앞에서 대기를 명했다.

"하아, 하아, 기, 기다려줘."

곰 수인 아베가 늦어지기 시작했다.

생각보다 스태미나가 없는 모양이군.

"타마, 포치, 그녀와 함께 뒤따라 와라."

"네잉~."

"네, 인 거예요."

타마와 포치가 조금 불만스런 기색이다.

방금 전까지 있는 힘껏 들판을 달려서 즐거워 보였으니, 그 반응도 어쩔 수 없군.

"우와와와, 개? 고양이?"

"고양이가 아니라, 타마~?"

"개가 아니라, 포치인 거예요?"

타마랑 포치 두 사람이, 덩치가 큰 곰 수인 아베를 들어 올리고 달렸다.

아이고야. 굉장한 짓을 하네.

"타마, 포치, 교대하자. 리자, 이 애를 부탁한다."

나는 개 수인 아이를 리자에게 맡기고, 곰 수인 아베를 등에 업고 달렸다.

곰 수인 아베가 어쩐지 황송한 기색이지만, 외눈박이에게 습격 받고 있는 사람들 구출을 우선해서 들판을 달려 동쪽 숲에 돌입했다.

◆

"발견~?"

"위험이 위기인 거예요!"

타마와 포치가 식인 호랑이 외눈박이를 발견했다.

노파와 긴 털 쥐 수인족 여성이 숨어 있는 커다란 바위 아래를 파내서 몸을 들이밀 틈을 넓히고 있는 모양이다.

"호, 호랑이에오."

외눈박이를 본 개 수인 아이가 리자의 팔 안에서 겁을 먹었다.

"크, 크다아, 저게 뭐야? 정말로 호랑이야?"

내 등에서 곰 수인 아베가 겁먹은 목소리를 흘렸다.

분명히 동물원에서 본 호랑이의 배는 되는 크기다.

"맞아―. 타마, 포치, 호랑이를 퇴치해라!"

"아이아이 서~."

"라져, 인 거예요."

타마와 포치가 발치의 돌을 주웠다.

"자, 잠깐 주인님?! 이 애들한테는 무리야! 나랑 도마뱀이 싸울 테니까 뒤로 물려줘."

내 등에서 곰 수인 아베가 몸부림쳤다.

"괜찮아."

"그럴 리가 없잖아!"

"이 애들은 괜찮습니다. 그리고 제 이름은 리자입니다. 잊지 말아주세요."

납득 못하는 곰 수인 아베에게 리자가 괜찮다고 말했다.

반론하려던 곰 수인 아베의 눈앞에서 타마와 포치가 외눈박이에게 돌을 던졌다.

"명중~?"

"커다란 고기가 이쪽으로 오는 거예요."

으르렁 소리를 내면서 공격해오는 외눈박이에게 타마와 포치가 허리의 소검으로 맞섰다.

오늘은 방패 장비가 없는 탓에 조금 싸우기 어려워 보였다.

만에 하나를 생각해서, 언제든지 해치울 수 있도록 몰래 스토리지에서 끝이 뾰족한 돌멩이를 꺼내뒀다.

여차하면 이 돌멩이로 외눈박이를 말살해야겠어.

"거, 거짓말이지? 그 울보였던 둘이, 식인 호랑이랑 정면으로 싸우고 있어?"

"굉장해오."

두 사람이 싸우는 걸 보고 곰 수인 아베와 개 수인 아이가 눈을 부릅뜨고 놀랐다.

제법 유쾌한 반응인걸.

"리자, 도와줘라."

"알겠습니다."

내 옆에서 리자가 근질근질한 기색이기에 개 수인 아이를 건네받고 참전을 허가했다.

"주인님, 저건 대체……."

조심조심 묻는 곰 수인 아베에게 대답했다.

"셋 다, 마족이 일으킨 미궁 소동에서 강해졌거든."

"셋 다 노력했구나……."

노예 동료의 성장을 자랑스러워하는 곰 수인 아베에게 동감이라며 수긍했다.

"그래, 맞아."

그러는 동안 타마와 포치의 소검에 상처를 입고, 리자의 창에 깊은 상처를 입은 외눈박이가 도주하기 시작했다.

—안 놓치거든?

나는 손에 들고 있던 돌멩이로 무방비하게 측면을 보인 호랑이의 심장을 꿰뚫었다.

발이 꼬인 호랑이가 수풀에 돌진하더니 움직임이 멈추었다.

"……어, 어라? 호, 호랑이가?"

"쓰러졌어? 죽은거에오?"

곰 수인 아베와 개 수인 아이에겐 내 투척이 안 보인 모양이다.

호랑이의 사망을 확인한 리자가 이쪽에 보고했다.

"아~ 쥐~."

"쥐! 인 거예요!"

"고양이? 개? 도마뱀까지! 왜 이런 곳에 있어?"

"오랜만입니다."

커다란 바위 아래에서 기어 나온 긴 털 쥐 수인족 여성이 아인 소녀들과 친근하게 대화를 했다.

아무래도 아는 사이인가 보다.

"지금 이름은 케미야. 앞으로는 케미라고 불러줘."

"타마는 타마~."

"포치도 주인님이 포치란 이름을 지어준 거예요."

"저도 리자란 이름을 받았습니다."

이름을 밝히는 넷을 보고 납득이 갔다.

이 긴 털 쥐 수인 케미가, 아까 팔려갔다는 그녀들의 노예 동료인 모양이다.

"케미! 나 좀 꺼내다오!"

커다란 바위 아래에서 노파가 부르는 소리가 들렸다.

나는 이 자리를 아인 소녀들에게 맡기고, 레이더 표시에 의지해서 나무 위로 피난한 아이들을 회수하러 갔다.

"있다! 저기에오."

함께 데리고 간 개 수인 아이가 외쳤다.

그 목소리를 깨달은 아이들이 크게 손을 흔들었다.

"주인님이랑 케미가."

"호랑이 데리고 갔어!"

"주인님 구해저."

"부탁이에오."

나무 위의 개 수인과 고양이 수인 아이가 자신들이 아니라 주인과 긴 털 쥐 수인 케미의 구조를 부탁했다.

참 착한 애들이야.

"내려와도 돼. 그쪽은 먼저 구했으니까 괜찮아."

내가 말을 하자 아이들이 나무에서 내려왔다.

—어라?

내려오지 않는 고양이 수인 애가 한 명 있군.

"냐이, 왜 그래?"

"내려와?"

"괜찮아."

아이들이 불러도 떨고만 있었다.

아무래도 무서워서 못 내려오는 모양이다.

나는 줄기를 벽 삼아서 삼각 뛰기의 요령으로 가지에 뛰어올랐다.

거기서 수직으로 뛰어 가지 위에 올라가 고양이 수인 아이에게 한손을 내밀었다.

"자, 내려가자."

"네, 네잉."

필사적으로 손에 매달리는 아이를 안고서 땅으로 귀환했다.

겁먹은 고양이 수인 아이가 무의식중에 손톱을 꺼내서 조금 아팠다.

"굉장해."

"가벼워."

나를 본 아이들이 입을 모아 찬사를 보냈다.

아이들을 데리고 돌아가자, 긴 털 쥐 수인 케미가 노파의 허리를 문질러주고 있었다.

AR표시를 보니 허리를 삐끗한 모양이다.

"—누가 도와주러 왔나 했더니, 당신이었구만."

"네, 이 애가 구조를 부탁해서요."

"착해빠져서는……."

"죄송합니다. 그런 성격이라서."

그녀의 충고를 무시한 셈이지만, 다시 한 번 같은 상황이 되어도 역시 나는 구하러 달려오겠지.

"고마워. 그런데 은인의 이름은 뭐라고 하시나?"

전에 이름을 밝혔는데, 기억 못하나 보군.

"행상인인 사토라고 합니다."

"행상인?"

노파가 내 직업을 듣고 놀랐다.

"당신은 직업을 잘못 골랐어—. 그건 그렇고, 고맙네 사토. 나는 요나야. 아는 사람들은 요나 할멈이라고 부르지. 당신도 그렇게 불러."

요나 할멈이 다시 한 번 감사의 말을 했다.

"주인님, 이동 준비가 끝났습니다."

리자가 멋진 미소를 지으며 보고했다.

피 빼기가 끝난 호랑이는 아인 소녀들이 운반용 막대에 묶어서 옮길 모양이다.

"노예들 힘이 꽤 장사구만."

"네, 저 애들은 미궁에서 단련했으니까요."

"그렇군, 미궁 소동의 생존자였나……."

요나 할멈은 미궁 소동을 알고 있는 모양이다.

나는 그녀를 업고서 세류 시로 귀환했다.

◆

"꽤나 커다란 사냥감이네……."

"누, 눈 하나인 호랑이?"

"설마, 외눈박이인가!"

세류 시의 정문까지 돌아오자, 거대한 호랑이를 나르는 우리들을 보고 문지기가 소란을 피웠다.

말에 탄 기사 쏜과 궁병들이 모여 있었다.

"너희들이 처리한 거냐?"

기사 쏜이 말에 탄 채 가까이 왔다.

그의 부인이 산기가 있다고 문지기 병사들이 말했었는데, 돌아온 걸 보니 출산까지는 안 했나 보군?

"네, 우연이 도와서요."

나는 우리가 쓰러뜨렸다고 공언하지 않고, 운이 좋아서 이겼다는 뉘앙스로 기사 쏜에게 말했다.

"응? 너는 마리엔텔 아가씨의 연인 아닌가?"

기사 쏜의 오해에 「제나 씨는 친구입니다」라고 정정했다.

이상한 소문이 돌아서 제나 씨의 결혼에 악영향이 있으면 곤란하니까.

"이 식인 호랑이에게는 상금이 걸려 있다. 은화 10닢 정도지만, 나중에 받아두라구."

나에게 말하고, 기사 쏜이 다른 병사들에게 해산을 명했다.

방금 전의 집단이 외눈박이 토벌부대였나 보다.

우리는 문 안으로 들어가 잠깐 쉬었다.

피로가 쌓였는지, 아인 소녀들과 내가 업고 있던 요나 할멈 말고는 그 자리에 주저앉아 피로에 찌든 느낌이었다.

"쥐!"

"응? —표범!"

대기하고 있던 표범머리 치타와 긴 털 쥐 수인 케미가 재회를 기뻐했다.

"어머, 사토 씨."

"호랑이 사냥?"

해결사 나디 씨와 엘프 점장 유야 씨 두 사람이 손을 흔들면서 다가왔다.

"네, 어쩌다 보니까. 그보다도 조금 상담하고 싶은 게 있는데요—."

마침 잘 됐으니, 나디 씨에게 곰 수인 아베와 표범머리 치타 모자를 맡아줄 사람이 없는지 물어봤다.

"정말이지, 참으로 충동적인 애송이구만."

요나 할멈이 밉살스런 소리를 했다.

"정말로 면목이 없습니다."

계획도 없이 사게 된 건 사실이라, 그녀의 말에 반론할 수 없었다.

"그럼, 내가 보살펴주마."

요나 할멈이 뜻밖의 제안을 했다.

나보다 이 사람이 더 착해빠졌지 않나? 기분 탓인가?

"괜찮으세요?"

완력이 있을 법한 곰 수인 아베는 그렇다 치고, 갓난아기를 데리고 있는 표범머리 치타 모자까지 끌어안아도 괜찮으려나?

"흥, 케미랑 아는 사이지? 이 녀석들 입에 풀칠 정도는 어떻게든 해보마."

"그러면, 양육비—는 아니네요. 민폐료 대신 이걸—."

"흥! 바보 취급하지 마라."

금화 20닢 정도 들어 있는 주머니를 건네고자 했는데, 요나 할멈이 화가 나서 내 손을 떨쳐냈다.

아무래도 그녀의 긍지에 상처가 난 모양이다.

"실례되는 행동을 해서 죄송합니다."

나는 요나 할멈에게 고개를 숙였다.

아까 그 돈은 나디 씨한테 맡겨서, 요나 할멈이 곤란할 때 대여할 수 있도록 부탁해둘까.

그 다음날—.

나와 요나 할멈은 곰 수인 아베와 표범머리 치타 모자를 데리고 노예상관을 방문해, 세 명의 소유권을 요나 할멈에게 옮겼다.

어제 그 호랑이는 해체소에서 전문가가 해체했고, 털가죽은 외눈박이 토벌 소식을 들은 상인이 비싼 값에 사들였다.

상처가 많은 털가죽인데도, 어제 노예상관의 지출이 메워질 만큼 고액으로 팔려서 놀랐다.

그리고 호랑이 고기는 힘줄이 질겨서 식용으로 부적합하다고 했는데, 요나 할멈이 「필요 없으면 내놔라」고 알기 어려운 부탁을 하기에 선물하기로 했다.

"고기, 고기, 고기~?"

"고기인 거예요."

즐거운 기색으로 손질된 고기를 짊어진 타마와 포치를 데리고, 서쪽 거리 구석에 있는 요나 할멈의 집으로 갔다.

의외로 가깝다. 해체소 뒤쪽이군.

50평 정도 되는 잡초투성이 토지에, 대략 20평쯤 되는 단층 건물이 있었다.

"케미! 오늘의 만찬용 고기를 잘라내고, 나머지는 훈제하는 거다."

"그거라면 제가 할게요."

표범머리 치타는 스킬은 없지만 요리가 특기인 모양이다.

"주인님, 저도 도와도 될까요?"

"그래, 상관없어."

리자도 돕고 싶다고 희망하기에 허가했다.

요나 할멈이 문을 열자 문이 삐걱삐걱 소리를 냈다.

좀 포장해서 말해도 상당히 낡아빠졌다.

"멍하니 서있지 말고 따라와."

요나 할멈의 재촉을 받아 집으로 들어갔다.

부엌으로 보이는 부뚜막과 화로걸이 말고는, 헛간 구석에 돗자리가 쌓여있을 뿐이었다.

천장에는 구멍이 뚫렸는지, 햇빛이 새어 들어와 실내의 먼지를 비추고 있었다.

"이쪽이야."

잘 안 보이는 곳에 문이 있고, 안쪽에 있는 요나 할멈의 사실로 안내 받았다.

책상과 의자. 그리고 잡화가 쌓여 있는 침대가 있었다.

"■ ■ ■(보일) 끓이기."

요나 할멈이 생활마법으로 물을 끓였다.

작은 주전자의 물을 끓이는 것뿐인데 꽤 시간이 걸리는 모양이다.

요나 할멈의 마력게이지(MP)가 고갈되기 직전에 물이 끓었다.

"마셔라."

"고맙습니다."

해결사의 나디 씨가 내어줬던 향초차였다.

꽤 맛있네.

"어제는 덕분에 살았다. 저 애들이 호랑이 밥이 안 된 건 당신 덕이야."

호랑이 퇴치 직후에도 인사를 받았었는데, 요나 할멈이 또 인사를 했다.

"하우하 군이 부르러 와줬으니까요."

우리를 부르러 온 개 수인 아이의 이름을 들어 칭찬하면서, 요나 할멈에게 그녀들의 생활에 대해 이것저것 물어봤다.

약초나 들풀 채집, 숲에 떨어진 장작 줍기, 함정을 이용한 여우나 쥐 같은 해수 퇴치가 주로 하는 일이었다.

노령의 요나 할멈에게는 꽤 힘들어 보이는 일이다.

문득, 천장의 구멍에서 들어온 햇빛이 향초차에 반사됐다.

"의논 드리고 싶은 게 한 가지 있는데요—."

나는 향초차를 마시면서, 요나 할멈에게 이 집의 환경 개선을 제안했다.

"환경 개선?"

"네. 텃밭도 설치하고, 가옥은 수선하고요."

"당신이 돈을 내는 거라면 기각이야."

요나 할멈이 예상대로 반응했다.

"아뇨, 저는 노동력만 제공합니다."

나는 의문스럽게 바라보는 요나 할멈에게, 오늘 하루만이라는 기간 한정으로 환경 개선 허가를 받았다.

—그러면, 치트가 나설 차례다.

"타마 대원, 포치 대원! 풀베기 작전 실행을 명한다."
"네잉!"
"네, 인 거예요!"
풀베기용 낫을 든 타마와 포치에게 텃밭 예정지의 잡초 베기를 지시했다.
집 옆에 폐자재가 굴러다니고 있기에, 그것들을 스토리지로 회수했다.
"도우께오."
"여심히해."
개 수인과 고양이 수인 아이들도 둘을 돕겠다며 참가했다.
나는 지붕 위에 올라가서 비가 샐 법한 천장의 구멍을 막았다.
수선용 널빤지는 폐자재를 썼지만, 못은 어쩔 수 없이 내가 가진 걸 사용했다.
이 정도 자재 제공은 눈감아 주겠지.
목공 스킬이 있어서 비가 새는 부분 수리는 간단하다. 건축 스킬이 들어오지 않을까 했지만 수리만 해서는 안 되는 모양이다.
이어서 뒤틀린 문지방이나 벽의 구멍을 메웠다.
텃밭 예정지의 잡초 베기가 끝날 무렵에는 비교적 쾌적하게 살 수 있을 정도로 수선이 됐다.

"사, 사토 님은 목수셨나요?"

"아니, 수선이 약간 특기인 것뿐이야."

"약간?"

내 대답에 훈제를 만들고 있던 표범머리 치타가 고개를 갸웃거렸다.

뭐 정확하게는 스킬 덕분이지만.

"주인님~?"

"임무완료인 거예요!"

텃밭 예정지에서 타마랑 포치가 기운차게 보고했다.

잡초투성이였던 뜰이 깔끔하게 정돈돼 있었다.

"열심히 했구나."

나는 아이들을 칭찬했다.

"사토 님, 뭘 하는 거야?"

요나 할멈의 명령으로 잡무를 보러 나갔던 곰 수인 아베가 돌아왔다.

"여기에 텃밭을 만들려고."

"텃밭? 이렇게 딱딱하고 메마른 땅에서?"

"가보 열매라면 자랄 거 아냐?"

제나 씨 말을 들어보니, 가보 열매는 아무리 척박한 땅이라도 자라는 잡초 같은 강인함이 있으며, 1개월만에 수확할 수 있고, 흉작이 없다. 더욱이 휴경지를 비옥하게 만드는 치트 식물이었다.

유일한 결점은 말도 안 되게 맛이 없다는 것 정도다.

"땅을 고를 수만 있다면, 그렇지."

"할 수 있어."

소용없다고 말하는 곰 수인 아베에게 말하고, 격납 가방에서 농기구를 꺼냈다.

"도울래~."

"포치의 파워어어라면 여유인 거예요!"

의욕이 가득한 타마와 포치에게도 농기구를 건넸다.

다른 애들도 돕고 싶은 모양이었지만, 농기구가 세 사람 것밖에 없어서 단념하라고 했다.

나는 전에 얻은 개척 스킬과 경작 스킬에 스킬 포인트를 분배하고 유효화해서 두 사람과 함께 단숨에 골라버렸다.

10분 정도 걸렸지만, 나름대로 넓은 면적의 밭이 생겼다.

"리자, 네 주인은, 말도 안 되는구나……."

곰 수인 아베의 뻣뻣한 목소리를 엿듣기 스킬이 포착했다.

"네, 그것이 주인님이십니다."

리자, 그건 긍정하지 말고 나를 좀 커버해주면 안 될까?

"어디 그러면 씨를 뿌리자."

스토리지 안에 있던 가보 열매 씨앗을 꺼내 개 수인이나 고양이 수인 아이들에게 건네 심도록 했다.

지도는 농작업 경험이 있는 곰 수인 아베가 했다.

얼추 끝난 참에, 나는 밭과 가옥을 둘러보았다.

"뭔가, 한 가지 더 있으면 좋겠는데—."

가능하면 소액이라도 좋으니까 정기적인 금전 수입 수단이 있으면 좋겠어.

"잘해~?"

"굉장히 잘 하는 거예요."

밭 옆에 쪼그리고 앉은 개 수인 하우하를 둘러싸고서 타마와 포치가 박수를 쳤다.

뒤에서 들여다보니, 개 수인 하우하가 땅에 막대기로 그림을 그리고 있었다.

"잘 그리는구나."

내가 칭찬하자 개 수인 하우하가 꼬리를 붕붕 흔들며 기뻐했다.

그림, 그림이라……. 뭔가, 생각의 한구석에 걸리는 게 있는데…….

—그렇지!

"이 그림을 흉내 내서 그려볼래?"

"아라써오."

내가 제시한 카드를 보면서, 개 수인 하우하가 땅에 그림을 그렸다.

"비슷해~?"

"똑같은 거예요."

타마와 포치가 보증을 해줬다.

나는 개 수인 하우하에게 나무 조각을 건네고 3장 정도 그림을 그리도록 했다.

"잠깐 나갔다 올게—."

나는 모두에게 말하고, 맵에 의지해서 목적한 인물을 부르러

갔다.

“사, 사토. 당신 대체 무슨 마법을 부린 거야?”

금세 발견한 인물을 데리고 요나 할멈 집으로 돌아오자, 집 앞에서 요나 할멈이 놀라고 있었다.

“평범하게 열심히 한 건데요.”

턱이 빠질 것 같은 요나 할멈을 보면서, 서프라이즈가 성공한 기분을 맛보았다.

“고마워, 사토. 이걸로 안심하고 겨울을 날 수 있겠어.”

“아직입니다.”

“—아직?”

물음표를 띄우는 요나 할멈에게 내가 데리고 온 인물을 소개했다.

“그 젊은이는?”

“처음 뵙겠습니다, 요나 님. 오늘은 요나 님의 노예에게 그림을 의뢰하려고 찾아왔습니다.”

행상인 청년이 학습 카드와 개 수인 하우하가 그린 샘플을 요나 할멈에게 보여주면서 일을 의뢰했다.

개 수인 하우하가 어린애니까, 처음에는 일단 시험 삼아 시켜보고 100장 한 세트를 완성시키면 정식 계약을 하게 되었다.

“100장 한 세트로 동화 25닢이라. 노예의 벌이치고는, 아주 좋구나. 열심히 해라, 하우하.”

요나 할멈이 머리를 쓰다듬자, 하우하가 꼬리를 찢어질 듯 흔들었다.

"네잉! 힘내는 거에오."

다른 애들은 그것이 부러웠는지, 하우하가 땅에 그린 그림을 흉내 내어 그림 연습을 시작했다.

미궁 도시에서 수업을 마치고 세류 시에 돌아오면 화가가 잔뜩 늘어 있을 것 같네.

"저 애들은 잘 부탁드립니다."

"그래, 맡겨둬."

나는 요나 할멈과 굳게 악수를 나누고, 아인 소녀들의 옛 친구들을 부탁했다.

이걸로 걱정 없이 여행을 떠날 수 있겠어.

◆

"—이오나 씨?"

"어머?"

문전 여관 근처에서 제나 씨의 분대원인 미인 대검사 이오나 양과 만났다. 오늘은 보통 드레스 차림이다. 무장하지 않은 그녀는 처음 보는 것 같은데.

AR표시를 보니 그녀가 손에 든 것은 술병을 천으로 감은 것이었다.

"외출하시나요?"

"그래요. 기사 쏜의 부인이 출산을 해서 문지기들에게 돌릴

술을 전하러 왔어요."

이오나 양과 기사 쏜의 부인은 친척이라고 한다.

그렇지—.

나는 해결사로 안내를 하고 있던 청년 상인을 이오나 양에게 소개했다.

정확하게는 그가 파는 학습카드다.

"재미있는 카드네요."

"교육완구라고 하는 건데, 아이들이 놀면서 글자를 배울 수 있는 뛰어난 물건입니다."

내 말을 들으면서, 이오나 양이 흥미로운 기색으로 학습 카드를 넘겨보았다.

그런 이오나 양을 바라보면서, 청년 상인에게 귓속말을 하여 한 세트 그녀에게 선물하도록 권했다. 홍보를 위해서.

"괜찮다면, 그 학습 카드를 드리고 싶습니다."

청년 상인이 직구로 이오나 씨에게 말했다.

그는 조금 더 상인다운 에두르는 표현을 배워야겠군.

"어째서죠?"

"기사 쏜에게는 신세를 졌으니, 그 답례입니다. 그리고 기사 쏜의 자제분이 학습 카드로 놀게 된다면 지인인 귀족님들 눈에도 들지 모르니까요."

"과연, 선전이군요."

내 말을, 이오나 양이 즉시 이해했다.

"그러면 받아두도록 할게요. 케이스 바닥에 당신 상회 이름을 써

두세요. 이대로는 누구에게 발주해야하는지 알 수가 없잖아요?"

이오나 양의 조언에 청년상인이 황급히 상회 이름을 기입했다.

이 홍보가 잘 되어 귀족들에게 판로가 열리면, 몇 년 뒤가 되겠지만 분명히 세류 시의 명물 중 하나가 될 거야.

◆

"함께 여행하고 싶었니?"

이오나 양이나 청년상인과 헤어져서 문전여관으로 돌아가는 길, 아인 소녀들에게 물었다.

"아뇨, 주인님. 갓난아기를 데리고 여행하는 건 무리입니다. 표범도 마음을 터놓을 수 있는 곰이나 쥐가 함께 있는 편이 안심이 될 테니까요."

리자가 자신에게 들려주는 것처럼 대답했다.

"쓸쓸하지만, 괜찮아~."

"그런 거예요! 지금은 아리사랑 미아랑 나나랑 루루도 같이 있으니까 쓸쓸하지 않은 거예요."

한껏 기운을 짜내는 타마와 포치의 눈가에 맺힌 눈물을 살며시 닦아줬다.

"주인님!"

문전여관 입구에 앉아 있던 아리사가 크게 손을 흔들었다.

"오늘 저녁은 멧돼지 고기 스테이크야!"

"스테이크!"

아리사의 보고를 들은 리자의 표정이 날카로워지더니 앞을 주시했다.

"오우, 그레이트~."

"주인님! 서두르지 않으면 고기 다 떨어져서 큰일나는 거예요!"

방금 전까지 다우너한 분위기가 환상처럼 사라지고, 전력을 다해 활짝 웃는 타마와 포치가 내 양손을 끌어당겼다.

그 모습에는 허세가 한 조각도 없었다.

아무래도 감상보다는 식욕이 우선인가 보다.

"주인님, 얼른~."

"고기가 기다리는 거예요!"

"두 사람, 그렇게 당기면 주인님께 실례입니다."

타마와 포치를 타이르는 리자도 꼬리가 탁탁 땅바닥을 두드리는 것이 기다리기 어려운 모양이다.

"그렇네. 고기가 식기 전에 얼른 가자."

나는 아인 소녀들에게 말하고 문전 여관의 안뜰에 준비된 우리들 전용 테이블로 갔다.

역시 생활력의 원천은 맛있는 고기 요리일지도 모르겠어.

신규 단편
『아리사 왕녀의
이세계 분투기』
아이나나 히로
Illustration ◆ shri

이세계 전생— 왕녀로 전생, 해냈다 금수저!

“타치바나, 미안하지만 의사록 부탁하지.”

“알겠습니다.”

경리부장은 나한테 잡무를 맡기더니 얼른 다음 회의실로 가 버렸다.

주말을 앞둔 금요일인데 바쁘기도 하셔.

“으가아, 안 끝나잖아!”

사무실로 돌아오자, 총무과의 남자 동료가 머리를 벅벅 긁어 대며 외쳤다.

그렇게 세게 다루면 두발이 신천지로 도망가 버릴걸?

—머리칼은 오래 사귀어야 하는 친구거든.

나는 컴퓨터의 대기 상태를 해제하면서 옆 구역에서 날뛰는 남자 동료에게 말을 걸었다.

“오늘은 정시 퇴근해서 여자친구랑 데이트한다고 안 했어?”

방의 기둥에 걸린 전파시계는 이미 정시를 30분 정도 지나 있었다.

“정시 직전에 과장이 일을 떠넘겼어.”

방을 둘러보니 총무과장이 아무데도 없었다.

“그 과장은?”

“부장이랑 같이 접대하러 갔어. 접. 대.”

요즘 같은 때에 회사에서 접대를 하다니 보기 드문 일인데.

“하는 수 없네. 나한테 줘봐. 대신 해줄게.”

언뜻 본 느낌으로, 수고가 든다 뿐이지 딱히 총무과 소속이 아니라도 할 수 있는 내용이었다.

사내 게시용 앙케이트 집계나 임원 인터뷰 내용 타이핑 같은 건 주말에 사원한테 잔업을 시키면서까지 할 일이 아니라고 생각하는데.

“타치바나, 괜찮겠어?”

“내가 파견으로 총무에 있을 때랑 같은 포맷이지?”

파견 종료 때 스카우트 됐으니까 지금은 어엿한 정사원이다.

“그, 그래. 타치바나가 만들어준 거 그대로야.”

“그럼 괜찮아. 이건 나한테 맡기고 얼른 여자친구한테 가봐.”

“미안, 신세 꼭 갚을게!”

“괜찮다니까.”

동료 남자가 나에게 절을 하고 퇴근했다.

저 녀석은 통이 크니까 호화로운 점심을 먹을 수 있겠어.

나는 의사록을 얼른 해치우고, 콧노래를 부르면서 건네받은 서류를 처리했다.

“여전히 아리사 선배는 남자다워.”

“어째서 타치바나 선배한테 연인이 안 생기는 걸까?”

“그거야, 남자보다 남자다워서 그렇겠지.”

경리과 녀석들이 그런 대화를 나눴다.

도울 생각 없으면 얼른 돌아가.

"아리사 선배, 손님!"

사무실 입구에서 후배 여자애가 나를 불렀다.

뭐, 후배라도 정사원 경력은 나보다 길지만 말야.

"그래."

고개를 그쪽으로 돌리자, 어제 사소한 일로 사이가 좋아진 영업부 쪽 애가 있었다.

"정말 감사합니다, 아리사 선배! 어제는 스토커를 쫓아내준 데다가 경찰에 피해 신고를 할 때까지 옆에 있어주셔서."

"괜찮다니까. 귀여운 후배를 위해서니까."

그리고 같은 사택 맨션 이웃이니까.

"조금 더 기다릴 수 있으면 같이 돌아갈까? 피해 신고를 했어도 위험하잖아?"

"그거라면, 괜찮아요!"

후배 양이 귀여운 미소를 지으며 주먹을 움켜쥐었다.

남자들은 이런 애를 좋아한단 말이지~.

"그래?"

"네!"

그녀의 말에 따르면, 피해 신고를 받은 경찰이 순찰을 하다가 그 스토커가 맨션의 쓰레기를 뒤지고 있는 참에 딱 마주쳐서 훌륭하게 붙잡혔다고 한다.

구속되지는 않았지만, 상대의 이름과 주소를 알았다고 하니까 이제는 전문가에게 맡겨서 민사로 처리하는 모양이다.

이거 참, 귀여운 애는 이래저래 힘들겠어.

"—다음에 저녁을 대접할게요. 근사한 가게 알거든요."

"아하하, 고마워. 그렇게 신경 쓰지 않아도 돼."

들뜬 목소리로 말하는 후배를 배웅하고, 아까 하던 일을 계속 하러 돌아왔다.

근사하게도, 아까 잡담을 하던 셋이 도와준 덕분에 30분도 안 걸려서 타임카드 찍고 퇴근할 수 있었다.

"우후후~ 할인 도시락 획득!"

평소에는 안 남아 있는 반값 불고기 곱빼기 도시락을 사고, 나는 콧노래를 흥얼거리며 역에서 맨션으로 서둘렀다.

"오늘은 발포주가 아니라 맥주를 마시자— 어라?"

기분 좋게 중얼거리는 도중에 작은 위화감을 느꼈다.

뭔가, 평소와 다르다.

"으엑."

맨션 앞 수풀 뒤에서 검은 옷차림의 남자가 흐느적 나타났다.

묘하게 길쭉한 키와, 기이하게 리치가 긴 검은 손이 낯익었다.

후배를 따라다니던 스토커다.

"—네 탓이야."

땅속에서 울리는 것처럼 원망스레 중얼거리는 스토커.

손에는 확실하게 법에 위배될 것 같은, 날이 긴 컴뱃 나이프를 쥐고 있었다.

—잠깐, 그거 너무 위험하지 않아요?

재빨리 주위를 둘러봤지만, 소리가 닿는 범위에 사람이 없었다.

“네 탓이야!!”

스토커가 외치면서 돌진했다.

—으엑, 진짜냐!

“이 바보 자식아!”

묵직한 업무 가방을 휘둘러서 바보 스토커를 때려눕혔다.

스토커는 맨션의 쓰레기장에 처박히더니 움직이지 않았다.

“정의는 이긴다!”

나는 기세를 타고서 주먹을 쥔 채 선언했다.

긴장이 풀리면 무서워서 손이 떨릴 것 같았으니까.

“—어라?”

어쩐지, 추워.

뭔가 기분이 안 좋아.

배를 만진 손에 질척한 감촉이 느껴졌다.

불길한 예감을 느끼면서 시선을 내리자, 하얀 블라우스가 새빨갛게 물들어 있었다.

“이게 뭐야아아—.”

스토커가 들고 있던 나이프로 배를 찔린 모양이다.

그 증거로 스토커가 쥐고 있는 나이프도 붉게 젖어 있었다.

“앗, 이거 안 되겠는데…….”

급속하게 눈앞이 어두워졌다.

『누가 컴퓨터의 쇼타 폴더랑, BL 폴더랑, 썩은 폴더 삭제해줘어어어어!』

내 목소리가 되지 못한 외침은 누구의 귀에도 닿지 못했을 거야.

블랙아웃되는 시야에 마지막으로 비친 것은, 남자를 데리고 온 후배가 필사적으로 달려오는 모습이었다.

◆

둥실둥실, 따끈따끈.

사우나에서 더위 먹었을 때처럼 몽롱한 기분 그대로, 나는 떠돌았다.

초점이 안 맞는 시야에 하얀 어둠이 비쳤다.

아무것도 없다.

내 몸도 존재하지 않는다.

내 의식도 이대로 하얀 장소에 녹아드는 거구나.

나는 어쩐지 그렇게 확신했다.

—옅은 보라색 빛.

흐려지던 내 의식이 그 빛에 이끌렸다.

순간인지 영원인지 알 수 없는 시간이 지나고, 나는 그 빛 앞에 있었다.

〈사망〉, 〈통지〉, 〈확인〉

하얀 공간에서 깜빡이는 보라색 흐릿한 빛 덩어리에서, 말이나 개념 덩어리 같은 사념이 닿았다.

어쩐지, 생각이 정리가 안 되네.

보통은 「여기는 어디지?」, 「빛의 정체는?」 같은 의문이 솟을 텐데. 당연히 해야 할 질문을 하지 못했다.

〈사망〉, 〈통지〉, 〈확인〉

"응~ 누구야~?"

〈나〉, 〈신〉, 〈믿음〉

"아~ 신이구나~."

나중에 돌이켜보면 나도 참 바보 같은 대답을 했다고 생각하지만, 이때 나는 의식이 몽롱해서 단락적인 대답밖에 못했다.

신이라고 밝힌 존재는 우리들 인간하고 뇌 구조가 다른 건지 단편적인 이미지의 집합만 전달해왔다. 덕분에 뭘 말하려는 건지 반도 모르겠어.

그래도, 이때 나는 자칭 신이 하고 싶은 말을 느낌으로 이해했다.

〈전생〉, 〈희망〉, 〈조사〉

"그래그래, 신이 전생시켜주는 거구나. 오케이, 알았어. 이해했어."

〈예탁〉, 〈권능〉, 〈선택〉

"치트 주는 거야? 빌려주는 느낌? 고르면 돼?"

나는 눈앞에 떠오른 빛에 망설임 없이 존재하지 않는 손을 집어넣었다.

말랑말랑인지 물컹물컹인지 느껴지는 신기한 빛 속에서, 「이거다!」 하고 딱 감이 오는 게 있었다.

"으랏차!"

뽑아낸 작은 보라색 빛이 내 몸으로 빨려 들어갔다.

—전력전개(오버 부스트).

그것이 지금 그 빛을 가리키는 이름인 걸 알 수 있었다.

동시에 어떤 힘인지도 순식간에 이해했다.

모든 힘을 일격에 담는 일발역전의 초필살기를 쓸 수 있구나.

"후~응. 그 사람이 바라는 힘을 얻을 수 있구나. 싸우는 히로인을 목표로 삼는 나한테 딱 좋아. 역시 현대의 히로인은 붙잡힌 주인공을 구하러 갈 정도가 돼야지!"

나는 씨익 존재하지 않는 입의 각도를 올리고, 마음속으로 팔을 걷어붙였다.

"이번에는 굉장한 걸 꺼내주겠어."

두 번째를 잡으려고 보라색 빛 덩어리에 손을 집어넣었다.

아까랑 마찬가지로 딱 감이 온 녀석을 붙잡으려는 순간, 빛 덩어리에서 튕겨나가 버렸다.

"어라? 하나뿐이야?"

〈그릇〉, 〈한계〉, 〈주의〉

"과연, 들어가는 용량이 있는 거구나. 방금 잡으려고 한 건 무리란 말이지."

다시 정신을 가다듬고 몇 번 재도전을 해봤지만, 차례차례 튕겨나가 버렸다.

"이 정도로 뭘! 열 번 찍어 넘어가라!"

나는 기합을 넣어서 보라색 빛 덩어리 안쪽 깊은 곳에 없는 팔을 비집어 넣었다.

—왔다아.

손에서 반발하는 감촉이 전달되지만, 이번엔 된다.

아니, 붙잡아주겠어!

할아버지의 이름에 걸고!

“에이야!”

포옹 소리가 날 것 같은 기세로 작은 보라색 빛을 뽑아냈다.

내 몸에 빨려들어가는 동시에, 치트의 이름과 능력을 알 수 있었다.

—불요불굴(네버 기브업).

그리고 능력을 알았을 때, 나는 웃음을 참을 수가 없었다.

“이얏호오오오오오! 천하를 얻어보자!”

그것은 상대가 절대로 당해낼 수 없는 강자라도 최소한 10퍼센트 이상의 확률로 공격이나 마법이 통하는 힘이었다.

처음에 손에 넣은 「전력전개」와 궁합이 좋은 「강적 살해(자이언트 킬링)」 최강 콤보라고 할 수 있다.

〈축복〉, 〈권능〉, 〈취득〉

“축복해주는 거야? 고마워. 전생신님.”

신이 깜빡깜빡하며 따스한 감정을 보내줬다.

“좋아, 약속할게! 나는 이 힘을 절대로 악용하지 않아! 세계평화를 위해서 쓸게.”

〈바람〉, 〈행사〉, 〈자유〉

내가 바라는 대로 쓰라는 건가?

그렇게 생각한 내 마음에, 신이 긍정의 의식을 흘려보냈다.

〈주의〉, 〈행사〉, 〈과도〉

너무 많이 쓰면 안 되나 보네.

이용은 계획적으로 하는 느낌이구나.

〈전생〉, 〈특전〉, 〈선택〉

"호에?"

신의 말에 이어서, 뇌리에 스킬 트리 같은 이미지가 떠올랐다.

아무래도 아까 그 치트 스킬 말고도 덤으로 스킬을 주는 모양이다.

통이 크시네. 과연 신이야.

〈전생〉, 〈특전〉, 〈불필요?〉

"그래요, 고를게요~."

닫힐 것 같은 스킬 트리 이미지에 달려들었다.

정석인 「감정(애널라이즈)」, 「무한수납(인벤토리)」, 「언어 이해(퍼펙트 랭귀지)」를 선택했다.

〈부족〉, 〈용량〉, 〈선택〉

신이 부정의 말을 전했다.

아무래도 전생 특전 포인트 같은 것이 부족한지, 영혼의 빈 용량이 치트 스킬로 메워져서 틈이 없는 건지 무리였다.

그 다음에 몇 번인가 시행착오를 해서 도움이 될 법한 것을 선택했다.

자기 능력을 상세하게 알 수 있는 「자기 확인(셀프 스테이터스)」.

눈으로 본 대상의 능력을 알 수 있는 「능력 감정(스테이터스 체크)」.

자기 스킬을 온갖 사람에게서 숨길 수 있는 「기능 은폐(하이드 스킬)」.

그리고 한계는 있지만 고유 공간에 대량의 아이템을 수납할 수 있는「보물 창고(아이템 박스)」다.

너무 열심히 했는지 졸립다.

〈희망〉, 〈권능〉, 〈성장〉

"응. 꼭 치트 스킬을 성장시킬게."

나는 졸음에 저항하면서 신의 말에 대답했다.

〈축복〉, 〈행복〉, 〈충실〉

신의 축복이 들렸다.

그 목소리를 자장가 삼아서, 나는 하얀 어둠에 몸을 맡겼다.

◆

따끈따끈, 출렁.

둥실둥실, 찰랑.

행복하고 행복한 선잠 속에, 나는 있었다.

때때로 멀리서 들리는 신기한 소리는 의미는 알 수 없지만 상냥하고 안도감을 주었다.

내가 그 편안함에 익숙해진 어느 날.

—아파.

〈아프다고, 잠깐, 그만두라니까.〉

항의하려고 해도 목소리가 되지 않았다.

〈그만둬! 아프다고 했잖아아아아아아아아!〉

솜으로 조르는 것 같은 고문은, 어두웠던 시야가 하얗고 흐릿해진 순간에 끝났다.

"응애애애애애."

어디선가 못난 소리로 우는 아기가 있었다.

나는 배를 타고 흔들리는 것 같은 기세에 기분이 나빠지면서, 주위에서 들리는 낯선 외국어 같은 목소리의 정체를 살피려 했다.

―커다랗다.

나를 안고 있는 누군가가 거인 사이즈네.

초점이 안 맞는 흐릿한 시야에, 윤곽이 애매한 사람 모양이 나를 들여다보고 있었다.

―생각났다!

전생이다.

나는 전생했었지.

신이랑 나눈 대화의 단편이 주마등처럼 뇌리에 떠올랐다.

―자기 확인.

나는 신에게 받은 자기 능력을 상세하게 알 수 있는 스킬을 의식했다.

뇌리에「이름: 아리사」,「성별: 여성」이 떠올랐다.

전생했는데 지난 생이랑 이름이 똑같이 아리사인가 보다.

가문명이 없으니까 평민인가?

그렇게 생각하자마자「계급: 왕족」이라고 떠올랐다.

―왕족? 그렇다면, 왕녀님?

이야호오오오오오!

왕녀님이라면 공주님이잖아!

해냈다! 금수저!

이지 모드 만, 세.

어라? 눈앞이, 어두워, 지네…….

—아아, 에너지가 떨어졌구나.

갓 태어난 아기의 몸으로 너무 신난 건 안 좋았나 보다.

잘 자, 아직 못 본 파팡이랑 마망.

가난한 나라? 그러면 내정 치트지!

"배고파~."

쿠보크 왕국의 왕녀님으로 전생한지 2년이 지났다.

어떻게 이쪽 공용어를 어느 정도 익혔지만, 아직 어휘가 부족하다.

그리고 기대했던 것과 달리 정석의 갓난아기 시절 마력 고갈을 이용한 초성장은 없었다.

경험치가 조금 들어왔으니까, 완전히 소용없었던 건 아니지만 말야.

그래그래. 내가 전생한 이 세계는 놀랍게도 게임 같은 레벨 제도의 세계였다.

지금까지 본 사람은 모두 레벨 20이하였으니까 전체적으로 높지는 않나 보다.

"아리사 님, 깨어나 계셨나요."

"녜에."

나를 보살펴주는 유모 릴리가 들어왔다. 애당초 이 방에는 사람이 별로 안 온다.

이 사람 말고는 눈매가 게슴츠레한, 중학생쯤 되는 메이드 뿐이다.

어머니는 전에 한 번 본 적 있지만, 눈이 마주치자 슬픈 표정을 지으며 물러났다.

아버지는 한 번도 본 적이 없다. 같은 성의 부지 안에는 살고 있는 모양인데.

그렇지! 성입니다, 성이요.

리리가 안아줘서 창밖으로 봤는데, 독일에 있을 법한 고성!

로망이 있어서 좋다~ 라고 말할 수 있는 건 관광객뿐이다.

틈새로 바람은 들이치고, 바닥은 차갑고, 정말이지 살만한 데가 못 된다니까요.

뭐, 여기는 좀 떨어진 별채라고 하는데 말이지.

"아리사 님, 식사입니다."

리리가 일본인 같은 좀 평평한 얼굴로 말했다. 의외로 미인이다.

이 나라 사람들은 북유럽 쪽 생김새지만, 리리는 다른 나라 사람이랑 하프나 쿼터라서 조금 생김새가 다르다.

"녜에!"

해냈다~ 배고팠거든.

아장아장 테이블로 달려갔다.

"또, 감자……."

테이블에 놓인 정석 메뉴를 보고 기운이 쭉 빠졌다.

삶아서 으깬 감자 스튜에, 데친 감자를 적당히 잘라내 소금을 뿌린 접시 두 개. 그리고 대단히 퓨어한 우물물이란 이름의 천연수가 든 컵뿐이다.

칼로리는 충분할지도 모르지만, 솔직히 질렸다.

조금 더 영양 밸런스를 생각한 식사가 좋겠는데.

이래봬도 왕녀님일 텐데 말야.

“아리사 님, 잘 씹어서 드셔야 돼요.”

리리가 도와줘서 유아용 의자에 앉아 스푼을 손에 집었다.

“잘 먹겠습니다.”

이쪽에는 식사 전에 기도하는 풍습이 없는 모양이지만, 나는 전생에서부터 습관으로 「잘 먹겠습니다」란 말을 했다. 물론 일본어다. 리리는 유아 언어의 일종으로 생각하는 모양이야.

오물오물 감자 스튜를 먹었다.

퍼석퍼석하게 데친 감자보다는 가루 같은 스튜가 그나마 먹기 쉬웠다.

“가끔은 빵, 머꼬 시포.”

너무 유창하게 말하면 기분 나쁠 테니까, 적절하게 혀짤배기로 발음을 뭉개서 말했다.

그나마 유동식이었을 때는 염소 젖 같은 우유로 만든 빵 죽이 자주 나왔었는데, 요즘 식사는 주로 감자. 저녁 식사에 다진 이파리 야채나 산나물 같은 것이 들어 있는 정도.

유치가 전부 나질 않아서, 잎이 넓은 건 잘 못 씹는단 말이지.

“올해는 ▽▽가 ◇◇이라서, 폐하도 감자랍니다.”

오오, 오랜만에 릴리 입에서 모르는 단어가 나왔다.

“▽▽가 뭐야?”

“▽▽는 빵의 재료가 되는 식물이에요.”

내 질문에 리리가 「또 시작됐다」란 표정을 지으면서도 성실하게 대답해줬다.

그러니까, ▽▽는 보리구나.

“그러면 ◇◇은?”

“잔뜩 못 만드는 거예요. 평소의 절반 정도였어요.”

흉작을 말하는 걸까?

평소의 절반이면 기근이라도 일어난 거 아냐?

백성은 무사해
“배셩은 무샤해?”

내가 묻자 리리의 눈이 동그래졌다.

하긴 그렇지.

두 살배기가 흉작의 정보에서 민중의 기근을 상상할 수 있는 게 이상하지.

“아리사 님이 걱정하실 일은 아니랍니다. 그보다 얼른 안 먹으면 감자가 식어 버려요.”

리리가 웃음을 만들며 이야기를 돌렸다.

아차, 식은 감자 스튜는 최강으로 맛없으니까 민중의 걱정은 식후에 해야겠는걸.

그리고 오물오물 칼로리 섭취에 매진했다.

“후이~.”

배부름과 동시에 졸리는 이 몸이 밉다.

꾸벅꾸벅하는 동안, 나는 침대로 옮겨져서 잠에 빠지고 말았다.

하지만 스튜를 먹는 동안 리리한테 이런저런 걸 물어서 어휘가 늘어났으니까 좋다 칠까.

경험치가 조금 늘었다. 게임이랑 달리 적을 안 쓰러뜨려도 새로운 지식을 얻기만 해도 경험치가 늘어난단 말이지.

◆

"응~ 잘 잤다."

낮잠을 마친 나는 침대 위에서 기지개를 켰다.

배는 부르지만, 이제 슬슬 다른 요리를 먹고 싶어. 포테토 칩이나 크로켓 정도는 지금 있는 재료로도 만들 수 있을 텐데.

그게 무리라면 찜기를 만들어서 따끈따끈한 찐 감자도 좋아.

버터를 얹어서 한 입 깨물면 틀림없이 참 맛있을 텐데.

흘러내리려는 침을 목면 파자마 소매로 닦고 침대에서 내려왔다.

"전에 먹은 말린 무화과 맛있었는데~."

이쪽은 달콤한 건 값이 비싸지, 유기농을 지향하는 건지, 달콤한 게 거의 안 나온단 말이야.

전에 먹은 것도 열이 났을 때 한 번 뿐이다. 두 번째는 없었다.

열의 원인은 마력을 너무 써서.

아이템 박스에 넣고 빼는데 마력이 필요하다니 그런 얘기 못 들었어!

게다가 꽤 마력이 필요하고.

자기 확인 스킬이나 기능 은폐 스킬은 써도 마력을 안 먹고, 능력 감정 스킬은 마력이 떨어지기 전에 피곤해져서 졸려졌으니까, 아이템 박스에 물건을 넣고 빼는 게 가능해질 때까지 몰랐단 말이지.

아, 은폐는 유효화 해놨다.

물론 갓난아기 때는 생각이 정리되질 않아서 생후 사흘쯤 지나 기능 은폐 스킬을 떠올렸으니까 부모님은 내 능력을 알고 있을지도 모른다.

그러고 보니 리리가 가르쳐줬는데, 내 아리사란 이름도 타고난 거라고 했다. 이유는 불명.

“어쩐지 얼굴 가려워.”

방의 구석에 있는 구리 대야의 물로 얼굴을 씻었다.

사락. 보라색 머리칼이 흔들려서 시야에 들어왔다.

그래. 이번 생의 내 머리는 판타지한 느낌을 넘어 애니메이션 느낌이 넘치는 보라색이었다.

그렇다고 이쪽 세계 사람들의 머리가 모두 컬러풀한 건 아니었다.

리리는 검은색이고, 게슴츠레 메이드는 다갈색, 어머니는 금발이었다.

뭐, 히로인만 눈에 띄는 색이란 건 정석이니까 별로 상관없겠지. 질리면 염색하면 되고.

『어기영, 차.』

나는 일본어 기합에 맞춰서, 창가에 놓인 의자 위로 기어 올라갔다.

창문 너머는 발코니로 되어 있으니까, 추락사의 위험성이 없는 안전설계다.

"여전히 안뜰이랑 성벽, 그리고 산밖에 안 보여."

기후는 토호쿠 지방의 분지 같은 느낌?

아직 태어난 지 몇 년 안 되니까 기간이 짧아서 틀렸을지도 모르지만, 짤막한 여름과 긴 겨울을 느꼈어.

가을이나 봄도 있지만, 엄~청 짧았지.

"보니까, 산이나 숲에 가까운 느낌이네."

숲은 생각보다 풍요로운 느낌이니까, 감자 말고 버섯이나 산나물 같은 게 나와도 될 것 같은데…….

"―아리사 님은 바깥 경치를 좋아하네요."

리리가 갈아입을 옷을 가지고 방에 들어왔다.

경치를 보는 것밖에 할 일이 없단 말야.

그림책도 없다. 두 살배기가 아무 전조도 없이 글자를 배우는 말을 하면 무서우니까 자중하고 있다.

"리리, 아까 다음."

"다음, 인가요?"

리리가 고개를 갸웃거렸다.

"흉작 원인은 뭐야?"

"올해는 마물이 많아서, 폐하의 △△를 마물 대책에 써서 그래요."

리리가 난처한 표정으로 가르쳐줬다.

이어서 △△의 의미를 물었더니, 어쩐지 「가호」나 「능력」에 가까운 단어란 걸 알 수 있었다.

이쪽 세계의 왕은 신에게 무슨 특별한 힘을 받는 걸까?

내가 받은 치트 스킬 같은 거.

왕을 만나면 뭔가 알 수 있을까?

"가호가 이슈면 작물이 커?"

"네. 수확량이 크게 변한답니다."

헤에, 굉장하네.

"그러면 가호가 업쓰 때는? 무슌, 대책?"

무슨 대책이 있는지 물어봤다.

"대책, 말인가요?"

리리가 신기한 기색으로 고개를 갸웃거렸다.

"혹시, 아무것도 안 해? 『비료』를 늘리거나, 자라기 쉬운 작물로 바꾸거나—."

—이것저것 있지 않아?

"비료가 뭔지는 모르겠지만, 감자나 보리도 마찬가지로 잘 자라지 않아서, 바꿔도 똑같답니다?"

아무래도 이 나라의 농민은 왕의 가호에 「업혀가는」 상태인가 보다.

그 다음에도 대화를 계속해서 리리에게 비료에 해당하는 단어를 획득했지만, 먼 옛날에 「마력의 샘」인지 「마력의 원천」 같은 것이 말라버린 변경 말고는 쇠퇴했다는 대답이 돌아왔다.

왕의 가호란 것이 너무 굉장해서 과학적인 방면의 지식이 후퇴해버린 모양이네.

"일단, 숲의 흙이라도 채취해서 밭에 섞으면?"

부엽토란 단어가 안 나와서, 「숲의 흙」이라고 했다.

퇴비를 만드는 건 시간이 걸릴 거고, 재빠르게 부엽토 쓰는 걸 추천해봤다.

“그런 일을, 왜 하죠?”

리리가 의문스런 표정을 지었다.

—아뿔싸.

이제 막 대화가 가능해진 정도의 두 살배기가 유창하게 말을 한 데다가 알 리가 없는 지식을 논했다.

호러라니까.

그런 유아 너무 무서워.

“그지마.”

생각해라, 나!

매달리듯 숲을 보았다.

—그렇지!

“봐!”

나는 숲을 가리켰다.

“숲은 힘내!”

“힘내요?”

앵무새처럼 반복하는 리리에게 기회를 잡아서 고개를 끄덕였다.

“가호가 없어도 숲은 힘내.”

“그러고 보니…….”

좋아, 괜찮은 느낌으로 얼버무릴 수 있겠다.

“전에 리리가 말했어. 야채는 흙이 중요해.”

정말로 말했는지는 기억이 안 난다.

그렇지만 비슷한 말은 했을 거야.

"숲의 흙으로 야채 만들어! 분명히 야채도 힘, 마니나!"

유아 스마일로 열심히 주장했다.

믿어줄지는 모르겠지만, 일단 이상한 애를 보는 눈으로 보지는 않으니까 좋다 치자.

◆

"바깥 가고 싶어."

일단 방 안에 있는 거에 질려서 주장해봤다.

"겨울이 가까우니까 바깥은 안 돼요."

그럼 성 안이라도 좋아.

"주방 보고 싶어."

"요리사한테 방해되니까 안 돼요."

쌀쌀맞은 대답이지만, 이 정도로 포기할 아리사가 아니야.

네버 기브 업. 유니크 스킬을 쓸 것도 없어.

"방해 안 되는 시간에 가고 싶어."

"쥐—."

"쥐 같은 거 괜찮아."

거미는 안 되지만, 쥐는 전혀 상관없지롱.

멋으로 매년 쥐 랜드 참배를 한 게 아니라니까.

"하지만—."

"밤중에 울 거야."

계속 조르자 그제야 리리가 꺾였다.

“바깥은 추우니까요.”

리리가 커다란 모자를 씌워줬다.

풀로 짠 거라 머리를 따끔따끔 찌른다. 아파.

“따끔따끔해~.”

벗어도 다시 씌운다.

“감기 걸리니까 쓰세요.”

“시러~.”

“안 돼요.”

“시러어~.”

좀 봐주세요.

“안 쓰면 못 가요.”

“리리 심술쟁이.”

리리 품에 안겨서 이동하며 깨달았다.

이 모자는 내 얼굴이랑 눈에 띄는 머리색을 가리기 위한 거다.

이유는 모르겠지만, 내가 별채에 격리되고 부모님이 거의 만나러 안 오는 무언가가 있는 게 틀림없어.

—뭐 그건 나중에 알 수 있겠지.

나는 정신을 가다듬고 유럽 관광 기분으로 성의 복도를 구경했다.

바닥은 돌을 깔았고, 돌의 틈새가 없는 느낌—은아니네.

굉장히 정밀도 높은 건축을 치졸한 기술로 보수한 느낌이야.

별채는 후자의 기술로 만든 모양이네.

중세, 그것도 로마 시대 급의 고도문명 뒤의 중세란 인상이네.

신이 전생시켜준 기억이 없었다면 타임슬립이라고 생각했을 거야.

"감자 냄새?"

"저기가 조리장이랍니다."

리리가 가리키는 곳은 내일 식사가 안 넘어갈 정도로 비위생적인 조리장이었다.

"진짜냐아~."

식칼이나 냄비는 녹이 슬어있고, 도마도 지저분하게 방치되어 있었다.

설거지하는 곳에는 잔반이 그대로 남은 채 처박힌 식기, 더욱이 수면에 수수께끼의 기포가 떠올라 있었다.

덤으로 조리중인 것도 아닌데 식재료는 방치되어 있고.

—우에에에엑이야.

"리리, 『비위생』은 안 돼. 요리사한테 말해야 돼!"

"비위생?"

아차. 비위생에 해당하는 단어를 모르겠다.

"지저분한 거 안 돼. 먹을 거 그냥 놔두는 거 안 돼."

나는 적은 어휘로 필사적으로 호소했지만—.

"어머머, 어머나. 아리사 님은 깨끗한 거 좋아하네요."

"아니야~."

—리리한테 전달이 안 된다.

일단 내 말이 전달되도록 안 하면 개혁은 무리겠어.

◆

"—님. 아리사 님, 아침이랍니다."

추워.

이제 곧 봄인데, 리리도 말했지만 아직도 겨울 날씨다.

눈이 쌓이던 무렵보다는 낫지만.

리리가 가차 없이 이불을 벗겨내서, 나는 내 손으로 재빨리 옷을 갈아입고 무겁고 두꺼운 털실 외투를 껴입었다.

감자감자한 겨울을 넘어, 나는 세 살이 됐다.

이 나라에는 생일이란 관습이 없어서, 연시에 모두 한 살 더해진다.

"아리사 님은 오빠들이나 언니들하고 달라서 손이 안 가네요."

내 나이 세 살에 처음으로 알게 된 사실.

나는 남매가 있는 모양이네.

하지만, 그건 나중에.

만난 적이 없는 남매보다, 지금은 따끈한 아침 식사가 그립다.

"어머?"

오늘 스튜는 감자만 있는 게 아니다.

순무 같은 하얀 야채가 두 종류 들어 있었다.

"처음, 봐."

"이건 눈ㅇ하고 단눈ㅇ랍니다."

ㅇ는 무인가?

순무는 꽤 좋아하는데.

"달아— 으엑."

속았다.

순무 아니야.

처음에는 달지만, 흙 같은 이상한 맛이 퍼졌다.

식감은 무랑 비슷한 느낌?

생각났다. 사탕무다.

"이거는—."

다행이야. 이건 그야말로 순무네.

순무— 아마도 눈무는 양이 적으니까 단눈무로 양을 늘린 거겠지.

둘 다 눈 아래서 자라는 근성이 있는 야채라고 했다.

태양광선은 필요 없나?

"맛있어."

역시 감자 말고 다른 야채는 좋다~.

콧노래를 흥얼거릴 것 같아.

"이것도 아리사 님 덕분이랍니다?"

"—호헤?"

리리 때문에 이상한 목소리 났잖아.

"기억나세요? 왜 작년에 보리 수확 다음 시기에."

뭐였지?

"흉작 이야기를 했더니 숲에서 힘내는 흙을 밭에 섞어보라고 하셨죠?"

"녜에."

생각났다.

부엽토를 쓰라고 한 기억이 있어.

"사용인 식당에서 그 이야기를 했더니, 이야기를 듣고서 흥미를 가진 정원사 벤이 자기 밭에서 해본다고 하며 시험해 봤어요."

장하다, 정원사 벤.

"성공했어?"

"네. 풍작까지는 아니었지만, 다른 밭보다 분명히 수확이 좋았다고 해요."

"앗싸아아아아아!"

"아리사 님, 상스러워요."

무심코 벤의 쾌거에 주먹을 치켜 올린 나를 보더니 리리가 찰싹 두드리며 타일렀다.

—체벌 반대!

"올해도 벤의 밭에만?"

"아뇨."

내 질문에 리리가 고개를 옆으로 저었다.

듣자 하니, 올해는 벤의 이야기를 들은 다른 농가도 밭 일부에서 시험해본다고 했다.

이게 잘 되면, 식탁에 빵이나 야채가 올라올 거야.

—그렇지.

"리리, 『사탕무』— 단눈무에서 『설탕』은 안 만들어?"

현지어의 설탕이 떠오르질 않아서 일본어로 말해버렸다.

내가 적당한 단어를 만든다고 생각하는지. 리리는 평소처럼 그냥 넘어갔다.

"사토[#2]인가요?"

아니, 발음 이상하잖아.

어째선지 가슴이 뛰는걸.

"단 거 끓이면, 벌꿀 돼?"

나는 뇌가 설탕이 된 느낌을 내며, 대놓고 노린 귀여운 태도로 물었다.

"단눈무는 끓여도 흙 맛만 나고, 벌꿀은 안 돼요."

리리가 말하며 씁쓸한 표정을 지었다.

끓여서 졸이는 건 해봤구나.

그걸로 안 된다면 단눈무랑 사탕무는 다른 걸지도 모르겠네.

"단 거 먹고 싶어."

흙 맛 안 나는 걸로.

단눈무 탓에 달콤한 것에 굶주렸다는 사실을 깨달아 버렸어.

"리리,『양봉』— 벌꿀은 없어?"

"사냥꾼이 산으로 들어가는 건 조금 나중이고, 벌이 집에 꿀을 모으는 건 더 나중이에요."

어라? 혹시 양봉은 안 하는 걸까?

"사냥꾼이 따오는 고야?"

"네, 사냥하던 도중에 벌집을 발견했을 때뿐이지만요."

역시 양봉은 없구나.

#2 사토 일본어로 설탕은 사토(さとう)라고 발음한다.

“벌집? 벌들 집을 뺏어와?”

“—네에, 그렇네요.”

조금 당황한 다음에 리리가 수긍했다.

“그럼, 벌들은 성에 샤라?”

“아뇨—.”

리리가 고개를 젓고서, 「벌꿀을 꺼내려면 둥지를 부숴야 해요」라고 덧붙였다.

“부수는 거야!”

슬픔을 체현한 절규를 질렀다.

“어째서, 부수는 거야?”

“안 부수면 벌꿀을 꺼낼 수가 없으니까요.”

내 비난의 목소리에, 리리가 난처한 표정으로 대답했다.

“벌들 불쌍해……. 안 부수고 꺼낼 수 없어?”

“그게 자연의 ▽▽랍니다.”

새로운 단어가 나왔지만, 지금은 추궁할 때가 아니다.

“그렇지!”

나는 머리 위에 전구가 들어온 미소를 지으며, 리리를 두고 서랍장 쪽으로 달려갔다.

“리리, 얼른!”

리리가 나긋하게 따라오는 걸 확인하고서, 차분하게 서랍을 열었다.

“벌들 집도, 이렇게 서랍처럼 만들면 되는 거야! 집이 든 서랍을 당기면, 벌꿀이 나오도록 하면 집을 안 부수고 꺼낼 수 있잖아?”

내가 자신만만한 표정을 만들면서 리리에게 주장했다.

이건 양봉용 벌통을 떠올리게 하기 위해서였다.

조금 마음이 급해서 말이 너무 유창해졌으니까, 리리가 깨닫기 전에 수정했다.

"안 부서지는 집이 있으면 벌도 성에 살 슈 이셔! 그러면 언제든지 벌꿀 나눠주는 고야!"

"그렇네요, 아리사 님."

기껏 양봉의 아이디어를 냈는데, 리리는 진심으로 생각 안 하는 모양이다.

하지만 지난번 부엽토처럼 사용인들 식당에 퍼뜨릴 거라고 믿고 있었다.

"웅! 리리, 사냥꾼한테 전해죠."

기왕이니 그런 느낌으로 넌지시 일러두었다.

"그래요, 알고 있어요. 그보다도 식사가 멈췄네요. 식기 전에 드세요."

"녜에!"

어이쿠, 오랜만에 감자 말고 다른 요리가 나왔는데 식을뻔했네.

나는 먹는 것에만 입을 썼다.

—맛있당.

가능하면 풍요로운 식생활과 가난뱅이 생활 탈출을 위해서 4륜농법을 추진하고 싶지만, 아무 지식도 없는 꼬맹이의 이야기를 들어줄 리 없지.

일단 문자를 배우는 것부터인데~.

왕궁에서 일하는 리리조차 문자를 읽고 쓰지 못한다. 믿을 수가 없었다니까.

그러고 보니 이 방에도 문자 같은 것이 전혀 없어.

뭔가 하나라도 있으면, 그걸 계기로 문자를 배우고 싶다고 할 수 있는데—.

◆

계절은 여름—.

내 전생유녀 라이프는 한가함과의 싸움이다.

—어라?

“어쩐지 좋은 냄새.”

벌꿀 같은 냄새와 크레이프 같은 향기가 나.

배를 꼬르르 울리면서 그저 하염없이 냄새를 즐기고 있는데, 허둥지둥 소리를 내면서 리리가 찾아왔다.

바람이 잘 통하라고 열어놓은 문을 지나 들어온 리리는 작은 접시를 들고 있었다.

“아리사 님, 갓 딴 벌꿀과 구운 과자예요.”

“우와~ 맛있어 보여!”

보기만 해도 군침이 흐르는구만!

“먹어도 돼?”

“그럼요.”

리리의 허가가 나오자마자, 나는 커다란 쿠키에 벌꿀을 듬뿍 뿌려서 깨물었다.

일단 입 안에 퍼지는 벌꿀의 고상한 달콤함을 즐겼다.

사르르 부서지는 쿠키가 소금맛 베이스인 탓인지 벌꿀의 달콤함이 한층 더 느껴진다.

“『베스트 마리아쥬』네.”

나는 영어랑 프랑스어를 믹스하면서 벌꿀 뿌린 쿠키를 찬양했다.

“마리아쥬?”

“참 맛있다는 거야!”

고개를 갸웃거리는 리리에게 함박웃음을 지으며 맛있다고 했다.

하지만 벌꿀을 이렇게 많이 준비해주다니, 꽤나 사치스럽네.

“벌꿀, 잔뜩?”

그대로 전할 수는 없으니까, 약간 어색한 말로 전했다.

“아리사 님이 겨울에 말씀하신 벌치기나 벌치기 상자 이야기를 했더니, 정원사 벤이 사촌인 사냥꾼이나 목공 기술자들을 부추겨서 해봤다고 해요.”

굉장하잖아, 정원사 벤 일족.

행동력이 장난 아냐.

“벤, 장해. 내 하인 시켜줄 거야.”

“우후후, 아리사 님이 칭찬했다고 벤에게 전해둘게요.”

“응!”

정말로 내 가솔로 삼고 싶어.

그리고, 4륜농법이나 아리사 내정 치트의 수족이 되어 행동해주는 거지.

그걸 위해서라도, 변명으로 쓸 수 있는 고문서나 전문서가 필요한데 말이지.

그리고, 문자를 읽기 위한 지식도.

—어라?

방의 입구에서 이쪽을 들여다보는 그림자가 있었다.

낯선 쇼타 셋이 빼꼼 고개를 내밀고 있었다.

그것도, 북유럽계 쇼타야.

부드러워 보이는 금발에 무구한 표정, 가는 팔다리…… 너무 귀여워.

외국인 얼굴은 쇼타에서 열화가 빠르지만, 어렸을 때는 2차원 쇼타에게도 지지 않게 귀엽단 말이지~.

구헤헤헤~.

무심코 침이 흐를 것 같았다.

그러고 보니 저 애들은 누구지?

나는 능력 감정 스킬을 발동해서 셋의 정체를 알았다.

어머나— 호구가 넝쿨째 굴러들어왔네.

"거기 있는 거 뉴구?"

나는 노림귀염무구한 미소를 만들며, 문에서 들여다보는 쇼타 3명— 제3왕자, 제4왕자, 제5왕자에게 말을 걸었다.

자~ 이리오렴.

누나가 상냥하게 놀 · 아 · 줄 · 게.

남녀차별은 너무 싫어!

“형님, 들켜버렸어.”

“가자.”

쇼타들이 방으로 들어왔다.

다들 초미형. 여섯 살 연상인 스이탐 제2왕자는 우등생 타입, 네 살 연상인 듀드 제4왕자는 장난꾸러기 타입 같다.

두 살 연상인 막내 엘루스 제5왕자는 문 쪽에서 이쪽을 살피기만 하고 안 들어오네. 내성적인가 봐.

셋 다 부드러운 금발이다.

“얘가 여동생?”

“와~ 정말로 불길한 색 머리다.”

무슨 색이라고?

아직 어휘가 부족하단 말이지.

“불길한 색은 뭐야?”

“우와 말했다!”

그야 말 정도는 합지라. 사이비 사투리로 태클 거는 건 속으로만.

외면으로는 이번 생의 귀요미 유녀 얼굴을 최대한 살려서 「가르쳐죠?」라며 고개를 갸웃거렸다.

"불행해지는 색이란 거야."

"미움 받는 색이야."

제4왕자가 머리를 당겼다.

—아파. 이 녀석, 뭐 하는 거야!

벌꿀투성이 스푼을 입에다 박아주겠어!

"우왓, 그만둬!"

"네가 울 때까지, 스푼을 멈추지 않을 거야!"

눈물지으며 항복하는 제4왕자.

"후, 이겼다."

"아, 아리사?"

제3왕자가 굳어진 표정으로 나를 내려다보았다.

아뿔싸~ 천사 같은 여동생 작전이 벌써 붕괴?

아니, 아직 괜찮아!

아리사, 너라면 할 수 있어!

"오빠야, 왜꾸래애?"

"아, 아니, 아무것도 아니야."

후하하~ 천사의 미소는 무적!

이걸로 이번 생의 남자친구를 만들어주겠어!

"—아빠님."

입구에서 막내가 중얼거리는 게 들렸다.

열린 문을 통해서 그야말로 왕이란 느낌의 미남자가 들어왔다.

오빠들이랑 같은 금발이었다.

아직 서른 전일까?

"스이탐! 듀드! 불길한 아이에게 다가가지 말라고 했지 않느냐!"

아, 알았다. 알기 싫었지만 파파의 표정이랑 어조로 알았다.

불길한 아이란 말이지.

이 보라색 머리칼이 원인이라 부모님이 만나러 안 오는 거구나.

처음부터 하드 럭이라니 신도 참 신경을 써주네.

하지만, 나는 조금 더 이지모드라도 좋았는데.

마음 속으로 신에게 불평을 하면서, 꾸물꾸물한 기분으로 침대에 들어갔다.

그날 밤—.

"……아리사. 불행한 운명을 진 내 딸아."

그림자 하나가 내 침대 옆에 있었다.

"멀리하는 것밖에 널 지킬 방법이 없는 약한 아비와 어미를 원망해라."

커다란 손이 내 보라색 머리칼을 쓰다듬었다.

"오랜 인습을 믿는 자들에게서 너를 지키려면 이 방법밖에 없단다."

졸음 속에서 들은 말은 눈을 뜨는 것과 동시에 잊어 버렸지만, 다음날 아침에 신기할 정도로 상쾌한 기분이었다.

그러면, 풍요로운 왕녀 생활을 위해서 오늘도 힘내자.

◆

"참참참!"

가벼운 페이크에 금발 쇼타가 재미있을 정도로 걸려든다.

"젠장, 또 졌어!"

"훗호호, 쿵푸가 부족한 것이니라."

분한 기색의 금발 쇼타— 듀드 제4왕자에게 수수께끼의 노사 어조로 승리를 뽐냈다.

"아하하, 듀드는 속임수에 너무 약해."

이 방에는 스이탐 제3왕자와 제4왕자가 놀러 오고 있었다.

첫 만남은 왕이 교류를 막았지만, 그 뒤로도 아이들은 왕족 전용 비밀통로를 써서 계속 다니고 있었다.

처음에는 벌꿀로 길들이고, 이어서 일본의 아이들에게 대인기인 놀이로 왕자 오라버니들의 마음을 붙잡았다.

이제 곧 옛날이야기나 동화를 현지어로 어레인지해서 이야기 해줘야지.

"하지만, 아리사는 어째서 이렇게 여러 가지 놀이를 알고 있니?"

제3왕자가 지당한 질문을 하기에, 귀여운 미소를 만들며 고개를 갸웃거려 얼버무렸다.

"한가해서?"

"그냥 한가하다고 이런 걸 떠올리다니 굉장하네."

"정말이지, ◇◇도 안 하는 주제에 건방져."

제3왕자가 나에게 감탄하는 걸 보고 제4왕자가 질투투성이 발언을 했다.

정말이지, 형을 너무 좋아하네.

“여동생을 괴롭히면 안 되지.”

손이 나오려는 제4왕자를 우등생인 제3왕자가 타일렀다.

“체엣, 아리사니까 좋은 건데.”

제4왕자가 투덜거렸다.

안 좋습니다.

아차, 그보다도—.

“◇◇는 재밌어?”

전력으로 내숭을 떨면서 제3왕자에게 물었다.

“재밌지는 않아.”

“정말 그래. ◇◇보다, 검 훈련을 더 하고 싶어.”

“내 물음에 제3왕자가 쓴웃음을 짓고, 제4왕자가 맨손으로 검을 휘두르는 시늉을 했다.

◇◇는 공부인가?

“공부는 뭐 하는데?”

나는 제3왕자에게 물었다.

“△△를 배우거나, 이 나라의 ▽▽를 배우거나 그래.”

“△△가 뭐야?”

문자나 역사일까?

“아리사는 바보구나! △△도 모르네.”

입이 험하구나, 제4왕자.

잘났다는 표정으로 주위를 둘러보았다.

이 방에는 종이와 칠판 같은 게 없단 말이지.

"이거야."

제3왕자가 허리의 파우치에서 종이를 꺼냈다.

서투른 필적의 문자가 적혀 있었다.

그렇군. △△는 문자구나.

"이거 뭐야?"

"그러니까, 문자잖아!"

"뭐 쓴 거야?"

내 물음에, 잘난척하던 제4왕자가 말문이 막혔다.

아무래도 그가 모르는 문자인가 보다.

뭐 좋아. 그런 것보다도—.

"오라버니! 나도 문자 배우고 싶어!"

기운차게 한 손을 들고 뿅, 점프하면서 주장했다.

자아, 쇼타 오라버니! 지금이야말로 여동생 모에에 빠지도록 해라!

내심 구헤헤 웃으면서 제3왕자의 대답을 기다렸다.

"미안해, 아리사."

"아리사는 바보구나. 여자한테는 문자 따위 필요 없어!"

사과하는 제3왕자의 말을 막으면서 제4왕자가 비웃었다.

여자한테 학문 따위 필요 없다니, 전시대적인 생각을 하는 나라인가 보네.

검과 마법의 세계니까 남녀차별이 있을 거라고 생각했지만 꽤 귀찮은 차별의식이 있나 보다.

나는 고개를 숙이고, 손으로 입가를 가리며 작게 하품을 했다.

"도저히, 안 돼?"

눈가에 눈물을 지은 유녀의 애원에 쇼타 왕자들이 패배했다. 두 사람이 문자를 가르쳐주기로 했으며, 더욱이 그 흐름으로 두 사람이 가정교사에게 배우는 수업도 숨어서 청강할 수 있게 됐다.

역시 귀여움은 정의야!

그리고, 성으로 이동하는 건 왕족용 숨겨진 통로를 쓰니까 다른 사람을 만날 일도 없었다.

숨겨진 통로는 의외로 깔끔하고 거미줄 하나 없었다.

"오라버니, 여기 누가 청소했어?"

"그럴 리 없어. 왜냐면 여기를 지날 수 있는 건 우리들 왕족뿐이니까."

뭐, 그것도 그렇네. 본래는 비상용 탈출로일 테니까.

누가 청소를 한 게 아니라면 최근에 체격이 커다란 어른이 여기를 지난 걸까?

그런 생각을 하는 동안, 수업에 쓰이는 제3왕자의 호화로운 방에 도착하여 그 방의 옷장 하나에 숨어 수업을 받는 나날이 시작됐다.

이 세계의 산수나 국어, 사회. 오라버니들은 나이에 맞게 절반도 이해 못하는 기색이었다.

충격적이게도 노예제도가 있나봐.

왕녀님이라 다행이야. 노예에서 기어오르는 건 난이도 너무

높아.

군대나 근처의 나라들, 위험한 마물 따위에 대해서도 배웠다. 용사나 마왕에 대해서도.

유감이지만 기대했던 마법의 수업은 없었다.

이 가난한 나라에서는 생활마법이라고 불리는 마법을 쓰는 사람이 대부분이고, 국방에 쓸 수 있는 마법사는 거의 없다고 한다.

궁정마술사조차, 남북의 대국인 시가 왕국이나 사가 제국으로 유학해서 배웠다고 한다.

일부를 제외한 수업은 그렇게 재미있지는 않았지만, 목적은 어휘를 늘리는 것과 수업에서 들은 지식이라고 주장하기 위한 거니까 문제없다.

"그러고 보니 오라버니, 보라색이 왜 불길한 색인지는 알았어?"

어린 오빠 왕자 세 사람이 모르는 모양이라, 왕이나 가정교사에게 질문하도록 부탁을 했다.

"아버님은『네가 알 필요는 없다』고 했고, 가정교사는—."

노골적으로 이야기를 돌려버렸다고 한다.

입에 담기도 어려운 느낌이거나, 혹은 정말로 모르는 것 둘 중 하나겠지.

신기하게도, 이 보라색 머리칼은 염료를 써도 어째선지 다른 색으로 물들일 수 없었단 말이지.

그러고 보니—.

내 뇌리에 나를 전생시켜준 신의 보라색 빛이 스쳤다.

어쩌면 그 신이 이 세계에서 기피되는— 이렇게 추측에 추측을 거듭하면 망상이나 다름없지. 나는 갈팡질팡하는 사고를 중단했다.

오빠 왕자들에게 알고 있을 법한 사람이 있으면 물어봐 달라고 부탁했다.

어디, 이제 그만 안 돌아가면 리리가 걱정하겠어.

“혼자서 괜찮니?”

“괜~찮아. 벌써 한 달이나 다녔는걸.”

나는 바래다준다는 오라버니들의 말을 거절하고, 의기양양하게 처음으로 혼자 별채로 돌아갔는데…….

“—길 잃었다.”

이상하네.

평소랑 같은 표식을 따라왔는데, 어디서 틀린 거지?

팔짱을 끼고 앞으로의 방침을 모색하고 있는데, 희미하게 이야기 소리가 들렸다.

“그래서— 란 것은?”

“들어라— 이야기— 다른 자에겐—.”

어쩐지 어수선한 느낌의 대화네.

나는 호기심에 이끌려 살금살금 목소리가 들리는 쪽으로 다가갔다.

빛이 새어 들어오는 쪽에서 목소리가 들렸다.

나는 빛에 눈을 가까이 대고 안을 들여다보았다.

안에는 어른 남성과 고교생쯤 되는 청년이 마주앉아 있었다.

뒷모습의 남성은 얼굴이 안 보이지만, 또 한 명의 청년은 얼굴이 잘 보인다.

—오라버니들이랑 닮았네?

호기심이 명하는 대로 두 사람을 「능력 감정」 스킬로 조사하자, 왕과 제1왕자라는 걸 알 수 있었다.

"이것은 왕과 왕태자만 아는 세계의 비밀이다."

왕의 서론에 「혹시 들으면 위험한 거 아냐?」라고 생각하면서도 호기심을 못 이겨 그대로 귀를 기울였다.

"왕은 도시 핵(시티 코어)을 지배하기에, 왕인 것이다."

도시의 핵— 그러니까 도시 핵이란 건 뭘까?

오라버니들의 수업에서 들은 미궁 가장 깊은 곳에 있다는 미궁 핵(던전 코어)의 도시판 같은 느낌일까?

"도시 핵이란 무엇이옵니까?"

질문하는 제1왕자에게, 왕이 마지막까지 입 다물고 있으라고 명했다.

"—왕성의 지하에는 『도시 핵의 방』이라 불리는 비밀의 장소가 있다. 왕위를 이은 자는 도시 핵 또한 계승하여, 도시 핵을 이용해 사람을 넘어서는 신과 같은 힘을 휘두를 수 있게 된다."

전에 리리에게 들은 「왕의 가호」란 것의 이야기 같은데.

그리고 왕이 도시 핵으로 할 수 있는 일이나, 도시 핵에 마력을 공급하는 지맥이나 원천이란 존재의 이야기가 이어졌다.

뭐랄까 갑자기 세계의 비밀이랑 마주친 느낌이네.

"마지막으로 이것만은 잊지 말거라—."

이야기를 마친 느낌이던 왕이 제1왕자의 눈을 똑바로 보고 말을 이었다.

"—신의 세례를 받은 자는 도시 핵을 이을 수가 없다. 따라서 네가 뒤를 이을 남아를 낳아, 왕위를 이은 다음에는 다른 왕자들에게 세례를 받도록 하게 된다."

왕이 거기서 말을 끊었다.

"회임중인 테레사에게 신성 마법이나 신관의 축복을 삼가도록 한 것은 그 때문입니까?'

"그렇다. 태내의 아이에게 영향은 없을 테지만, 우리나라의 감정사는 사실인지 아닌지 확인할 수가 없다. 적어도 둘 이상의 아들이 태어날 때까지는 회임중의 신성마법이나 축복은 삼가거라."

"알겠습니다."

거기서 왕의 이야기는 끝났는지, 두 사람은 함께 방을 나섰다.

그건 그렇고—.

어째서 신의 세례를 받으면 도시 핵을 이을 수 없는 걸까?

결국 왕은 마지막까지 그 이유를 말하지 않았단 말이지.

제1왕자도 의문스럽게 생각하지 않았는지 질문하지 않았고.

뭐 좋아.

남녀차별이 격한 이 나라에서 왕녀인 내가 도시 핵을 잇는 일은 절대 없을 테니까.

"루트 분기점 아냐!"

나는 어둠 속을 향해 중얼거리고, 뇌리에 스친 불길한 예감을 떨쳐냈다.

그리고 별채에는 간신히 저녁 식사 전까지 돌아갔다.

이야, 표식을 발견했을 때는 정말 울 것 같았어.

과신 안 돼, 절대!

◆

"우와~ 먼지투성이."

오늘은 장난꾸러기 듀드 제4왕자를 따라서 왕성 한구석에 있는 창고에 왔다. 내성적인 엘루스 제5왕자도 같이 왔다.

스톱퍼 역할인 스이탐 제3왕자는 왕이랑 함께 근처 도시나 촌락을 순회하는 여행에 동행하고 있었다.

"이거 뭘까?"

"우왓, 거미줄."

으에엑, 거미는 안 되거든?

그 녀석들은 생존을 용납하면 안 돼.

익충이란 말 따위 필요 없어.

서치 앤드 디스트로이. 오로지 그뿐.

—오.

어쩐지 괜찮은 장정의 책을 발견.

나는 들떠서 그쪽으로 걸어갔다.

"아리사, 거기 바닥이 약하니까 조심해라."

"네에."

제4왕자가 주의를 주는 것에 빈 말로 대답하고 선반 위에 있던 책으로 손을 뻗었다.

—잡았다.

무거운 책을 양손으로 지탱했다.

『헬로~』

그런 말풍선을 환시해 버리는 존재가 책 위에서 손을 흔들고 있었다.

"거미이이이이이이이이!"

책을 내던지고 잡동사니를 밀어내면서 뒤로 물러났다.

—빠직.

위험해.

그 소리에 그렇게 느낄 틈도 없이, 내 발치가 무너져서 잡동사니와 함께 아래층으로 떨어져 버렸다.

다행히 아래층의 짐이 천장 부근까지 쌓여있던 덕분에 전생한지 얼마 안 되어 윤회의 고리로 돌아가는 일은 없었지만, 오랜만에 주마등을 볼 정도로 신변의 위험을 느꼈다.

앞으로는 좀 더 신중하게 행동해야겠어.

"아리사! 살아 있냐!"

"아리사—."

공중을 떠도는 먼지 너머로, 천장이 무너진 틈에서 고개를 내민 쇼타 왕자 둘이 보였다.

"살아 있어~."

나는 낙하의 충격으로 잘 안 움직이는 몸을 채찍질해서 큰 소리로 무사하다고 보고했다.

먼지가 굉장해서 콜록콜록 기침이 나왔다.

나는 결사의 각오로 손을 움직여 어떻게 손수건으로 입가를 가렸다.

"기다려라! 어른을 불러올게!"

"괜찮을 거야—."

둘이 큰 소리로 외쳤다.

오, 제법 듬직하네.

이럴 때 제대로 행동할 수 있다니, 장난꾸러기 왕자들을 조금 다시 봤다.

둘이 무너진 틈 너머로 사라지고, 몸이 저리는 게 가신 참에 주위를 둘러보았다.

"오, 있다."

여기에 낙하하는 원인이 된 책을 찾았다.

"헤에, 사전이네. 안쪽의 서명을 보니까 선조님이 사본을 한 건가?"

천장의 구멍에서 새어 들어오는 빛에 비추어서 가볍게 훑어보았다.

그렇구나. 이게 있으면 어휘가 늘어나겠어.

"—열려라."

나는「보물 창고」스킬을 발동했다.

눈앞에 나타난 칠흑의 네모난 공간에 영차, 사전을 던져 넣었다.

"그러면, 또 책은 없을까?"

구조대가 올 때까지 보물찾기를 할까—.

영지의 낡은 지도와, 문자와 숫자가 잔뜩 적힌 출납서 같은 종이 다발이 산더미.

그리고 더욱이 미술품이나 잡동사니 안쪽에 숨겨진 책장에서 늘어선 책 다섯 권을 발견했다.

대단히 낡았지만, 시간이 지나 색이 변한 상태에서도 알 수 있을 만큼 훌륭한 장정의 커다란 책이다.

"뭐라고 쓰여 있는 거지?"

아무래도 이렇게 어슴푸레한 곳에서 문자까지는 읽을 수 없어.

나는 전리품을 순서대로 아이템 박스 안에 수납했다.

마력이 충분할까 걱정이었지만, 아슬아슬하게 충분했다.

이렇게 되면 읽는 건 내일이나 돼야겠네.

◆

"—정신마법이네."

지하창고에서 구출되고 오빠 왕자들과 함께 단단히 혼난 다음날. 나는 전리품을 체크하고 있었다.

"우왓, 시작이 끝내주네. 『이 꺼림직한 금단의 서적을 읽는 자여. 사람의 마음을 마음대로 조종하는 사악한 술법을 바라는 어리석은 마법사여. 꿈속에서라도 사리사욕을 위해 마법을 쓰지 않으리라 맹세하라. 맹세하지 않는 자는 그대로 책을 덮으라』란 말이지—."

뭐 세뇌 계통 마법이란 느낌이니까.

마법에는 흥미가 있지만, 이걸 배우는 건 필요해질 때 하자.

굳이 따지자면 사전이 더 편리하겠어.

"그래서, 이쪽은—."

150년 정도 옛날 영지의 세무자료— 마을들이나 도시에서 만든 작물이나 특산품을 알 수 있는 게 있었다.

그 밖에도, 기근이 났을 때 어떤 대리식품으로 난을 벗어났는지도 쓰여 있었다.

"그건 그렇고 이 나라는 기근이 너무 많아."

20년 분량의 자료 속에 세 번이나 기근이 발생했다.

"용케 혁명이 안 일어났네."

파라락. 세무자료에 섞여 있던 세무관의 일기 같은 쪽지를 넘겼다.

뭔가 감자만 먹고 있네, 이 세무관.

나랑 같은 불평들만 하고 있, 으니…….

"잠깐 기다려."

틀리길 바라면서도, 나는 일기의 날짜와 세무자료를 비교했다.

"감자가 이어지는 상태는, 기근 발생의 전조 아냐?"

그야 그렇겠지.

감자하고는 종류가 다른 것 같지만, 세무자료를 보면 연작 장애에 강한 품종인 것도 아니다.

"—안 좋은데."

가난뱅이 나라 탈출은커녕, 이대로 가면 감자마저도 부족한 기근이 올 거야.

내 기우라면 좋겠지만, 리리 이야기를 들어보면 올해도 왕의 가호인지 능력이 부족하단 느낌이었다.

보험 하나 정도는 준비해도 괜찮겠지.

"리리! 리리!"

나는 리리에게 급히 벤 일족을 불러오라고 부탁했다.

◆

"4륜농법이유?"

"그래! 여기에 쓰여 있어. 옛날에 감자를 싫어하는 왕이 생각했대!"

나는 세무자료와 일기, 그리고 사전을 가리키면서 벤에게 말했다.

벤은 리리와 마찬가지로 문자를 못 읽어서, 그런 게 쓰여 있지 않다는 걸 모르니까.

무지를 파고드는 건 마음이 아프지만, 실험에 참가해줘야겠어.

"우선 콩이야. 전에 부엽토처럼 흙이 힘을 내게 만들어준대. 밭 하나라도 좋으니까 콩을 심어봐."

이 근처에서 콩이라고 하면 완두콩 같은 거지만, 내가 이번에 의뢰한 건 대리식품에 있었던 오크 콩이다. 기술을 읽어보니 대두 같은 콩이었다.

"콩을 심는 것 뿐이어유?"

"그래, 이 고문서에 그렇게 쓰여 있어."

"그렇게 굉장한 거믄, 왜 지금까지 전해지질 않은 거여유?"

벤도 참. 학식은 없지만 머리는 좋구나.

"간단해. 왕의 가호를 받는 게 편하니까. 부엽토를 옮기는 것도 힘들지 않았어?"

내 말에 벤이 고개를 끄덕였다.

"맞어유. 숲까지 몇 번이나 왔다갔다 했시유."

트럭이나 중장비가 있다면 모를까, 인력으로 옮기는 건 상상을 넘어서는 중노동이었을 거야.

나처럼 보물 창고 스킬을 가진 사람이 나름대로 있는 모양이지만, 트럭을 대신할 정도의 용량이나 사람 수는 많지 않은 모양이고.

"그럼, 퇴비 실험도 해볼래?"

"퇴비유?"

"응, 자료에도 어중간하게 쓰여 있으니까 우선 따로 작은 텃밭 같은 데서 시작하는 게 좋을 거야."

가축의 분뇨랑 지푸라기를 섞어서 발효시킨다고 설명하자 예상대로 기묘한 걸 보는 눈으로 보았지만, 나도 반신반의라고 하면서 실행할지 말지는 벤에게 맡겼다.

"그렇지. 부엽토를 마차로는 못 옮겨?"

"부엽토가 나는 근처는 마차가 지날 정도의 길이 없시유."

"일륜차는?"

손수레란 말이 안 떠올라서 비슷한 말을 써봤다.

"이런 식으로 통을 위에 두고서, 사람이 미는 거야. 등에 지는 것보다 편하지 않아?"

그림으로는 전해지질 않아서, 페이퍼 크래프트로 형태를 만들어봤다.

풀을 조달 못했으면 꽤 힘들었을 거야.

"하아, 아리사 님은 손재주가 좋으셔유."

"어때?"

내가 제작 가능한지 묻자, 사촌인 목공 기술자와 대장장이에게 부탁해서 남는 부품으로 만들어 본다고 했다.

이렇게, 내 가난뱅이 나라 내정 치트 생활은 제2단계로 나아갔다.

초절미소녀 나타나다!
얌전한 배다른 언니 루루와의 만남

"풋콩 맛있당~."

실험 농장에서 하고 있는 4륜농법은 아직 3년째지만, 지난 3년 동안 콩을 심는 농가가 확 늘어난 덕분에 식탁에 콩 요리가 나오는 일이 많아졌다.

콩이 땅을 회복시키는 것이나 부엽토를 나르는 손수레를 제안한 덕분에, 아리사 공주님을 「지혜의 신에게 사랑 받는 소녀」나 「부국의 숨겨진 공주」 등으로 부르는 민중이 저잣거리에 늘어났다고 한다.

물론 정원사 벤이나 리리가 전해준 정보니까 실제로 들어본 적은 없단 말이지.

초등학교 1학년 바디가 된 아리사는 여전히 성 밖에 나갈 수가 없어요.

오라버니들의 수업에 숨어드는 것 말고도 성의 도서실이나 자료창고에 숨어들어 책이나 자료를 뒤지는 일이 늘었다.

그리고, 유명해지는 게 마냥 좋은 일은 아니다—.

"거기! 지금 품속에 넣은 종이 내놔."

"아, 아리사 님? 무슨 말씀이시죠?"

"지금 당장 돌려주면 시녀를 관두는 걸로 봐주겠어."

이 바보 시녀처럼 욕심쟁이 귀족의 앞잡이가 숨어들어오게 됐다.

내 부국안을 실시해준다면 이용하는 것도 괜찮겠지만, 대개 사리사욕을 위해서니까 함부로 가르쳐줄 수도 없었다.

그리고, 좋지도 나쁘지도 않은 무뚝뚝 게슴츠레 메이드는 작년에 결혼퇴직을 해버렸단 말이지. 상대가 소꿉친구인 상쾌한 훈남이라서 놀랐었어.

“저는 아무것도 안 했어요! 아리사 님, 너무하세요!”

되려 성을 내며 피해자 행세를 한 바보 시녀가 품을 누른 채 달리기 시작했다.

“하아…… 바보들뿐이야.”

나는 복도를 질주하는 바보 시녀의 등을 향해 오른손바닥을 내밀었다.

핏기가 가시는 것과 비슷한 감각을 느끼며, 마력이 손바닥에 모였다.

—정신 충격파(쇼크 웨이브).

무영창으로 쏘아낸 마법이 바보 시녀의 의식을 빼앗았다.

“—성공.”

기세가 지나쳐서 복도를 두세 번 구른 시녀를 내려다보며, 나는 승리포즈를 취했다.

방금 쓴 「정신 충격파」는 미움 받는 정신 마법 중 하나다.

정신 마법은 한 번 봉인하려고 생각했지만, 나는 마법을 쓰고 싶은 욕구를 이기지 못하고 정신 마법 스킬을 얻어 버리고 말았다.

놀랍게도 자기 확인 스킬에, 레벨 업할 때 얻는 스킬 포인트로 임의의 스킬을 얻을 수 있는 기능이 있었다니까.

그 밖에도 자기 확인 스킬의 숨겨진 기술로, 행사 경험이 있는 마법을 무영창으로 쓰는 방법이나 획득한 스킬을 초기 상태로 리셋하는 방법이 있다는 것을 어느 용사님한테 배웠다.

"아리사 님! 이건 대체?"

계단 아래에서 올라온 리리가 복도에서 실신한 시녀를 보고 놀라서 소리를 질렀다.

"좀도둑을 붙잡은 것뿐이야."

"어머, 또인가요?"

시녀의 품속에서 세일러복의 설계도를 꺼냈다.

정말이지, 이런 걸 가져가서 대체 어쩔 셈인데?

"훔쳐가게 놔두고 완성품을 압수하는 게 수고가 덜 들었을까?"

—아니지.

취미인 코스프레 의상은 스스로 만드는 게 참맛이니까.

사는 것도 좋지만, 서툴러도 스스로 만들면 애착이 다르다니까.

"위병을 불러올 테니, 아리사 님은 방으로 돌아가세요."

"네에."

이 별채를 경비하는 위병은 내 머리색에 대해 알고 있겠지만, 리리는 함부로 나를 남들 눈에 보이기 싫은 모양이네.

방에서 새로운 의상 스케치를 하고 있는데 리리가 돌아왔다.

"그 자의 처분은 시녀장에게 맡기고 왔습니다."

"그래."

하지만, 그 시녀장부터가 욕심쟁이 귀족의 일족 출신이란 말이지.

“정말이지, 나를 어린애라고 얕보는 사람이나 욕심쟁이 귀족의 앞잡이밖에 선택지가 없다니, 세상은 뜻대로 안 된다니까.”

게슴츠레 메이드가 직장에 복귀해주지 않으려나?

“저기, 리리. 후임은 나를 보고 얕보지 않는 녀석이나 욕심쟁이 귀족의 앞잡이가 아니라면 누구든지 좋으니까 데려와 봐.”

“말씀은 그렇게 하시지만…….”

내 호소에 리리가 눈썹을 찌푸렸다.

리리도 후보가 금세 안 나오는 모양이다.

방금 그 조건 플러스 잡무를 불평 없이 해준다면, 다른 능력은 딱히 바라지도 않는데.

구인은 어느 세계든지 어려운 모양이네.

◆

“리리의 딸? 얘가?”

리리가 아홉 살쯤 되는 루루란 이름의 소녀를 데리고 왔다.

앞머리에 가려서 얼굴은 안 보이지만, 리리의 딸이라면 나름대로 예쁘겠지.

그건 그렇고—.

내가 낸 조건은 만족하고 있지만, 아무리 그래도 너무 어리네.

유녀 바디인 내가 말하면 우스꽝스러울지도 모르지만, 전생자처럼 지식 치트가 없는 초등학교 3학년쯤 되는 소녀에게는 버거울 텐데.

"리리, 내가 필요한 건 비슷한 또래의 놀이 상대가 아니라 내 대신 잡무나 전언을 맡아줄 시녀나 메이드라니까!"

기왕이면 학자나 관료가 좋지만, 그건 너무 과한 욕심이겠지.

"얘는 부지런하니까 괜찮아요. 힘쓰는 일은 그다지 못하겠지만, 성실하니까 잡무나 전언은 잘할 겁니다."

리리의 말에 새삼 리리의 딸을 보았다.

부끄럼을 타는지 눈이 마주치면 작은 동물처럼 떨면서 리리 뒤에 숨었다.

"아리사 님에게 인사하렴."

"으, 응. ……처, 처음**뱁**겠습니다, 아리사 님. **루루의 딸인 리리입니다.**"

너무 긴장한 루루가 혀가 꼬인 것도, 말을 잘못한 것도 못 깨닫고 필사적으로 인사를 했다.

정말로 괜찮을까?

—어머나?

나는 신경 쓰인 것을 확인하고자, 터벅터벅 다가가서 그녀의 얼굴을 감춘 앞머리를 확 쓸어 올려줬다.

"꺅!"

보호욕구를 자극하는 귀여운 소리로 비명을 지른 루루가 고개를 돌렸다.

얼굴이 보인 건 한순간이지만, 지금까지 본 어떤 아역 아이돌

보다도 단정했다.

초등학교 3학년에 이 정도면, 5년쯤 지났을 때 미녀 아이돌이나 그라비아 모델도 혼이 빠져 도망칠 초절적인 미모로 성장하겠어.

게다가 이 나라에서 일반적인 북유럽풍 얼굴이 아니라, 현대 일본인 얼굴에 가까운 느낌으로 보였다.

"칫, 이 리얼충 얼굴이—."

조금 마음이 거칠어지면서, 나는 루루에게서 등을 돌렸다.

"—승리자는 나면서부터 모든 걸 가져가는 거구나."

이번 생의 나도 꽤 미소녀라고 생각하지만, 아무리 그래도 이 벽은 넘을 수 없어.

좋은 냄새가 나는 비누나 화장수 말고도, 뭔가 개발하는 편이 좋을까?

"아리사 님, 얘는 용모가 뛰어나다고 할 수는 없지만, 이 나이치고는 차분한 애랍니다. 싫어하지 말아주세요."

"—뭐?"

의미를 알 수 없는 말에 리리와 루루를 돌아보았다.

"용모가 안 뛰어나?"

리리에게는 자랑스러운 딸을 겸손히 이르는 부모 같은 느낌이 없고, 루루도 아래를 보며 앞머리로 얼굴을 가리고자 했다.

"리리, 무슨 말이야? 이 미소녀 얼굴로 용모가 안 뛰어나면 이 나라에 미인 같은 건 없거든?"

내 물음에, 리리는 진심으로 「영문을 모르겠어」라고 말하고픈 표정으로 나를 보았다.

그 다음에 리리와 서로 오해를 풀기 위해 대화를 거듭하고, 루루의 용모가 현지 사람들에게 「호박」으로 판정된 것을 알게 됐다.

일본에서 태어났으면 일세를 풍미하는 아이돌이 되었을 텐데 가여운 애네.

"루루, 잡무 담당으로 내 옆에 있도록 해."

살짝 동정심이 들어서 고용하기로 했다.

"다행이구나, 루루."

"가, 감사합니다! **강아지처럼** 열심히 일할게요."

굳어져서 안 움직이는 루루에게 리리가 넌지시 재촉하자, 방아깨비도 항복할 만큼 꾸벅꾸벅 인사를 했다.

『루루, 스커트 올라갔는데?』

"저기? 아리사 님?"

"아무것도 아니야."

의문스러운 기색의 루루에게 고개를 저어 이야기를 끝냈다.

이 나라에서는 보기 드문 태도 탓인지 이 애도 전생자일지도 모른다고 생각했지만, 일본어가 안 통하면 그것도 아닌가 보네.

◆

"아리사 님, 정원사 벤 씨가 왔어요."

"방으로 안내해줘."

"네!"
동정으로 고용한 루루지만 생각보다 도움이 된다.
뭔가 뛰어난 것은 없지만, 도움이 되려는 마음가짐이 좋아.
가끔 기가 약한 실내견을 상대하는 기분이 들지만 말야.
잠시 지나서, 루루의 안내를 받은 벤이 방으로 들어왔다.
"아리사 님, 전에 부탁한 파이프 시험작이어유."
벤의 **육촌**이 대장장이 공방에서 만들어준 금속 파이프를 받았다.
"빨리 됐네."
"예이. 얇은 금속판을 말아서 리벳으로 고정하는 것 뿐이라 용접하는 것보다는 빨리 만들었어유."
리벳은 플레이트 메일 용접에 쓰던 걸 썼다.
"하지만 아리사 님. 처음이야 몰라도 조금 쓰면 물이 샐 텐데 그래도 괜찮으셔유?"
"그래. 이건 전성관으로 쓸 거니까."
"전성관?"
내 말에 벤이 고개를 갸웃거렸다.
간단한 구조니까 이쪽 세계에도 있을 거라고 생각했는데 없는 모양이란 말이지.
"그 금속 파이프를 방에서 다른 방까지 이어서, 목소리를 전하기 위한 기구를 만드는 거야."
나는 종이를 말아서 간단히 구조를 설명했다.
"과연—."

구조는 이해한 모양이지만, 벤은 뭐에 쓰는 건지를 모르는 모양이다.

간단히 쓸 수 있는 통신계 마법이나 도구가 없는 것 같으니까 전성관이 있기만 해도 각층마다 내선 대신 쓸 수 있을 것 같단 말이지.

"일단은, 이 별채에 설치해 볼까."

내가 자유롭게 쓸 수 있는 돈은 전에 사가 제국의 상인에게 판 장난감의 권리로 벌고 있었다.

이럴 때 정석인 리버시는 이미 과거의 용사나 전생자들이 확산시켰고, 그 밖에도 장기, 마작, 주사위 맞추기, 체스 등도 존재했다.

그래서 나는 전생의 친구가 가지고 놀던 게임북을 상인에게 팔기로 했다.

참고로 게임북이란 것은 행동의 선택지에 페이지 번호를 써서 지정된 페이지를 읽으며 이야기를 진행하는 게임이다.

처음 주제로 사가 제국에서 가장 인기가 있는 초대 용사님의 이야기를 고른 게 좋았을지도 모르겠네.

책 자체의 단가가 높기도 하지만, 사가 제국의 부자 귀족이나 민중들한테도 폭넓게 팔 수 있으리라고 짐작한 상인이 거금을 내줬다. 덕분에 얼마 동안 예산을 신경 쓰지 않고 이것저것 시험할 수 있었다.

◆

"—그렇구나."

나는 설치가 끝난 전성관에서 들리는 목소리에 귀를 기울였다.

『불길한 공주의 새로운 전속 봤어?』

『봤지 그럼. 그 호박은 뭐야?』

『에이, 호박이 화내잖아.』

얼마 전부터 루루가 좀 이상하기에 전성관의 실험 장소로 메이드와 하인들 휴게실을 골랐다.

여기는 리리의 일을 돕기 위해 사용인들이 왕성의 본관에서 들락거린다.

『아, 도망쳤다.』

『그야 호박인 걸 부정할 수 없으니까 그렇지.』

아무래도 루루는 왕따를 당하는 모양이네.

일단 그걸 즐기는 쓰레기들을 한꺼번에 혼내줄까.

『하지만, 리리 씨의 딸이잖아?』

『괜찮아. 그 사람은 불길한 공주랑 왕을 상대하느라 바쁘니까.』

『에에, 왕의 첩이라는 거 정말이었어?』

보복 수단을 생각하는 내 귀에 뜻밖의 정보가 들어왔다.

『불길한 공주 상대라지만, 안 그러면 평민인 리리가 유모 같은 게 될 수 있을 리 없잖아?』

『듣고 보니 그렇네.』

『그러면 그 호박은 불길한 공주의 언니야?』

내 등 뒤에서 쟁반과 컵이 깨지는 소리가 들렸다.

전성관 너머에도 들린 모양인지, 황급히 휴게실에서 뛰쳐나가는 소리나 발소리가 들렸다.

나는 전성관 뚜껑을 닫고, 뒤를 돌아보았다.

리리가 창백한 표정으로 서 있는 게 보였다.

“역시, 소문은 정말이었구나.”

리리가 죄인 같은 표정으로 「죄송합니다」라며 엎드렸다.

“고개 들어, 리리. 그리고 절대로 유모를 관둔다는 말은 하지마. 그리고 루루 해고도 안 돼.”

먼저 못을 박아둬야겠군. 다음 날 아침에 사표가 테이블 위에 놓여 있으면 곤란해.

“아까 떠들던 세 명 이름은 알아?”

“네.”

리리가 말한 이름은 욕심쟁이 귀족 휘하인 자들이었다.

어쩐지 이상한 걸 잘 알더라니.

리리를 물리고, 어두운 표정으로 방에 돌아온 루루와 다과를 먹었다.

“—일단은 먹어.”

배가 고프면 괜히 괴롭고 슬픈 기분이 드니까.

“맛있, 어요.”

“사양하지 말고, 벌꿀 더 뿌려서 먹어.”

여동생을 보살피는 언니의 기분으로, 루루에게 구운 과자와 벌꿀을 권했다. 뭐 실제로는 루루가 내 언니지만.

어느 정도, 구운 과자가 줄었을 때 나는 루루에게 동화를 들려주었다.

"옛날옛날, 어느 호수에, 오리 가족이 살고 있었습니다—."

루루는 내가 이야기하는 「미운 오리 새끼」를 처음에는 괴로운 표정으로 들었지만, 마지막에 미운 오리 새끼가 백조가 되는 장면에서는 웃으면서 「다행이야」라고 몇 번이나 중얼거렸다.

"알겠어? 용모는 보는 사람의 취향에 따른 거야. 어른이 되면 루루가 제일이라는 사람도 나올 거야. 실제로 나한테는 루루가 제일 미소녀니까."

후반의 말은 믿어주지 않았지만, 루루가 나에게 조금 마음을 열어준 것 같았다.

그날 오후에—.

"아리사, 벌꿀 나눠줘."

완전히 통통한 얼굴이 된 엘루스 제5왕자가 놀러 왔다.

칼로리 섭취 상황이 개선된 악영향이 확실하게 나와 버린 느낌이네.

"엘루스 오라버니, 귀여운 여동생의 부탁을 들어주세요."

제5왕자의 팔을 끌어안고 귀엽게 부탁했더니, 얼굴이 새빨개져서 고개를 끄덕였다.

게헤헤헤, 역시 순진한 쇼타는 좋구먼.

"—이제 됐다."

제5왕자가 불러다 준 스이탐 제3왕자가, 전성관에서 들리는 나랑 루루의 험담에 질색한 표정을 지었다.

나는 전성관 뚜껑을 닫고 제3왕자에게 말을 걸었다.

"아까 그 애들은, 스이탐 오라버니의 후견인들이 보내줬거든."

"알았다. 왕족에 대한 불경죄로 처형하지."

"—이봐요!"

무심코 태클을 걸어 버렸다.

정말이지, 갑자기 모가지 싹둑은 아니잖아요…….

분명히 이번 험담은 나도 좀 그럴 정도로 심했지만.

"조금 더 온건하게 부탁해. 일이 드러나기 전에 스이탐 오라버니가 알아낸 걸로 해서, 저 애들은 친가로 송환, 대신할 메이드나 하인들은 조금 더 품행방정한 자들로 바꿔주면 돼."

"아리사는 무르— 아니, 상냥하구나."

스이탐 오라버니가 내 머리를 쓰다듬었다.

질책하려는 도중에, 내 나이를 떠올리고 말을 바꾼 모양이다.

"바보들의 처분은 맡겨라. 맛있는 벌꿀을 기대할게."

"응, 맡겨둬!"

겉모습은 조금 어른스런 느낌이지만, 아직 달콤함의 매력에는 이길 수 없나 보네.

스이탐 오라버니의 행동은 무척 빨라서, 다음 날에는 그 녀석들을 치워주었다.

"저기, 아리사 님……."

그리고, 그 녀석들이 사라진 걸 안 루루가 확인하러 왔다.

교대 요원이 일부러 루루를 찾아가서 전임자의 행동을 사과한 모양이다.

"저 같은 것을 위해서 고맙습니다."

"비굴하게 말하는 건 그만둬."

바닥에 엎드린 루루를 일으켰다.

"그리고, 내가 내 식구를 지키는 거야 당연하잖아?"

내가 말하자, 루루가 눈물을 흘리며 「정말 감사합니다」라고 반복했다.

그렇게 기뻐?

"하지만, 제가 괴롭힘 당하는 거, 누구한테 들으셨나요?"

"흐흥, 내 밝은 귀 앞에서 몰래 험담하는 건 불가능하다니까."

나는 자신만만하게 전성관에 대해 루루에게 알려줬다.

"아리사 님, 굉장해요!"

루루가 지금까지 본 적이 없는 미소를 지으며 흥분했다.

우와~ 미소 짓는 미소녀는 박력이 다르네.

방심하면 무심코 백합에 빠질 것 같아서 무서워~.

개혁의 장애물

“후우, 일단은 한 사이클, 성공이네.”

정원사 벤의 친가의 밭에서 실험했던 4륜농법의 한 사이클이 종료되고, 나는 일곱 살이 됐다.

본래 심각했던 탓인지 보리의 수확량이 4년 전보다 80퍼센트 증가— 가호가 윤택한 풍작인 해보다 약간 안 되는 정도의 수확을 달성할 수 있었다.

병행해서 진행하던 콩 종류의 교대 재배나 부엽토 섞기는 입소문으로 벤 일가 주변의 밭에도 퍼졌다고 한다.

가능하면 쿠보크 왕국 전토에 퍼뜨리고 싶지만, 전화도 인터넷도 없는 세상의 입소문을 의지해서는 몇 년이 걸릴지 모른다.

그래서 나는—.

“—기각이다.”

원고를 검토하는 만화가 지원자의 마음으로 반응을 살피는 나에게, 그 사람은 따뜻함이 한 조각도 없는 말을 던졌다.

털썩. 지난 보름 가까이 걸려서 작성한 「원숭이도 할 수 있는 4륜농법」 프레젠테이션 자료가 테이블 위로 돌아왔다.

필요 최소한의 문자로 적은 1페이지에서 개요를 알 수 있고,

2페이지 이후로 그걸 뒷받침하는 자료가 세세하게 적혀 있는 회심의 완성도인데, 이 사람의 마음에는 울리지 않은 모양이네.

"스이탐이 부탁해서 왔다만, 시간 낭비였군. 다소 잘 되고 있는 모양이다만, 자만에도 정도가 있어야지."

그 사람— 나랑 어머니가 같은 알류스 제1왕자가 냉담한 눈빛으로 나를 내려다보며 말했다.

"『왕의 힘』을 얕보지 마라. 지난 몇 년 이어진 마물의 연쇄폭주가 끝나면 『왕의 힘』을 대지의 수확에 돌릴 수 있다. 너 같은 결함품의 힘을 빌리지 않아도 이 나라는 본래대로 풍요로워진다."

—결함품?

내 불길한 보라색 머리칼 말야?

솔직히 열 받았지만, 그 이상으로 열 받는 일이 있었다.

"언제 끝나는 건가요?"

"뭐야?"

내 물음의 의미를 이해 못하고, 제1왕자가 의문스런 소리를 냈다.

"마물의 연쇄폭주가 언제 끝나는지, 묻고 있어요."

소강상태였던 해가 있기는 했지만, 지금 상황이 5년이나 이어지고 있는데.

"흥, 이제 곧이다."

—말이 안 통해.

"곧이라면?"

"곧은 곧이다."

"그러니까, 올해 끝난다고 잘라 말할 수는 없는 거죠?"

"당연하지! 마물의 동향 따위 완전히 파악할 수 있겠나!"

안되겠어.

무능한 경영자 제1왕자의 말에 뜨거워지는 게 멈추지 않았다.

"그리고, 그 동안, 쿠보크 왕국의 초석인 백성들이 굶어 죽어 가는 거군요?"

"그래서 국고를 개방하고 있다!"

제1왕자가 폭발한 기색으로 외쳤다.

벤이나 스이탐 오라버니한테 들은 이야기로는, 나라의 원조가 닿는 왕도 주변은 나은 편이고, 국내에 있는 변경 마을들은 국외로 도망치는 자가 생길 정도로 식량부족이 심각하다고 했다.

"알류스 오라버니는 스이탐 오라버니처럼, 변경의 마을들을 본 적이 있으신가요?"

"물론이다. 4년 전에 아버님과 함께. 왕성에서 나가본 적이 없는 너와 같지 않다!"

4년 전이라.

그거 흉작이 시작된 직후잖아.

아직 각 마을들에 식량의 비축이 있었을 거야.

"그렇다면—."

"네년의 헛소리는 듣기 싫다—."

어머니도 같은 여동생에게 「네년」인가요……. 어쩐지, 묘하게 제1왕자한테 미움 받고 있네.

직접 만난 적도 없는데 수수께끼야.

"왕태자로서 명한다. 앞으로 일절, 개혁을 획책하는 것을 금지한다."

제1왕자가 잘난 체하며 망토를 휘두르더니 거창한 포즈로 선언했다.

"이 별채에서 근신하며 머리를 식혀라. ―어머님을 슬프게 만드는 것밖에 못하는 결함품."

"―어?"

나는 개혁을 금지하는 것보다, 별채에서 근신을 명 받은 것보다, 내 행동이 어머니를 슬프게 만든다는 사실에 쇼크를 받았다.

거의 만난 적이 없는 어머니지만, 내가 생각하는 것 이상으로 정을 느끼고 있었나 보다.

◆

"우~응, 대실패."

나는 테이블 위에 추욱 상반신을 내던지며 불평했다.

제1왕자가 보수적인 사람이란 건 스이탐 제3왕자한테서 들었지만, 어머니 일로 나를 원망하는 줄은 몰랐어.

사전 정보 수집이 물렀나 보네.

"아리사 님, 상스럽답니다."

"네~에."

루루가 주의를 주면서 허브티를 타줬다.

허브는 리리가 별채 뒤뜰에서 키우는 거라 로하스.

"어~쩐~다아아."

논리는 뭐 어떻게든 할 수 있지만, 감정으로 부정하는 상대는 어렵다니까.

"—아리사, 아리사. 듣고 있니?"

"호헤? 엘루스 오라버니."

어느샌가 방에 와 있던 제5왕자가 내 얼굴을 들여다보고 있었다.

얘는 틈만 나면 놀러 오는 것 같은데.

그렇게 벌꿀이 좋은가?

"에이, 아리사도 참."

"미안미안. 그래서 무슨 용건인데?"

알기 쉽게 펄펄 화를 내는 제5왕자를 달랬다.

"베릿츠 형님이 유학하고 있던 사가 제국에서 돌아오거든. 이제 곧 성에 도착하니까 아리사도 같이 가자고 왔지."

나는 뇌를 전속력으로 회전시켜, 베릿츠 오라버니의 정보를 떠올렸다.

분명히 제2왕비가 낳은 아홉 살 연상의 제2왕자고, 장난꾸러기 듀드 제4왕자랑 어머니가 같았지.

제2왕비는 이웃나라 요워크 왕국의 왕매였던가?

5년쯤 전에 대가 바뀐 다음부터, 요워크 왕국의 좋은 소문이 별로 안 들린다. 뭐, 흉작이 이어지는 건 우리나라도 마찬가지지만.

"미안, 엘루스 오라버니. 알류스 오라버니가 근신명령을 내려서 외출을 못해."

"괜찮다니까. 그런 거야 입 다물고 있으면 몰라."

나는 제5왕자의 기세에 밀려서 제2왕자 귀환 퍼레이드 구경을 하러 외출했다.

물론, 내 특징적인 보라색 머리칼은 천으로 감추고, 시녀가 몰래 물건 사러 갈 때 입는 베일이 달린 외투를 입고 출발했다.

성문 근처에는 성 사람들이 잔뜩 모여 있고, 묘하게 열기가 있었다.

제2왕자는 인기인인가?

"베릿츠 형님이다!"

붉은 머리의 제2왕자를 발견한 제5왕자가, 나를 놔두고 퍼레이드 쪽으로 달려가 버렸다.

배다른 형이면 사이가 나쁠 것 같은 이미지가 있는데, 제5왕자는 제2왕자를 좋아하나 보다.

"생각보다 훈남이네?"

고1쯤 되는 나이치고는 상당히 차분한 느낌. 쏙 들어간 볼과 가는 눈이 어우러져서 뭔가 음모를 꾸밀 것처럼 보였다.

오라버니들 중에 없던 타입이네.

뭐, 내성적인 제5왕자가 저렇게 따를 정도면 그냥 생긴 것만 저렇겠지.

어쩐지 모르게 「능력 감정」 스킬로 봤더니. 레벨이 20이나 된다. 사가 제국에서 꽤 노력한 모양이야.

"—응?"

제2왕자 바로 뒤에 이어지는 기마에, 로브를 뒤집어쓴 몸집이 작은 사람이 따르고 있었다.

신경 쓰여서 「능력 감정」 스킬을 써봤는데, 몸이 노출되지 않은 탓인지 레벨이나 이름이 안 보였다.

"""꺄아! 니스나크 님!"""

여성들이 훈남 문관을 발견하고 새된 소리를 질렀다.

집중이 흐트러진 나는 그 이상 작은 로브의 정보를 보는 걸 그만두었다.

뭐 스킬이 「없음」이었으니까, 제2왕자의 애인이나 시종이겠지.

나는 머리를 전환하고 훈남 문관에게 시선을 돌렸다.

"과연, 옛날 순정만화에서 인기가 있을 법한 타입이네."

남자인데도 루루처럼 예쁜 흑발 롱 헤어.

어째선지 눈이 마주친 나한테 애교 있게 윙크를 했다.

로리콘인가?

"아니, 그냥 바람둥이네."

눈이 마주치는 메이드들에게 연속 촬영 카메라처럼 깜빡깜빡 윙크를 했다.

손을 흔들어 주면 상큼한 미소를 지으며 마주 흔들어준다. 좀 거북한 타입이야.

"—요워크의 기사?"

"어째서, 전하의 행렬 속에?"

대열 뒤쪽을 본 사용인과 메이드들이 웅성거리며 속삭였다.

그들 그녀들이 말한 것처럼, 행렬 속에 낯선 군장의 기사들이 몇 기나 이어지고 있었다.

조금 흥미가 생겨서 「능력 감정」 스킬을 사용해 요워크의 기사들을 보았다.

아무래도, 제2왕자의 어머니— 제2왕비의 친가를 섬기는 기사들인가 보다.

그런 느낌으로, 기사 뒤로 이어지는 짐마차나 걷는 사람들을 보았다.

“우우음?”

정보가 흐릿한 녀석이 있네.

묘하게 길쭉한 키, 기이하게 리치가 긴 손을 가진 남자인데, 소속이 「쿠보크 왕국, 하급 사용인」이다. 어쩐지 전달되는 이미지가 흐릿했다.

눈에 힘을 주고 다시 한 번 「능력 감정」 스킬을 써봤더니 소속이 「요워크 왕국, 첩보부」로 변화했다.

아무래도 저 사람은 스파이 인가 보네.

감정 스킬을 방해하는 아이템이라도 가지고 있나 보다.

그 다음에 이어서 조사를 했더니, 그 밖에도 두 사람 정도 스파이가 섞여 있었다. 이웃나라에 스파이를 보내는 거야 보통일지도 모르지만, 조금 놀랐어.

만약을 위해서, 내가 사는 별채에 주변 경계용 정신 마법을 걸어놓을까.

◆

"세상은 평화롭구나—."

스파이를 발견하고 한 달이 지났지만, 딱히 무슨 암살이나 사건이 일어나지도 않고 평온한 나날이 이어지고 있었다.

일단 리리랑 루루, 그리고 정원사 벤에게 제2왕자 주위 사람들을 조심하라고 말을 해뒀다.

정원사 벤에게 그 스파이로 보이는 남자가 풍작의 비밀을 캐물으러 왔다는 보고를 들었다.

벤은 「특별히 왕의 가호를 받았다」고 적당히 대답해서 따돌렸다고 한다.

"아리사, 저 밭 아닐까?"

오늘은 기분전환 삼아서 스이탐 제3왕자의 말에 동승하여 벤의 실험 농장으로 가고 있었다. 엘루스 제5왕자랑 리리도 함께다.

"우와~ 굉장하다. 아리사! 저 밭만 다른 곳과 전혀 결실이 달라!"

제5왕자가 놀라서 소리를 질렀다.

"—굉장해."

숫자로는 알고 있었지만, 실제로 보니 임팩트가 달랐다.

주변의 밭도 개선이 시작되었을 텐데 명확하게 차이가 있었다.

물론 모두 내 공적이라고 주장할 생각은 없었다. 왜냐면 내 예상보다 훨씬 대단하니까.

분명히, 벤 일족이 분골쇄신하며 노력했기 때문이 틀림없어.

"어라? 니스나크가 있어."

제3왕자의 시선 끝에, 흑발 롱헤어의 애교가 지나친 훈남 문관 니스나크가 있었다.

이쪽을 발견한 니스나크가 애교를 부리며 손을 흔들었다.

그는 제2왕자의 파벌이 아니라, 그 욕심쟁이 귀족과 쌍벽을 이루는 대신의 아들이다.

일 관련으로는 유능하다고 하는데, 여성관계가 복잡해서 귀국한지 한 달밖에 안 됐는데 이미 몇 명이나 되는 여성과 관계를 가지고 있었다.

"이거 스이탐 님과 엘루스 님— 그리고 스이탐 님 뒤에 계신 것은 혹시나—."

"신경 쓰지마, 내 시녀다."

내 얼굴을 들여다보려는 니스나크를 제3왕자가 막았다.

알류스 제1왕자가 내린 근신 지령은 아직 풀리지 않았으니, 내가 여기 있는 걸 니스나크가 알게 되면 조금 안 좋다.

"그렇군요. 시녀인가요."

니스나크가 뭔가 속뜻이 있는 표정으로 몇 번이나 고개를 끄덕였다.

—이 녀석 다 아는 거 아냐?

"이제부터 벤 씨의 안내를 받아 퇴비란 것을 보러 갈 겁니다만, 괜찮다면 전하들도 함께 어떠신가요?"

"응, 우리도 그걸 보러 왔어."

—아, 바보.

나랑 제3왕자가 말릴 틈도 없이 제5왕자가 괜한 말을 해버렸다.

"그러면 마침 잘됐군요."

"응! —형님, 왜 그래?"

제5왕자는 의문스런 표정으로 제3왕자를 보았다.

"아무것도 아니다! 가자!"

제3왕자가 분노를 억누르는 표정으로 앞서갔다.

노골적으로 기분 틀어진 목소리를 내는 게 어린애라니까.

하지만 뭐, 그런 미숙한 부분을 흐뭇해하는 것이 소년 관찰의 참맛이지~.

"냄새."

"하하하, 퇴비는 냄새가 나는 것이어유."

코를 집는 우리를 보고, 퇴비를 뒤집고 있던 벤 일족의 남성이 웃었다.

응, 현장에 오는 건 처음이지만 퇴비는 잘 되는 모양이네.

"그건 무슨 작업을 하는 거지?"

"옙. 이건 뒤집기라고 해서, 퇴비가 골고루 발효되게 하는 것이어유."

니스나크의 질문에 남성이 대답했다.

"그건 자네가 생각한 건가?"

"아아니유, 성의 공주님이 가르쳐 주신 것이어유."

"혹시 콩이나 순무를 키우는 것도, 아리사 님의 발안인가?"

"맞어유. 저기 있는 손수레도 공주님이 생각해 주신 거여유."

남자의 대답에, 니스나크가 눈을 가늘게 뜨고 의미심장하게 이쪽을 흘겨보았다.

—들켰다아.

아무래도 니스나크는 내 정체가 아리사라고 이미 아는 모양이다.

그 다음에도 니스나크가 질문하는 역할을 맡아서, 벤 일족의 치트성 활약을 직접 눈으로 확인할 수 있었다.

이야~ 정말 굉장하다니까.

내 어설픈 지식을 실제로 시행착오하는 건 참 힘들었을 텐데.

다음에 벤이 별채에 오면, 잔뜩 칭찬해서 격려해줘야겠네.

또 애가 태어난다고 했으니까, 지구의 동화를 표절해서 그림책을 만들어 선물하는 것도 좋겠어.

정원사나 농업을 하고 있으니까, 「잭과 콩나무」라거나 「개미와 배짱이」 같은 게 좋을까?

◆

"아리사 님, 지난번에는 인사도 못 드리고 실례했습니다."

시찰 다음날, 훈남 문관 니스나크가 내 별채를 찾아왔다.

설마 어제 만나서 오늘 올 줄은 몰랐네.

풋워크가 가벼운 녀석이야.

"처음 뵙겠습니다, 가 아닐까요? 이름을 물어도 되겠나요?"

나는 신기하단 기색을 꾸며서 고개를 갸웃거렸다.

후하하, 그런 싸구려 떠보기가 아리사에게 통할 거라고 생각하셨나요?

"그러면 그리 하겠습니다. 저는 토르에스 대신 휘하 문관인 니스나크 토르에스라고 합니다."

내가 말하자, 니스나크가 태연하게 자기소개를 했다.

어쩐지 혀 깨물 것 같은 풀 네임이네.

"그래서 용건은요?"

"아리사 님이 내밀하게 하고 계신 농업 개혁에 협력할 수 있을까 하여 찾아왔습니다."

그래서 정원사 벤 일족이 하고 있는 실험 농장을 시찰했단 거구나.

그의 친가는 이웃나라 요워크 왕국이나 욕심쟁이 귀족하고 적당한 거리를 유지하고 있으니까 — 여자버릇이 나쁜 것 말고는 — 어떤 의미로 이상적인 파트너지만, 지금은 타이밍이 나쁘단 말이지.

"토르에스 공은 제가 그 일을 알류스 오라버니에게 금지 당했다는 건 아시나요?"

아무래도 다음 대를 짊어질 대신의 아들과 제1왕자가 반목하면 안 좋잖아.

"네, 알고 있습니다."

니스나크가 당연하다는 듯 수긍했다.

"저는 알류스 오라버니의 말을 거역할 셈은 없답니다?"

"그야, 물론이죠."

니스나크가 가는 눈을 더욱 가늘게 뜨고 웃음을 짙게 만들었다.

어쩐지, 이 녀석은 「상큼한 음험 안경」 같은 나쁜 꿍꿍이를 꾸미는 표정이 너무 잘 어울려.

"알류스 님께 허가를 받아낸다면, 이 나라의 식량 문제 해결에 협력해주시는 거군요."

"네, 온건하게 허가를 받아낸다면 협력하겠어요."

"—그러면, 좋은 소식을 기다려 주시지요."

니스나크가 자신만만한 표정으로 신하의 예를 취했다.

어느샌가 협력하는 쪽이 저쪽에서 나로 바뀌었지만, 가족간의 문제 해결에 협력해준다면 이쪽도 불만은 없어.

쿠보크 왕국의 새벽

“아리사 님, 기뻐해 주세요. 준비는 완벽합니다.”

니스나크가 큰소리 떵떵 치고서 물러간 지 불과 사흘 뒤, 또 다시 그가 별채로 찾아왔다.

인사도 대충 하고서 우쭐한 표정을 짓는 건 좋은데—.

“어떤 준비인지, 설명을 한 다음에 해요.”

“죄송합니다.”

니스나크가 사과한 다음, 사람을 물려달라고 부탁했다.

“여기 있는 건 다 내 식구예요. 절대로 바깥에 새어나갈 일은 없어요.”

이 방에는 리리랑 루루뿐이었다.

“왕가의 섬세한 문제라서…….”

“아리사 님, 저는 물러나 있을게요.”

루루가 배려하여 다른 방으로 물러갔다.

아무리 그래도 왕녀가 약혼자도 아닌 남성과 단 둘이 될 수는 없으니 리리는 방에 남았다.

“폐하께 직접 담판을 지었습니다.”

행동력이 제법이네.

하지만—.

"온건하게, 라고 말한 걸 잊었나요?"

"네, 그러니까 직접 담판을 지은 내용은 폐하와 제1왕비님이 아리사 님과 비밀리에 만나주시는 것, 응어리진 것을 없애 달라고 부탁을 드렸습니다."

—전제군주제의 나라에서 무모한 짓을 하네.

자칫하면 대신의 아들이라도 목이 달아날 수 있는 일인데.

"개혁 이야기는 안 했나요?"

"네. 그렇지만, 아마 폐하께서도 아실 겁니다."

뭐, 그야 그렇겠지.

"알았어요. 그래서 밀회 날짜와 장소는?"

"장소는 이곳, 일시는 오늘부터 사흘 이내 심야가 됩니다."

날짜와 시각이 미확정인 것은 다른 왕비나 측실들이 모르게 하기 위해서라고 했다.

시골 나라라서, 내 보라색 머리를 꺼리는 세력이 많은 탓이다.

"그거면 돼요. 아버님과 어머님께 『기다린다』고 전해주세요."

"알겠습니다."

니스나크가 수긍하며 등을 돌렸다.

"—잊을 뻔했군요."

다시 이쪽으로 돌아선 니스나크가 고했다.

"이웃나라의 영향을 받은 자들이 아리사 님의 실험 농장을 캐내고 있는 모양입니다. 단락적인 행동에 나서는 자는 없을 거라 생각하지만, 낯선 자를 조심하세요."

정보원은 그가 아는 은자라고 불리는 인물이었다.

꽤 수상하지만, 신뢰할 수 있는 인물이라고 니스나크가 보증했다.

"네, 고마워요. 조심하도록 하겠어요."

전에 정원사 벤에게 들은 녀석들이구나.

별채의 경비를 서는 녀석들이나 루루한테도 주의를 줘야겠어.

◆

"—아리사."

흔들흔들 상냥하게 몸을 흔들어서, 나는 눈을 떴다.

밤의 어둠 속에 떠오른 아름다운 여성의 모습에 한순간 놀라 버렸지만, 나는 잘못한 거 없다고 생각해요.

"어머님?"

잠에 취해서 쓴 「능력 감정」 스킬이 그녀가 내 어머니라고 가르쳐 주었다.

어머니 젊다. 아직 30대잖아.

"아아, 아리사."

"어머님—."

상냥한 향수 냄새와 따스한 체온이 나를 감쌌다.

어머님에게 안긴 건 처음이다. 그녀의 뒤에는 빛을 줄인 랜턴을 든 왕— 아버님이 있었다.

그렇구나. 오늘이 방문일이었구나.

"—아버님."

나는 어머님에게 안긴 채, 아버님 쪽으로 한쪽 팔을 뻗었다.

의도가 제대로 전해졌는지, 조심조심 다가온 아버님이 부서지는 걸 만지는 손놀림으로 내 손을 쓰다듬더니, 어머님과 함께 끌어안아 주었다.

어쩐지— 행복하다.

실제로 만나면 모르는 아저씨 아줌마 같은 느낌이 아닐까 생각했는데, 상상 이상으로 인연이 느껴졌다. 어쩐지 신기하네.

"아리사, 원망할 거라면 멜리사가 아니라 나를 원망하거라."

아버님이 어머님 말고 아닌 자신을 원망하라고 했다.

"어째서? 원망하지 않아요. 무슨 이유가 있었잖아요?"

"……아리사, 너는 총명하구나."

내 말에 아버님이 놀라더니, 사랑스런 손짓으로 내 머리를 쓰다듬었다.

"역시, 불길한 색— 이 보라색 머리가 원인인가요?"

내 물음에 아버님이 괴로운 기색으로 고개를 끄덕였다.

"—그래."

그리고, 내 머리칼을 쓰다듬으며 이유를 말해주었다.

"이유도 분명치 않은 미신이지만, 그것을 믿고 불길하다며 제거하려는 세력이 있다."

그리고, 그런 세력에게서 나를 지키기 위해 별채에 격리했다고 한다.

"어떤 세상이든 미신을 믿는 사람은 있는 거군요."

이 별채에는 왕의 가호— 도시 핵의 힘으로 나에게 살의를 가진 자는 퇴치하는 결계를 쳤다고 한다.

나중에 들은 이야기로는 결계를 치는데 상당한 마력을 쓴다고 했다.

"—말도 안 되는!"

아버님이 갑자기 험악한 표정을 지으며 놀란 소리를 냈다.

"왜 그래요, 아버님?"

"누군가가, 결계를 파괴했다."

나는 황급히 주변경계용 정신 마법을 무영창으로 발동했다.

1층에서 침입한 자가 **세 명**, 빗물받이를 따라 옆방 창문으로 침입한 자가 **세 명**이다.

루루와 리리가 걱정됐지만, 1층 녀석들은 두 사람이 있는 방 앞을 지나쳐서 계단으로 가고 있었다.

"여보."

"걱정하지 마라. 쿠보크 왕국의 왕인 내가 왕성에서 질 리가 없지."

불안해 보이는 어머님에게, 아버님이 훈남 스마일을 지으며 대답했다.

"쿠보크 왕이 바라노라. 쿠보크의 영혼이여, 내 손에 신기를—."

아버님이 공중을 향해서 읊자, 손에 파랗고 빛나는 기하학적인 수정체가 나타나 차례차례 형태를 바꾸면서 왕홀 같은 형태가 되더니 아버님의 왼손에 들어왔다.

"—아버님, 와요!"

나는 경계 마법으로 얻은 적의 접근 정보를 단적으로 고했다.

아버님이 오른손으로 검을 뽑는 것과, 문을 차 부수고 **세 명**의 남자들이 침입하는 것은 동시였다.

“■ 처벌(퍼니시).”

왕홀에서 뿜어진 전격이 어두운 방을 물들이고, 파지직 귀가 아픈 소리와 동시에 두 사람을 새까맣게 태웠다.

—아버님, 강해!

“어째서, 왕이 불길한 공주의 저택에……!”

검은 옷차림의 마지막 한 명이 중얼거리더니 칼날을 번뜩이면서 돌진했다.

내 「능력 감정」 스킬의 정보에 따르면 이 검은 옷은 레벨이 23이다. 레벨 31인 아버님보다 약하다.

내 정신 마법의 지원은 필요 최소한이라도 괜찮겠어.

“왕에게 검을 겨누는가!”

아버님의 검이 검은 옷의 곡도를 부수고, 방향을 바꾸어 휘두른 칼날이 팔을 잘라 버렸다.

우와~ 바이올런스으~.

“고용한 자의 이름을 말하면, 단숨에 처형해 주겠다만?”

“—.”

아버님이 자비인지 최후통첩인지 알 수 없는 말을 했다.

검은 옷이 뭐라고 했지만, 너무 작아서 안 들렸다.

이 방의 주목이 검은 옷에게 모인 순간—.

“바보 놈.”

—하얀 빛이 방을 가득 메웠다.

눈이, 눈이이이이!

갑작스런 섬광에 현혹된 내 등 뒤에서 누군가가 벽을 폭파하여 침입하는 소리가 들렸다.

안 좋아. 1층에서 침입한 녀석들이야.

"눈이 안 보여도—."

경계 마법으로 위치는 알고 있어.

—정신 충격파.

앞으로 내민 오른손에서 보이지 않는 공격을 뿜어냈다.

절도 메이드에게 썼던 것하고 달라서 봐주는 것 없이 전력이다.

"크악."

"크억."

두 명의 도적이 직격을 받아 쓰러지는 소리가 들렸다.

헤헹, 이게 아리사의 실력이야!

"—으아아아."

뭔가 위에서 뒤집어 씌워지더니, 위아래로 마구 흔들렸다.

"아리사!"

"아리사……!"

아버님과 어머님의 초조한 목소리가 들렸다.

"이거 놔!"

"얌전히 있어라!"

필사적으로 날뛰었지만 어쩔 수가 없었다.

나를 구속한 자루 안에서 어딘가에 부딪혀 숨이 막혔다.

이레이즈 배드 스테이터스
"■ ■ ■ 상태 이상 해제."

아버님의 목소리가 등 뒤에서 들렸지만, 나는 자루에 담긴 채 공중에 떠올랐다.

아무래도 도적의 목적은 나나 아버님의 암살이 아니라, 나를 유괴하는 거였나 보다.

◆

"후우, 여기까지 오면 이제 새 수인들이 마중 나오는 걸 기다리면 되지."

도적이 중얼거리더니, 내가 갇힌 자루를 딱딱한 지면에 떨어뜨렸다.

경계 마법의 정보는 이 근처에 나랑 이 녀석밖에 없다고 나왔다.

이대로 아무것도 안 하면, 나는 어딘가 모르는 나라로 끌려가겠지.

—그런 일을 허용해도 될까?

자문할 것도 없다.

허용될 리 없어.

나는 스읍하아 심호흡을 한 번.

마음 속 깊은 속에 있는 불씨 같은 힘에 마음을 향했다.

—불요불굴(네버 기브업).

누구에게도 굴할 필요 없는, 격이 높은 자를 살해하는 유니크 스킬.

레벨 7밖에 안 되는 내가 3배 이상의 레벨 차이가 있는 상대를 확실히 쓰러뜨리려면, 필수적인 스킬이다.

내 몸에서 보라색 빛이 흐르고, 전능감이 마음을 끓어 올렸다.

빛이 자루 바깥으로 새어나가지 않을까 걱정이었지만, 남자가 반응하는 기색은 없었다.

이어서 조바심내지 않고 두 번째 유니크 스킬을 발동했다.

—전력전개(오버 부스트).

보라색 빛이 불꽃처럼 넘치고, 미쳐 날뛰는 열이 내 작은 몸 안에서 날뛰었다.

"지금 그 빛은 뭐야—."

들켰다.

하지만 이미 늦었어.

"으라라랏차차아아아아아아아!"

자루 속에서 내민 오른손에서 보이지 않는 공격을 뿜어냈다.

"크오오오오옷!"

두 가지 유니크 스킬로 극대까지 위력이 늘어난 「정신 충격파」의 마법이 남자의 의식을 꺾었다.

"까딱하면 죽여버렸을지도 모르겠네."

나는 남자가 놓친 자루에서 비틀거리며 기어 나왔다.

유니크 스킬 「전력전개」를 사용한 부작용으로 일어서는 것도 괴로울 만큼 피로가 컸다.

바람이 강하다.

아무래도 여기는 성을 둘러싼 성벽 중 하나인가 본데.

"—방심하니까 그런 거다. 바보 놈."

그 목소리에 등골이 오싹해졌다.

나는 피로에 찌든 몸을 채찍질하여 돌아보았다.

"—검은 옷."

전에 제2왕자 귀환 퍼레이드에 있었던, 묘하게 길쭉한 키와 기이하게 리치가 긴 손을 가진 남자다.

그 모습과 손에 쥔 나이프가, 전생의 트라우마를 되살렸다.

"요워크 왕국 사람이 나한테 무슨 용건이야?"

"용건 따위 없다."

검은 옷의 남자가 뜻밖의 말을 했다.

"우리나라 녀석들은 너를 붙잡아 데려오라고 했지만, 그것에 따를 생각은 없다. 일부러 재앙을 부르는 불길한 색의 계집을 고국으로 데리고 돌아가다니 미친 짓이지."

우왓, 이 녀석도 미신에 빠진 광신자였다.

—진짜 안 좋은데.

기껏 부모님이랑 괜찮은 느낌이어서 부국화가 본격적으로 시작되려는 참이었는데, 이대로 가면 또 인생이 끝나버려.

하지만 정신 마법을 쓸 수 있는 마력은 안 남았다.

도망치고 싶어도, 팔다리가 저리는 게 당분간 안 가실 거고.
—끝장이네.
“죽어라.”
다가오는 칼날에 무심코 눈을 감았다.
좌악 살을 베는 소리가 들리고, 따스한 액체가 내 몸을 적셨다.
아아, 조금 더 이것저것 하고 싶었는데.
가능하면 일본인 얼굴의 쇼타랑 꺄꺄우후후를 하고 싶었어.
“—재도전을 요구한다!”
무심코 소리를 냈다가, 다음으로 내가 아직 살아있다는 걸 깨달았다.
“어라?”
혹시 시간 되돌리기 계통 리셋 능력 있었나?
—그럴 리가 없고.
내 시선 끝에서, 길쭉한 검은 옷의 몸이 둘로 찢어져서 피바다에 가라앉아 있었다.
“흥, 살아 있었군.”
시체 반대쪽에서 새로운 검은 옷의 남자가 걸어왔다.
잠깐, 또 교대야?
왕코소바도 아니고, 쓸데없이 다음을 준비하는 건 좀 관둬.
이 녀석도 본 적이 있다. 전에 제2왕자 귀환 퍼레이드에 있던 검은 옷이다.
내 「능력 감정」 스킬로도 레벨이나 이름이 안 보인다.
아까 그 녀석은 자기 나라의 명령을 거슬렀으니, 내분이랄까

숙청한 거겠지.

나는 고생해서 한쪽 팔을 검은 옷에게 겨누었다.

"죽고 싶지 않으면 사라져. 지금이라면 죽이지는 않을게."

마력이 아직 회복되지 않았으니, 완전히 허세다.

"이 지경이 되어서도 허세를 떨만한 담력이 있다니 재미있는 소녀로군."

"—아리사 님!"

검은 옷 뒤에서 위병들을 이끌고 니스나크가 달려왔다.

"원군도 도착했나 봐. 형세역전일까?"

"흥."

내 말에 검은 옷이 코웃음을 쳤다.

혹시 이 정도 수도 뒤집을 수 있다는 거야?

"—은자 님!"

—엥?

"늦었다, 니스나크. 조금만 더 늦었으면 왕녀가 시체가 될 참이었다."

"죄송합니다, 은자 님— 괜찮으신가요? 아리사 님."

"그래, 원군 고마워. 니스나크."

나는 니스나크에게 인사를 하고, 은자라고 불린 검은 옷을 올려다보았다.

"착각해서 죄송해요. 구해주셔서—."

"인사는 필요 없다. 뒷일을 맡긴다, 니스나크."

내 감사의 말을 가로막은 은자가 성벽 위에서 뛰어내려 사라졌다.

아무래도 상당한 실력자인가 보네.

"어떤 분이야?"

"은자 님은 미궁의 연구가입니다. 왕성 지하에 있는 『말라 죽은 미궁』을 조사하려고 식객으로 체재하고 계십니다."

헤에, 그건 몰랐네.

성 지하에 미궁이 있었구나.

조사하는 김에 체재하고 있어서, 가난뱅이 나라에 걸맞지 않은 실력자가 있었던 거구나.

"은자 님이 도적의 움직임을 깨닫고 가르쳐주셨습니다."

과연, 그래서 아버님보다 빨리 따라잡았구나.

"아리사!"

"아버님!"

잠시 지나 따라잡은 아버님과 포옹을 나누고, 별채로 돌아간 나를 맞이한 어머님이 울어버렸다.

어머님을 진정시킨 다음, 아버님과 개혁에 대해 이야기했다.

"정말로 개혁은 알류스의 공적으로 해도 되겠느냐?"

"네, 그게 제일 나라를 위한 일이 될 테니까요."

이 나라의 경우 배다른 남매는 결혼을 해버릴 수 있다. 자칫 내 공적이 되어 버리면 제2왕자의 파벌이 나를 제2왕자의 아내로 삼고자 획책할지도 모르니까 알류스 오라버니를 앞세우기로 했다.

"실무는 니스나크랑 벤에게 맡겨 주면 좋겠어요……."

"그래, 물론이다. 벤이란 건 정원사였던가? 평민 신분이면 이래저래 얕보는 자가 있을 테지. 나중에 명예귀족으로 일대 작위를 내려두마."

"아버님, 멋져!"

아버님의 나이스한 제안에, 무심코 껴안으며 찬사를 보내고 말았다.

이 개혁의 숨은 공로자는 벤이니까. 이 정도 이득은 필요할 거야.

"아리사, 내가 약속하마."

아버님이 나랑 시선을 맞추며 말했다.

"네가 성인이 될 때까지, 반드시 너를 별채에서 성으로 옮겨 보이마."

"응, 기대할게요."

이 별채에는 애착이 좀 있지만, 가족은 함께 사는 편이 좋으니까.

◆

"아리사 님! 예산을 획득했습니다!"

"아싸아~! 니스나크 장하다!"

아버님 어머님과 화해한 다음 달부터, 개혁이 점점 가속도적으로 진행됐다.

이번에 획득한 예산으로 나라 전체에 4륜농법이나 퇴비 만들기를 침투시킬 수 있을 거야.

"아리사 님, 오늘 간식은 구운 과자랑 벌꿀이에요."

"양봉도 확산을 시켜야겠어."

"아리사 님, 양봉이란 것은 무엇인가요?"

후각이 날카로운 니스나크가 재빨리 반응했다.

"차를 마신 다음에 알려줄게. 리리가 기껏 준비해준 거니까 구운 과자나 차가 식기 전에 먹자."

나는 벌꿀을 듬뿍 뿌린 구운 과자를 깨물었다.

—맛있당.

이야기가 나중으로 밀려버린 니스나크가 원망스런 시선으로 바라보았지만, 나는 무시하고 창가에서 쏟아지는 봄의 햇살에 눈길을 주었다.

그 햇살 쪽으로 걸어가서 창틀에서 보이는 경치를 둘러보았다.

"루루—."

내 곁에서 급사를 하는 배다른 언니에게 말을 걸었다.

"—이제부터 이 나라는 변할 거야."

굶주린 자가 없는 나라.

그것은 첫걸음에 지나지 않는다.

내가 바라는 것은—.

남녀차별이 없는 나라.

배우고 싶은 자가 배우는 나라.

미래에 희망을 가질 수 있는 나라.

—그리고.

신분차별로 자매가 자매란 걸 감추지 않아도 되는 나라.

"네, 아리사 님이 바꿔주실 거예요."

"아니, 틀렸어. **우리**가 바꾸는 거야!"

전생에서 당연했던 그것들을, 이번 생에서도 손에 넣겠어.

"네, 아리사 님."

내가 주먹을 치켜들고 선언하자, 루루도 멋진 미소로 고개를 끄덕였다.

"좋은 대답!"

코 아래를 쓱 문지르면서, 볼이 느슨해지는 걸 참지 않고 크게 웃었다.

"루루."

내가 내민 손을 루루가 마주 잡았다.

우리들의 나라 만들기 본격적인 무대는 지금부터.

얼마나 힘든 일이 기다릴지는 모르지만, 루루랑 함께라면 뛰어넘을 수 있을 거야.

같이 힘내자, 루루 언니.

■작가 후기

안녕하세요? 아이나나 히로입니다.

이번에 「데스마치에서 시작되는 이세계 광상곡 Ex(엑스트라)」를 집어주셔서 정말 감사합니다!

지난 달에 12권을 전해드린 참이지만, 이번에는 애니화 직전이라서 팬북 같은 것을 전해드립니다.

엑스트라 기획을 받았을 때는 단편 60페이지(2만자) 정도라고 했었는데, 깨닫고 보니 점점 페이지가 늘어나서, 재수록 분량을 포함하면 평범하게 외전 한 권을 내기에 충분할 정도의 볼륨이…….

재수록 분량은 리퀘스트가 많았던 9권까지 점포 특전 각종(미발표 분량도 몇 갠가 포함됩니다)을 비롯하여 주옥 같은 숏스토리가 꽉 들어차 있습니다. 부디, 즐겨주세요.

그러면 늘 그렇듯이 인사입니다! 담당자 A 씨와 I 씨, 그리고 Shri 씨, 게스트 일러스트를 그려주신 일러스트레이터 여러분, 그리고 이 책의 출판, 유통, 판매에 관련된 모든 분에게 감사를!

그리고 독자 여러분. 본작품을 마지막까지 읽어주셔서 정말 감사합니다!

그러면 다음권, 본편 13권에서 만나요!

아이나나 히로

■역자 후기

안녕하세요? 불초 역자입니다.

이번엔 작가 후기도 짧으니 역자 후기도 필연적으로 짧아집니다. 이것은 우연일까요? 숙명일까요? 주사위 눈이 어떻게 나올지는 아무도 모르는 법이죠.

그러고 보니 작중에서 가보 열매라는 게 오랜만에 나왔군요. 거의 초반에 나왔다가 최근 들어서는 거의 등장이 없었는데요. 이 가보 열매라는 건 고블린들이 대단히 좋아한다는 설정이 붙어 있습니다. 어허, 고블린이 쳐들어오지 않을까 걱정이네요. 좋은 고블린은 사람 앞에 나타나지 않는 고블린뿐인데 말이죠.

그리고 또 고블린 둥지를 찾아서 퇴치하러 간다는 이야기가 에피소드 안에 살짝 있었습니다. 어허, 지모신의 가호가 함께 하기를. 주사위 눈이 잘 나와야 할 텐데.

……어쩐지 고블린 이야기만 하고 있다고요? 어허. 그럴리가요. 기분 탓입니다. 역자가 맡고 있는 다른 특정 작품이 연상되는 것도 기분 탓이고, 최근 그 작품의 애니가 방영되기 시작한 것도 기분 탓입니다!

그럼! 13권에서 또 봬요!

숏 스토리 모음 첫공개

새로운 조리기구 …… 4권 & 코믹스 1권 동시 구입 특전

제나와 사토의 데이트 …… 『이 「소설가가 되자」가 뜨겁다!』 수록

타마가 좋아하는 것 …… 2권 활동 보고

포치와 목욕 …… 2권 점포 특전

제나의 생환 …… 2권 점포 특전

리자의 걱정 …… 3권 활동 보고

노예 왕녀 …… 토라노아나 × 후지미쇼보 기획 특전

루루의 주인님 …… 3권 점포 특전

붙잡힌 공주님 …… 본서 첫공개

옷 고르기 …… 4권 점포 특전

이네의 마법약 …… 4권 활동 보고

리자의 훈련 …… 4권 점포 특전

카리나와 라카 …… 4권 점포 특전

포치의 생선 잡기 …… 카도카와 BOOKS 창간 클리어 파일

폐허의 소녀 …… 5권 활동 보고

무노 성의 메이드들 …… 5권 점포 특전

루루의 요리 수업 …… 본서 첫공개

아리사의 일 …… 5권 점포 특전

카리나 양의 우울: 무술 편 …… 본서 첫공개

카리나 양의 우울: 사교 편 …… 6권 점포 특전

카리나 양의 우울: 야회 편 …… 6권 점포 특전

카리나 양의 우울: 성장 편 …… 6권 활동 보고

콘소메 수프 개발 비화 …… BOOK WALKER 특전

마을 주점의 소문 …… 7권 점포 특전

소문의 연금술사 …… 7권 점포 특전

흑발의 귀공자 …… 7권 점포 특전

공도 밤의 비밀 훈련! …… 7권 활동 보고

세라와 봉사 활동 …… 7권 점포 특전

메네아 왕녀와 벽창호 …… 8권 점포 특전

마검의 이름 …… 8권 점포 특전

푸타의 일상 …… 8권 활동 보고

빨간 열매의 비밀 …… 8권 점포 특전

오므라이스의 행진 …… 8권 점포 특전

민뿔이 …… 9권 점포 특전

트램펄린 버섯 …… 9권 점포 특전

생고기 햄 사냥 …… 9권 점포 특전

오리지널 카레 …… 9권 점포 특전

해룡 제도, 조난기 …… 9권 활동 보고

해룡 제도, 맛나맛나 일기 …… 9권 활동 보고

파수대의 행복 …… 9권 활동 보고

데스마치에서 시작되는 이세계 광상곡 Ex

초판 1쇄 발행 2018년 11월 10일

지은이_ Hiro Ainana
일러스트_ shri
옮긴이_ 박경용

발행인_ 신현호
편집부장_ 김은주
편집진행_ 최은진 · 김기준 · 김승신 · 원현선 · 권세라
편집디자인_ 양우연
국제업무_ 정아라 · 김태환
관리 · 영업_ 김민원 · 조인희

펴낸곳_ (주)디앤씨미디어
등록_ 2002년 4월 25일 제20-260호
주소_ 서울시 구로구 디지털로 26길 111 JnK디지털타워 503호
전화_ 02-333-2513(대표)
팩시밀리_ 02-333-2514
이메일_ lnovelpiya@naver.com
L노벨 공식 카페_ http://cafe.naver.com/lnovel11

ISBN 979-11-278-4727-2 04830
ISBN 979-11-278-4247-5 (세트)

값 9,000원